WRAAK

Hetty Luiten

WRAAK

Zomer & Keuning

ISBN 978 94 0190 130 7
e-ISBN 978 94 0190 131 4
ISBN Grote Letter 978 94 0190 149 9
NUR 340

© 2013 Uitgeverij Zomer & Keuning, Utrecht
Omslagonwerp: Julie Bergen
Omslagfoto: istockphoto.com/Peter Zelei

www.hettyluiten.nl

HOOFDSTUK 1

'Goedenavond, daar ben ik eind...' riep Rein direct bij binnenkomst in de huiskamer terwijl hij joviaal en breeduit zwaaide met zijn armen. Een eenpersoonsstorm die niet ongezien of ongehoord terug kon komen van zijn werk. Deze keer echter onderbrak hij zichzelf direct. 'O, hebben we bezoek?'

Paula kon een inwendige grimas nauwelijks onderdrukken. Typisch Rein, zo kwam hij bijna altijd thuis. Meteen beginnen te roepen zonder te kijken of zij er eigenlijk wel was of wat ze aan het doen was. Maar misschien was dat hartelijke gedrag wel een vorm van verontschuldiging omdat hij alweer te laat thuiskwam? Dan had hij misschien toch nog ergens een geweten...

'Hallo!' lachte Rein warm naar het jonge meisje terwijl hij de huiskamer in liep en met uitgestoken hand naar de bank toe kwam.

Paula zag de gelaatsuitdrukking van haar jeugdige gast verschieten en ging alvast in de startblokken om haar te hulp te komen.

'Is dat hem?' siste het meisje in paniek en ze trok geschrokken haar knieën op. Ze sloeg haar armen eromheen en kroop zo mogelijk nog verder weg in het hoekje van de bank. Haar ogen schoten verwilderd van de een naar de ander, waarna ze haar gezicht verborg tussen haar benen. Haar hele houding straalde doodsangst uit.

Rein keek verbaasd van het meisje naar Paula, zijn vrouw. Hij trok vragend zijn wenkbrauwen naar haar op, maar ze reageerde niet op hem. Ze kwam snel overeind en ging naast het meisje zitten.

'Nicky, dit is inderdaad Rein, mijn man, maar ik heb toch gezegd dat hij je niets doet. Hij is echt een heel aardige man.'

'Zal wel,' siste ze, maar ze wierp toch een schichtige blik in zijn richting.

'Als hij niet te vertrouwen was, hadden ze je nooit toestemming gegeven om hier dit weekend te komen,' zei Paula zacht. 'Dat begrijp je toch wel?'

'Dit weekend?' herhaalde Rein, maar Paula negeerde hem.

Nicky schudde haar hoofd en verborg het nog verder tussen haar benen. Haar armen sloeg ze steviger om zich heen. Ze trilde zichtbaar.

'Meisje toch, je hoeft echt niet bang te zijn.' Paula stak haar hand uit en streelde een knie.

'Blijf van me af!' gilde Nicky en ze sloeg wild met haar armen om zich heen, waarbij ze Paula's schouder behoorlijk raakte. 'Kom niet aan me!' riep ze uit. Met angstige ogen keek ze om zich heen, alsof ze een vluchtweg zocht. Maar naast haar zat Paula en midden in de kamer stond Rein. Ze liet zich weer zakken en trok opnieuw haar knieën op om zich zo klein mogelijk te maken.

Paula opende haar mond om iets tegen het meisje te zeggen, maar ze sloot hem weer. Ze ging staan en liep op Rein af. 'Dag lieverd,' zei ze en ze kuste hem. 'Je bent laat.'

'Werk, werk, altijd werk,' gromde hij met zijn blik op Nicky gericht.

Paula volgde zijn blik en knikte. 'Dat is Nicky, ze blijft dit weekend hier. Ze is vanaf nu ons weekendpleegkind en komt eens in de twee weken van vrijdagmiddag tot zondagavond bij ons. Het is de bedoeling dat ze zich hier een beetje kan ontspannen, omdat ze daar thuis niet toe komt. Heb je al gegeten?'

'Eh, nee, maar wat bedoel je? Een weekendpleegkind? Wat houdt dat in en waarom wist ik dit niet?'

'Tja, het kwam behoorlijk onverwachts, maar ik heb je vandaag drie keer gebeld. Je nam alleen niet op en je belde ook niet terug.' Zoals je nooit terugbelt, dacht ze erachteraan, want je vindt mijn telefoontjes eigenlijk niet zo belangrijk.

'Je had wat in kunnen spreken.'

'Nee,' vond Paula. 'Deze situatie is te lastig om in te spreken. Ik zal je bord met eten even opwarmen in de magnetron.' Ze maakte aanstalten om de huiskamer te verlaten. Nicky's hoofd vloog omhoog en het meisje zag inderdaad dat Paula in de richting van de kamerdeur liep.

Ze schoot overeind en riep gillend achter Paula aan. 'Je laat me niet alleen met hem! Je laat me niet alleen.'

'Maar Nicky toch, hij doet je niets.'

'Mannen zijn niet te vertrouwen. Geen enkele!'

'Dan moet je het zelf maar even doen, Rein,' zei Paula met een glimlach tegen haar man.

'Wat? Ik? Hoe moet dat?' riep hij verward uit.

'Nou, gewoon. Magnetron op drie minuten, even wachten en klaar. Je bord staat er al in.'

'Wacht eens even,' bromde hij. 'Ik kom gewoon vrolijk thuis, word ik aangevallen door een jonge meid en dan moet ik ook nog mijn eigen eten opwarmen? Nee, ik eis een verklaring en daarna mijn eten.'

'Nicky valt jou niet aan. Ze is bang dat jij haar aan zal vallen. Dat zie je toch wel?' verdedigde Paula het jonge meisje. 'Ze kent je niet en is bang voor vreemde mannen.'

'Maar niet in mijn huis,' vond hij.

'Ons huis, Rein. Ik heb haar uitgenodigd, maar ze moet jou nog leren kennen. Ik zal je straks alles uitleggen, maar vanavond moet je even je eigen eten klaarmaken. Dat wil zeggen: alleen maar opwarmen.'

'Aangezien ik dat nog nooit gedaan heb, is zelfs dat al te veel. Weet je wat? Ik zoek wel een restaurant op. En als ik terugkom, is zij weg.'

'Helemaal niet, Rein. Nicky gaat niet weg. Niet voor zondagavond.' Paula keek naar het meisje, dat weer in het hoekje van de bank was gekropen. 'Rein, loop even met mij mee naar de keuken, dan kan ik je laten zien hoe je de magnetron aanzet. Nicky, blijf jij zolang hier, dan kan je niets overkomen. Goed?' Het meisje knikte aarzelend. Paula pakte de afstandsbediening van de televisie en stak die haar toe. 'Heb je ondertussen wat te bekijken,' zei ze. 'Kan ik Rein meteen uitleggen wat je komt doen.'

Paula draaide zich om en liep de huiskamer uit. Ze was eigenlijk te verbaasd dat hij niet eens wist hoe je een bord eten op moest warmen. Ze moest hem nog meer leren dan ze verwacht had, maar begreep tegelijkertijd dat het aan haarzelf lag. Ze had hem te veel verwend al die jaren van hun huwelijk. Hij had het op deze manier echt heel erg gemakkelijk in zijn huiselijke leventje. Blijkbaar hoefde hij maar te kikken en zij sprong voor hem op. Daar moest dus nu verandering in komen, dacht ze terwijl ze haar gezicht vertrok tot een grimas.

Ze hoorde hoe Rein haar volgde, maar aan zijn voetstappen was te horen dat hij dat met tegenzin deed.

Meteen in de keuken aangekomen pakte hij haar bij een schouder.

'Au!' riep Paula geschrokken uit.

'Kalm maar, ik doe je niks.'

'Nee, maar die klap van Nicky is blijkbaar harder aangekomen dan ik dacht.' Met een pijnlijk gezicht wreef ze zacht over haar schouder. 'Ik zal je de magnetron even uitleggen.'

'Niks ervan. Je vertelt me wat dat kind hier moet.'

'Oké. Ga even zitten.' Ze wees naar de keukentafel en Rein nam plaats. Ze ging rustig op de stoel tegenover hem zitten en bekeek hem onderzoekend. Ze hield van zijn gezicht, van de kleine stoppeltjes die na een lange dag voorzichtig verschenen. Even voelde ze de behoefte om haar hand uit te steken en het zachte, rasperige geluid te horen als ze met haar vingers over zijn wangen streelde na zo'n lange dag, maar vandaag hield ze zich in. In één klap was alles veranderd. Voor haar in ieder geval. Rein wist nog van niets. Maar dat zou wel komen, dacht ze grimmig.

'Nou?' bromde hij ongeduldig.

'We hebben het geregeld over kinderen,' begon ze.

'Kinderen? Ja, baby's,' riep hij uit.

'Mag ik even?' vroeg ze kalm, want dat had ze zich voorgenomen. Wat er ook zou gebeuren, ze zou kalm blijven. Doodkalm. IJzig kalm. Kil. Hij kreeg haar niet meer op de kast, ze zou haar hersens erbij houden en alles goed overdenken en uitdokteren, tot in de details. 'We zijn nu negen jaar getrouwd en ik ben nog steeds niet zwanger. Als ik naar de dokter wil, ben je het daar niet mee eens. Jij roept altijd dat je je in elk geval niet wilt laten onderzoeken en je steunt mij niet als ik mijzelf wil laten testen. Zo raak ik dus ook niet zwanger.'

Hij stak zijn hand naar haar uit. 'Paula, meisje, wat is er nou opeens?' Hij streelde haar hand, maar ze trok die voorzichtig van hem weg. 'Wat heeft dat kind in de kamer...?'

'Over een halfjaar ben ik jarig,' zei Paula. 'Dan word ik vierendertig.'

Hij keek haar verrast aan. 'Je denkt toch niet dat ik je verjaardag zal vergeten?'

'Nee, vast niet, je bent meestal erg attent, maar wat je misschien wel vergeten bent, is dat ik gezegd heb dat het de uiterste datum is waarop ik zwanger wil zijn. Voor mijn vijfendertigste wil ik moeder zijn.'

'Paula, moeten we het daar nu weer over hebben? Zoiets kun je niet willen. Ja, wensen, maar als het niet gebeurt, dan gebeurt het niet. We hebben het toch goed samen?'

'Ik wil hier geen uren zitten. Nu Nicky in de kamer is, bedoel ik. Ik warm je eten op en we gaan weer terug. O nee, jij warmt zelf je eten op.'

'Maar nu weet ik nog niet wat ze hier doet!' riep hij uit.

'Wen er maar vast aan. Als ik niet op normale wijze moeder kan worden, dan maar op abnormale. Daar is niks mis mee.' Ze kwam overeind en wees haar man hoe hij de magnetron op drie minuten instelde en hoe hij hem aan kon zetten. 'Zie maar waar je het opeet, ik ga nu snel terug naar Nicky.'

Het vijftienjarige meisje zat verveeld met de afstandsbediening te spelen.

'Is er niets leuks op de televisie?' vroeg Paula belangstellend terwijl ze naast Nicky op de bank ging zitten.

Nicky keek snel even achterom en zei zacht: 'Vast wel, maar ik wist toch niet wie er binnenkwam.' Ze glimlachte en Paula knipoogde naar haar.

'Hij kan elk moment terugkomen, maar misschien eet hij wel in de keuken. Kom, laten we iets opzoeken op de televisie.' Paula pakte de afstandsbediening van haar af en begon een programma te zoeken. Het duurde niet lang voordat Rein de kamer in kwam met zijn bord met eten. Hij ging aan de eettafel zitten en wierp een norse blik de kamer in.

'Dit is misschien wel wat,' zei Paula. 'Ken je dit programma?'

'Wij kijken 's avonds nooit,' zei Nicky. 'Bij mij thuis maken ze altijd ruzie.'

'Net als hier,' reageerde Paula knikkend.

'Daar lijkt het wel op,' zei ze.

'Wij maken zelden ruzie,' zei Paula nu, 'maar Rein is duidelijk geschrokken van jouw aanwezigheid. Misschien wel logisch, omdat hij niet wist dat je er zou zijn.'

'Precies,' bemoeide Rein zich ermee. 'En nu wil ik dan ook eindelijk weten wat ze hier komt doen.'

Paula legde beschermend een hand op Nicky's linkerknie, nu liet het meisje het wel toe, en keerde zich naar haar man. 'Rein, het wordt tijd dat we andere stappen nemen om vader en moeder te worden. Ik ben vanmiddag bij Bureau Jeugdzorg geweest en voor ik er erg in had, kreeg ik Nicky mee naar huis.'

'Voor je er erg in had? En wat had je bij Bureau Jeugdzorg te zoeken?' Hij vergat de vork met eten in zijn mond te stoppen.

'Toen ik me vanmorgen realiseerde dat het nog maar een halfjaar duurt voor ik vierendertig ben, werd ik opeens gek. Ik móést iets doen. Ik wil en zal moeder worden! Dat weet je toch?'

'Ja, maar... Jeugdzorg?'

Paula haalde haar schouders op. 'Gewoon, ter informatie. Ik had geen idee wat ik moest doen of waar ik heen zou gaan. Je wilt geen enkele medewerking verlenen. Ik bedoel: als blijkt dat ik onvruchtbaar ben, dan...'

'Ja, ja, ja, dat weet ik allemaal wel,' onderbrak hij. 'Daar wil ik het niet over hebben waar anderen bij zijn.'

'Nou goed, ik legde uit wat mijn probleem was en ze vroegen of ik misschien een weekendkind wilde hebben. Ze zochten juist een nieuw adres voor Nicky en ik zei meteen ja.'

Zijn mond viel open en zijn ogen waren wijd opengesperd. 'Zoiets overleg je toch eerst?!' riep hij vervolgens uit.

Paula herhaalde zijn vraag tergend langzaam.

'Ja, alsof dat niet ingrijpend is,' reageerde hij. 'Elk weekend een kind. Zoiets overleg je eerst!'

Ze knikte aarzelend en herhaalde het nogmaals. Het klonk verward.

'Dat lijkt me niet meer dan normaal, Paula. Wat is er in je gevaren dat je zoiets in je eentje beslist? Dat gaat ons beiden aan, en dat hoor je dus ook te overleggen.'

Nicky schudde duidelijk zichtbaar Paula's hand van haar knie. 'Ik begrijp het al. Ik ben niet gewenst. Ik ga wel weer.'

'Helemaal niet,' vond Paula. Ze greep het meisje beet. 'Jij blijft hier tot zondagavond. Je bent van harte gewenst. In elk geval door mij. En ik heb het ook beloofd, toch? Ga zitten. Wil je nog iets drinken?'

'Nou, een biertje lijkt me wel wat.'

'Bier?' riep Rein uit. 'In mijn huis krijg jij geen bier. Hoe oud ben je?'

'Ik dronk al bier toen ik acht was,' zei Nicky spottend. 'Dus een biertje graag, of anders ga ik toch weg.'

'Dan ga je maar,' vond hij.

'Rein! Dat kun je niet maken. Ze is nu onze verantwoordelijkheid. We kunnen haar niet zomaar op straat zetten! Waar moet ze naartoe?'

'Naar haar eigen ouders?'

'Juist niet,' vond Paula. Ze kwam overeind. 'Ik haal een flesje bier voor je.'

'Lekker. Heb je er ook chips bij?'

'Oeps, nee,' zei Paula grijnzend. 'Wij hebben nooit chips in huis. Dat krijg je als je geen kinderen gewend bent. Maar ik kan wel een stukje kaas en worst of een paar toastjes voor je maken. Is dat wat?'

'Dat lust ik niet,' zei Nicky.

'Dat is vervelend, maar ik heb niks anders in huis.'

'Maar ik wil chips!' herhaalde het meisje.

'Je hoort dat we geen chips hebben,' riep Rein geërgerd door de kamer. 'Kaas of worst?'

Alsof ze door hem midden in haar gezicht werd geslagen kroop ze weer in elkaar in het hoekje van de bank. 'Kaas,' fluisterde ze.

Paula wierp haar man een boze blik toe en hoopte dat ze hem met haar ogen kon dwingen wat rustiger tegen Nicky te doen, maar dat ging hem te ver. Hij schoof zijn bord aan de kant en stond op. 'Luister eens even allebei, ik wist hier niets van. Ik wist totaal niet dat er dit weekend iemand zou komen logeren en al helemaal niet wat voor problemen ze mee zou brengen. Ik slaap vannacht wel bij mijn moeder. Ik ben al een poos niet meer bij haar geweest. Als ik morgenmiddag terug-kom, ben jij weg, Nicky. Ik wens jou hier niet over de vloer, begrijp je?'

'Rein, wat een onmenselijke reactie. En zoals ik al zei: ze blijft tot zondagavond. Dat is afgesproken!'

'Dan blijf ik weg tot zondagavond, en als ze er dan nog is...' Hij keek zo dreigend dat Nicky over haar hele lichaam begon te trillen. Het meisje keek hem zo angstig aan dat Paula mede-lijden met haar kreeg.

'Rustig maar, Nicky, hij zal je echt niets doen!'

'Dat zeg jij.'

'Dat geloof ik ook.'

'Mooi, tot zondagavond dan.'

Hij beende de kamer uit, maar Paula riep: 'Moet je je tandenborstel niet meenemen?'

In de deuropening draaide hij zich om en keek haar woedend aan. 'Pak die dan even voor me, ja?'

'Nee, waarom? Jij wilt weg. Maar als je toch naar boven gaat, neem dan gelijk schone kleren en vooral schoon ondergoed mee. En je scheerapparaat.'

Hij keek haar verward aan.

'Onder in jouw kast ligt wel een sporttas waar je alles in kunt doen,' ging Paula onbarmhartig door, want ze wist dat ze het hem nu erg moeilijk maakte. Ook al iets wat hij zelf niet kon. Zijn tas inpakken. Niet eens voor één nachtje. 'Deodorant, aftershave, alles wat je nodig hebt als je je morgenochtend aankleedt. T-shirt voor vannacht in bed.'

'Paula, alsjeblieft!' riep hij wanhopig uit.

'Gewoon even goed nadenken,' zei ze kalm. 'Dan weet je zelf precies wat je nodig hebt.'

Hij draalde nog een paar tellen, toen knalde hij de huiskamerdeur dicht. Paula en Nicky keken elkaar aan en moesten grote moeite doen hun lachen in te houden.

Paula haalde haar mobiel tevoorschijn en tikte een berichtje voor haar hartsvriendin Britt: *Topmeid, die Nicky.* Ze liet het Nicky zien, die ervan begon te glunderen. Daarna verstuurde Paula het.

Na een kwartier hoorden ze gestommel in de gang. Paula stond op en ging kijken. 'Is het gelukt?'

Rein gaf geen antwoord.

'Heb je ook tandpasta meegenomen?' vroeg ze hem. 'Je weet toch dat je moeder geen tandpasta meer koopt sinds ze een kunstgebit heeft?'

Hij bleef zwijgen.

'Je kunt die tube wel meenemen die op de wastafel staat. Ik

heb nog een voorraadje in de kast.'

Hij bonkte de trap op en kwam al snel weer terug. 'Zes uur, zondagavond,' zei hij. 'En dan is ze weg!'

'Zo niet?' vroeg Paula poeslief.

'Dan gáát ze weg!'

Het volgende wat Paula hoorde was de voordeur die in het slot viel.

Klokslag zes uur die zondagavond hoorde Paula hoe de deur van de aangebouwde garage openging. Ze ging rechtop zitten en tuurde naar buiten. Inderdaad, Rein kwam thuis.

Ze zuchtte zachtjes, want sinds ze zichzelf door Britts ogen had gezien, zag ze pas hoe ze onder de plak zat bij hem. Ze deed telkens precies wat hij wilde. Hoe was dat toch gekomen? Vroeger, voor ze getrouwd was en ook nog wel in het begin van hun huwelijk, was ze een behoorlijk zelfstandige vrouw geweest, maar op de een of andere manier was ze steeds meer zijn sloofje of slaafje geworden. In elk geval deed ze het hele huishouden alleen en altijd precies zoals hij het wilde. Ook de inrichting van het huis was steeds meer die van hem geworden. De bank bijvoorbeeld, waar ze op zat, zou nooit haar keus geweest zijn. Nogmaals zuchtte ze. Dat ze het niet gemerkt had. Dat ze niet doorhad dat het gebeurd was. Het moest heel geleidelijk zijn gegaan. Maar nu was dat definitief voorbij! Hij zou het misschien niet meteen merken, maar Paula wist dat ze veranderd was. Eergisteren was alles in haar leven anders geworden. In één enkele, genadeloze klap.

'Dit hoef je niet te pikken,' zei Britt. 'Sterker nog, je mág het niet eens pikken. Dit is volkomen onacceptabel! Waar heeft hij ooit het lef vandaan gehaald om dát te doen?' Britt was zo mogelijk nog feller in haar reactie geweest dan Paula, toen ze het hoorde.

'Je hebt gelijk, Britt. Dit is te erg voor woorden en dat zal ik hem zeker laten voelen.'

14

Het eerste wat ze zag toen de huiskamerdeur openging, was een enorm boeket bloemen. Zou hij zich toch schuldig voelen? schoot het door haar heen. Daarna verscheen het grijnzende gezicht van Rein in beeld.

'Hallo liefje,' zei hij opgewekt, maar hij keek snel om zich heen. 'Is ze weg?'

Paula knikte.

'Dus de kust is veilig?' Hij lachte hartelijk, maar toch zag ze dat het niet echt van harte kwam. Was hij misschien werkelijk bang voor haar geweest? Voor Nicky of... misschien zelfs wel voor zijn eigen vrouw?

Paula gaf er de voorkeur aan niet te antwoorden. Ze vond dat hij eerst maar het een en ander moest zeggen.

'Alsjeblieft,' zei hij joviaal en hij legde de bloemen op de salontafel. Hij boog zich naar haar toe en kuste haar op de lippen. 'Ik had misschien niet zo vijandig moeten reageren vrijdagavond,' zei hij en hij ging naast haar zitten op de bank. Hij pakte haar hand en streelde de rug ervan. 'Ik voelde me nogal overrompeld en wist me geen raad met de situatie.'

Ze knikte opnieuw, maar zweeg.

Zijn blik viel op een geel briefje dat ook op de salontafel lag. Hij schoof het naar zich toe en las verbaasd de woorden. *Zoiets overleg je toch eerst?!* Hij knikte. 'Dat is precies waar ik over viel,' stemde hij in. 'Ik wist nergens van en opeens zit hier een puber die als de dood voor me is. Dat kan toch niet, Paula?'

Ze keerde haar gezicht naar hem toe en zocht oogcontact. 'Ik heb je toch gezegd dat ik moeder wilde worden.'

'Dat weet ik wel, liefje, maar als het nu spontaan niet lukt...'

'Er zijn nog zo veel andere manieren, Rein.' Haar ogen werden vochtig.

'Dat weet ik ook wel, meisje, maar je weet hoe ik daarover denk. Lukt het niet vanzelf, dan helemaal niet.'

'Maar is het dan niet belangrijk hoe ík erover denk?' wierp

ze tegen. 'Moeder worden wil ik mijn hele leven al.'

'Oké, oké, maar toch niet van een kind dat midden in de puberteit zit?'

'Als het niet anders kan,' verzuchtte ze. 'Natuurlijk had ik ook liever een baby, maar Nicky werd me zomaar in de schoot geworpen. Ik vond het een prachtig mooie meid om te zien en ik dacht dat ik haar misschien kon helpen.'

'Volgens mij heeft zij hulp nodig van deskundigen, Paula.'

Ze trok haar hand terug en legde die in haar schoot, bij haar andere hand. Ze zag er verdrietig en moedeloos uit.

'Zullen we vanavond uit eten gaan?' stelde hij voor. 'We zijn nog steeds niet in dat nieuwe restaurant geweest.'

Ze haalde haar schouders op. 'Daar krijg ik geen kind mee, Rein.'

'Nee, maar daarom kan het ons nog wel goeddoen, toch?'

'Dit is wat ik wil!'

Hij vouwde zijn handen om haar gezicht en keek haar doordringend aan. 'Waarom is het toch opeens zo belangrijk voor je?'

'Hoezo "opeens"? Moet ik in herhaling vallen?' riep ze uit en ze trok haar hoofd naar achteren, zodat zijn handen naar beneden vielen. 'Binnen een halfjaar móét ik zwanger zijn!'

'Maar Paula, we hebben het toch goed zo? We kunnen alles doen wat we willen. We hebben alles wat ons hartje begeert!'

'Helemaal niet! Ik wil een kind en dat hebben we niet.'

'Ik bedoel: we hebben een prachtig huis, we hebben ieder een auto, we kunnen drie keer per jaar op vakantie. We hebben alles en we hebben het heerlijk samen. Kun je daar dan niet van genieten?'

'Dat kon ik wel, maar nu niet meer. Het is niet meer genoeg.'

'Je verveelt je,' constateerde Rein.

'Hm, dat zei Britt ook al,' gaf Paula toe. 'Ze was het er toch al nooit mee eens dat ik stopte met werken toen wij trouwden.'

'Tja, Britt is nu eenmaal een type dat altijd alles beter weet, maar in dit geval heeft ze misschien wel gelijk. Het leek een goed idee, omdat we zo snel mogelijk een kind wilden hebben, maar dat gebeurde niet, en nu verveel je je dus. Ga op een sport of ga bij een club. Ga bridgen of... Tja, ik weet zo snel niets te bedenken,' zei hij schaapachtig.

Ze keek hem peinzend aan. Ja, ze was gestopt met werken, in de hoop snel in verwachting te zijn, omdat ze ook gestopt was met de pil in de week dat ze trouwden. Dan kon ze fulltimemoeder worden, want dat leek haar het mooiste en dat had ze zeker eerst met Rein overlegd en die had haar alleen maar aangemoedigd. Ze werd echter niet zwanger en uiteindelijk vereenzaamde ze behoorlijk, wat ze niet zo doorgehad had, maar waar ze nu opeens tegenaan liep. 'Ik ga een cursus volgen.'

'O ja?' Hij keek haar verrast aan. 'Wat voor cursus?'

'Binnenhuisarchitectuur.'

Zijn ogen werden groot, vervolgens schoot hij in de lach. 'Hoe kom je op dat idee?'

'Omdat ik heel goed een woning kan inrichten. Beter dan jij,' zei ze kribbig.

'O?' Hij keek rond en haalde zijn schouders op.

'Als het je hier niet bevalt, ligt dat niet aan mij,' zei ze en ze kwam overeind. 'Zal ik de bloemen in het water zetten of doe jij dat vandaag?'

'Nee, zeg, ik zou niet weten hoe.'

'Jij weet niets op huishoudelijk gebied. Het wordt tijd dat je wat leert. Ik zal je het mesje wel wijzen en een geschikte vaas. Loop je mee?'

Verdwaasd liep hij achter haar aan naar de keuken. Op het aanrecht lag ook een briefje. Hij pakte het op en schudde zijn hoofd bij het lezen van de aanwijzingen hoe je eten opwarmde in de magnetron.

'Jawel,' zei Paula en ze opende de koelkast. 'Keus genoeg.' Ze wees hem de diverse magnetronmaaltijden aan die ze 's morgens in de supermarkt gekocht had. 'Jij maakt vanavond je eigen maaltijd warm. Ik ga zo naar mijn ouders en kom morgen pas terug.'

HOOFDSTUK 2

'Je zet het hem betaald, hoor!' sprak Britt met ingehouden woede. Haar ogen spuwden vuur, dwars over de tafel heen. 'Rustig maar,' zei Paula glimlachend. 'Betalen zal hij. En flink ook!'

Traag liet Paula haar rechterwijsvinger over de ruggen van de vele cd's in de kast in de huiskamer glijden. Onderwijl dacht ze terug aan haar gesprek met Britt. Die had altijd al gevonden dat ze veel te gedwee geworden was in haar huwelijk met Rein – zo mak als een lammetje, Paula, waar zit je pit toch, je eigen initiatief? – maar nu was het finaal mis. Paula had haar vriendin nog nooit zo kwaad gezien. Terwijl zijzelf degene was die het meeste recht had kwaad te zijn. Ze kende wel de uitdrukking plaatsvervangende schaamte, maar hier ging het om plaatsvervangende woede. Alsof Britt zelf de klap te verwerken had gekregen, alsof het haar was aangedaan! Maar het deed haar goed dat Britt het zo totaal met haar eens was, zo met haar meeleefde en het zo voor haar opnam.

Hé, dacht ze opeens, dat is mijn cd. Ze nam hem uit de kast en bekeek hem glimlachend. Het was nota bene haar allereerste cd'tje, dat ze van haar eigen zakgeld had betaald. Hoe oud was ze toen? Veertien? Vijftien? Ze legde het op het kleine stapeltje op de salontafel en liet haar vinger verder glijden. Ze vond er nog een paar en daarna keek ze bij de dvd's. Daar had ze er nog veel minder van. Ze had nooit erg veel muziek of films gekocht, al helemaal niet meer sinds ze getrouwd was, omdat Rein haar smaak verkeerd vond. Of eigenlijk had hij altijd gevonden dat ze helemaal geen smaak had. Dus kocht hij de muziek en in huis werd zijn muziek gedraaid, áls ze al eens naar muziek luisterden, want erg vaak kwam dat niet voor. Soms dacht ze dat hij alleen maar muziek en films kocht omdat het intelligent stond in huis.

Nadat ze alles bekeken had, ging ze verder met de boeken. De meeste boeken die van haar waren, stonden boven op de logeerkamer. Dat waren meisjesboeken en die hoorden niet in de huiskamer, vond Rein. Misschien had hij daarin wel gelijk, maar wat moesten *De eetclub* en *Komt een vrouw bij de dokter*, of *Het diner* bij hen in de boekenkast? Natuurlijk, het waren boeken die in de top tien waren beland, bestsellers waren geworden, verfilmd zelfs of een publieksprijs hadden ontvangen, maar dat hield nog niet in dat Rein ze ook daadwerkelijk gelezen had. Nee, die stonden daar alleen maar om de eventuele bezoeker te laten zien dat hij op de hoogte was van eh... van wat eigenlijk?

Wanneer zou die vriend van hem ook alweer komen? Straks maar even in de agenda kijken, dacht ze. Rein hechtte er nogal aan dat alles tot in de puntjes verzorgd was. Ze vertrok haar gezicht tot een grijns. Zij was altijd degene die alles tot in de puntjes verzorgde, hij speelde alleen maar mooi weer. Vreemd toch, dat ze dit nog geen week geleden gewoon geaccepteerd had, maar dat alles haar nu zo ongelooflijk tegenstond dat ze er bijna van walgde. Maar ja, toen was haar leven ook nog anders geweest, had het geleken op een zoetjes kabbelende beek en niet op een zee met bruisende golven die wild het strand op rolden.

Tot vorige week was alles rustig en normaal geweest. Rein was overdag op zijn werk. Vaak maakte hij lange dagen en ook was hij meestal op zaterdag nog druk, maar zondag was hij vrij en bij haar. En zij hield het huis netjes en op orde, en af en toe veranderde ze iets. Niet te veel, want daar hield Rein niet van. En niet te kleurrijk, want daar hield Rein ook niet van. Een mak schaap, had Britt gezegd. Dat was ze inderdaad geworden.

Nicky was weer gewoon thuis. Dat was een afgesloten hoofdstuk, maar het had voor flink wat consternatie gezorgd. Precies zoals ze bedoeld en gehoopt had. Even Rein wakker schudden. Hem even laten weten dat er nog pit in haar zat en dat ze wensen had!

Dat ze was gestopt met werken nog voordat ze met Rein trouwde, had ze echt heel acceptabel gevonden. Reins vader was vele jaren geleden met een aannemersbedrijfje begonnen. Dat liep goed en begon al snel bij de groten te horen. Omdat Rein ook van de bouwwereld genoot, was het vanzelfsprekend dat hij bij zijn vader in dienst kwam, en mede door zijn inzet groeide Reinaards Bouw uit tot een van de allergrootste aannemersbedrijven in het zuiden van het land.

Paula ging er op haar drieëntwintigste werken als receptioniste en werd daarmee het visitekaartje van het bedrijf. Niet gek, want ze zag er mooi uit met haar lange, golvende blonde haren, slanke uiterlijk en stralende glimlach. Rein viel al snel voor haar en dat was echt wederzijds. Paula voelde zich de gelukkigste vrouw ter wereld, toen hij haar na verloop van tijd vroeg met hem te trouwen. De voorwaarde was echter wel dat ze stopte met werken bij Reinaards Bouw, en dat begreep ze. Het stond wat vreemd als de receptioniste de vrouw van de op een na hoogste piet was. Het stond haar vrij elders een baan te zoeken, had Rein gezegd, maar omdat ze het er nadrukkelijk over hadden gehad dat ze graag kinderen wilden hebben, besloot Paula maar helemaal te stoppen met buitenshuis werken. Het was altijd haar droom geweest die kinderen zelf op te voeden en op te vangen als ze uit school kwamen. Ze wilde de hele dag thuis zijn voor haar kinderen en ze niet wegbrengen naar een kinderopvang. Rein was het daarmee eens. En voor het geld hoefde Paula niet te werken. Rein bracht het met bakken tegelijk binnen. Daarom waren ze ook op huwelijkse voorwaarden getrouwd. Iets wat Paula ook logisch vond. Het betekende dat het huis waarin ze woonden van haar bleef, zelfs al zou het aannemersbedrijf failliet gaan. Natuurlijk betekende het ook dat zij hem nooit naar het bankroet kon leiden door bijvoorbeeld alles te vergokken, want ze kon niet bij het 'grote geld' komen. Het betekende echter ook dat ze bij een eventuele scheiding niet de helft zou krijgen, zoals mensen die in gemeenschap van goederen getrouwd waren wel het geval was, maar zij zouden nooit scheiden, dus dat zou ook nooit een probleem zijn, toch?

Hé, nog een boek van haar. Verrast keek ze ernaar. Dat had hier helemaal niet mogen staan, het was een meisjesboek. Had Rein dat nooit gezien? Ze grinnikte en tikte er met haar vinger op. 'Ondeugend boek ben jij,' mopperde ze lachend. 'Nu moet je voor straf de doos in.'

Veel geld hadden ze. Erg veel. Paula had er niet echt verstand van, maar ze had weleens wat gehoord als Rein met zijn accountant praatte. Ze had het vreemd gevonden dat de man bij hen thuis kwam terwijl Rein verder de zaak en privé altijd zo zorgvuldig scheidde. Nou ja, op die feestjes na dan, waarop hij graag met haar pronkte als perfecte echtgenote. Maar over projecten en financiën werd bij hen thuis niet gesproken. Toch kwam eens per kwartaal de accountant even langs en een enkele keer had Paula dan wat opgevangen. Miljoenen hadden ze inmiddels. Het meeste zat in aandelen, maar ze hadden ook spaargeld en zelfs twee vakantiehuizen. Dat wist ze natuurlijk zonder accountant ook wel, want ze brachten er geregeld hun vakanties door. Een prachtige villa in Spanje en een klein kasteeltje in Frankrijk. Vooral dat laatste was een droomhuis. Rein noemde het een kasteeltje, maar dat was het niet. Oké, de Fransen noemden het een château, maar dat was toch wat anders. Ze hadden het twee jaar na hun trouwen gekocht. Reins vader overleed totaal onverwachts en ze erfden een groot deel van zijn geld. Rein had gedacht dat een huis in Frankrijk een goede belegging was, al verdacht Paula hem ervan dat hij het alleen maar wilde hebben om ermee te kunnen pronken en het bezit ervan nonchalant te kunnen laten vallen tijdens een gesprek met klanten of opdrachtgevers, om interessant te doen. Het wás ook interessant, dat was ze met hem eens, want er zat een hele wijngaard bij en ze maakten er hun eigen wijn, of nee, die lieten ze er maken, want Rein had natuurlijk nog nooit een druif geplukt, maar zijn naam stond wel op het etiket. Het was een mooi, statig oud huis met veel grond en Paula hield ervan om er te zijn en er lange wandelingen te maken, met de werknemers in de wijngaard te praten, de druiven te proeven of naar de marktjes in de omgeving te gaan om groentes en aardappels te kopen en soms zelfs meubeltjes. Ze was er weleens een paar weken alleen geweest en had eigenlijk onlangs besloten om dat dit jaar weer te doen, maar nu wist ze dat niet zeker meer. Het zou wel pijn doen als ze het huis nooit meer te zien zou krijgen, als ze er nooit meer mocht verblijven. Haar vingers jeukten ook altijd om het in te richten, maar helaas was haar smaak nooit die van Rein.

'Betalen zal hij. En flink ook!'

Ze zuchtte en pakte het kleine stapeltje boeken, cd's en dvd's op, dat ooit van haar was geweest en natuurlijk nog steeds van haar was. Al stond ze achter haar nieuwste beslissing, leuk was het niet. Ze hield zeker van woeste golven, die hadden zelfs haar voorkeur boven kabbelende beekjes, maar het was even wennen dat de beek een zee geworden was en dat er niet meer gekabbeld werd, maar hoog opgespat. Daar had ze tijd voor nodig.

'Je laat het er niet bij zitten. Paula,' riep Britt uit. 'Hier komt hij niet mee weg!'

'Nee, nee, echt niet, maar geef me de tijd om mijn plannen te maken.'

'Jij bent altijd zo meegaand. Je accepteert alles van hem.'

'Britt, eens is er die druppel en die was er nu! Ik laat het er níét bij zitten, hij komt hier niet ongestraft mee weg! Dat beloof ik je.'

In de kleinste logeerkamer stonden twee dozen op het bed. Het was de kamer die ze nog nooit gebruikt hadden, want veel logés kregen ze niet. Eens per jaar Paula's ouders en ooit was er een nichtje te logeren geweest. Voor hen had Paula het bed in de grootste logeerkamer opgemaakt. Paula's kennissenkring was erg gekrompen sinds ze gestopt was met werken. De weinige collega's hadden het moeilijk gevonden nog gewoon met haar om te gaan, omdat ze opeens de vrouw van een van de directeuren was. Alleen Britt was haar vriendin gebleven, maar die kende ze al van voordat ze er was gaan werken. Ze hadden samen de havo gedaan en jarenlang bij elkaar in de klas gezeten. Maar Britt woonde in de buurt, die kwam niet logeren en als er toch gelogeerd moest worden, dan ging Paula liever naar haar toe. Ze had een leuke man, helemaal het tegenovergestelde van Rein; wat warhoofdig, lief, grappig in de omgang. Paula kwam graag bij hen thuis.

Britt was makelaar van beroep en mede dat was de reden dat Paula bedacht had iets meer te willen weten over binnenhuisarchitectuur. Britt zag het wel zitten dat ze samen iets zouden ondernemen op dat gebied. Ze was in elk geval altijd van mening geweest dat Paula een geweldig verfijnde smaak had, met oog voor detail. Bij haar thuis had Paula al vaak goede adviezen gegeven, die Britt met plezier ter harte had genomen. Jammer dat Rein er telkens zo anders over dacht.

Een van de dozen was keurig gesloten, de andere stond nog open. Paula keek erin en lachte. Veel zat er niet in, maar wel haar barbiepop, waar ze vroeger zo veel mee had gespeeld en die ze al die jaren zo zorgvuldig had bewaard voor als ze zelf een dochtertje zou krijgen. Net als het theeserviesje dat ze van haar moeder had gekregen toen ze zes was. Het stelde allemaal niet veel voor, maar de spulletjes stonden voor herinneringen die ze nog steeds koesterde. Herinneringen, maar ook dromen voor een toekomst, die nog steeds niet onmogelijk was. Voorzichtig stopte ze de boeken, cd's en dvd's erbij in de doos. Ze keek om zich heen en greep het sierkussen dat op het logeerbed lag en ook van haar was geweest. Voorzichtig propte ze het in de doos en vouwde die dicht. Zo kon het serviesje niet verschuiven en zou het wel heel blijven, hoopte ze.

Vervolgens bracht ze beide dozen naar beneden en zette ze in de achterbak van haar auto, waar al een doos stond vol papieren en dagboeken van voordat ze getrouwd was, haar diploma's en andere zaken die ze vroeger belangrijk vond en nu nog steeds niet weg kon gooien. Zorgvuldig sloot ze de bagageruimte af.

Hoorde ze het goed? Ze wierp een blik door het garageraam en zag inderdaad hoe de postbode weer op zijn fiets sprong en verder reed. Al verwachtte ze nooit wat bijzonders, ze was toch altijd nieuwsgierig naar wat de postbode bracht. Ze liep over de oprit naar hun brievenbus, die helemaal vooraan bij de weg stond. Het gras mag wel weer eens gemaaid worden, dacht ze, en ze zuchtte plotseling hartgrondig. Zelfs dat had ze zich laten ontnemen. Hoe was het toch gekomen dat ze zo slaafs geworden was? Rein vond dat een directeursvrouw niet haar eigen gras kon maaien en dus huurde hij een tuinman in en verbood haar de tuin te doen. Ze mocht hooguit hier en daar wat dode bloempjes uit knippen en natuurlijk mocht ze af en toe een prachtig boeket samenstellen, maar ze was te goed om onkruid te wieden of gras te maaien. En dat deed ze nu juist zo graag in Frankrijk. Oef, dat huis wilde ze echt niet kwijt!

In een opwelling pakte ze haar mobieltje en toetste een bericht in voor Rein: *Wanneer gaan we weer naar ons huis in Spanje? Ik heb er zin in.* Ze verwachtte geen antwoord, maar dat was ook niet nodig. Als hij het maar las.

Ze keek de straat in en genoot zoals altijd van de aanblik. Het was allemaal misschien net iets te stijlvol, te mooi en te duur. Toch woonde ze hier met plezier. Er was veel ruimte rondom en de buren kon ze amper roepen, zo ver stonden de huizen van elkaar. Ze hield ook van hun grote huis met de ruime woonkamer, de eetkamer en beneden nog een werkkamer voor Rein, waar hij zelden tot nooit zat. En boven de grote slaapkamers en prachtige badkamer. Goed, ze had sommige dingen graag anders ingericht, andere kleuren gebruikt en vooral andere materialen, maar het was en bleef een prachtige woning. Ze glimlachte. Misschien kon ze Rein wel zover krijgen om het eens anders in te richten als ze met behulp van haar nieuwe cursus kon aantonen dat het ook anders kon en dat dat niet goedkoop was, maar juist in de mode.

Ze liep op de brievenbus af en opende die. Tot haar grote verrassing vond ze er leuke post in. De eerste les van de cursus Interieurstyling die ze besteld had. Plotseling was het alsof ze vleugels kreeg en ze wist niet hoe snel ze weer binnen moest komen. Haar cursus was begonnen! Nu, op dit moment. Wat een heerlijke dag! In de keuken zette ze snel koffie en terwijl die doorliep, ging ze nog even spiedend door de huiskamer. Hier en daar verplaatste ze een paar cd's of boeken, zodat het niet opviel dat ze er een aantal weg had gehaald en het eruitzag of het er altijd zo bij had gestaan. Vervolgens haalde ze alles uit de grote envelop en bekeek ze de dingen een voor een. Het kleurige studieboek viel het meest op, maar er zaten ook schriften bij en zelfs potloden. *De eerste les is aangekomen*, berichtte ze naar Britt.

Ik kom vanmiddag even kijken, schreef Britt terug.

Leuk, dat was nou eens een echte vriendin, bedacht Paula voor de tigste keer. Altijd belangstelling, altijd meelevend. Misschien mocht ze zelfs weleens met haar mee op stap als ze een woning ging verkopen, zodat Paula meer ideeën kreeg over de soorten woningen en inrichtingen. Opgewekt schonk ze een mok vol koffie en haar ogen gleden over het begeleidend schrijven. Wow, ze ging zelfs echte opdrachten uitvoeren: een kleurenplan voor een kleine woning en een verlichtingsplan voor een grote woning. Ze had dit natuurlijk allemaal al gelezen op internet voordat ze de cursus bestelde, maar nu stond het zwart op wit en was het echt. Ze ging leren voor interieurstylist. De cursus duurde negen maanden, maar omdat Paula niet veel anders te doen had overdag, hoopte ze er binnen een halfjaar mee klaar te zijn. Wie weet zou Britt ooit haar diensten aan kunnen bieden aan mensen die bij haar een woning kochten! De toekomst zag er plotseling heel zonnig uit.

Op donderdagavond kwam Rein alweer met een grote bos bloemen thuis. Sjonge, wat een schuldgevoel, dacht Paula, al had ze geen idee waarom.

'Het spijt me heel erg, liefje,' viel hij met de deur in huis, maar hij bleef stokstijf staan toen hij zag dat Paula niet alleen was. 'Wie zijn dat?' vroeg hij verward terwijl hij naar de kinderen en de jonge vrouw rond de tafel keek.

'Dat zijn onze toekomstige weekpleegkinderen,' zei Paula blij. 'Dit is Daan, die is vijf, en dit is zijn zusje Mirthe van zes. Dit is hun moeder, Heleen.' Ze keek naar hen. 'Dit is mijn man, hij heet Rein.'

'Geef die meneer eens een handje,' zei Heleen tam.

De kinderen kwamen morrend van hun stoel en staken hun handen uit naar Rein, die zich niet goed raad wist met de situatie, maar wel zijn hand uitstak.

'Dag eh... Daan, dag Mirthe.' Hij keek Paula aan. 'Wat bedoel je met weekpleegkinderen?'

'Nou, met Nicky ging het niet zo best, die zou alleen in het weekend komen. Je vond haar te oud. Je wilde geen puber. Dit zijn kinderen die hier doordeweeks zijn en ze zijn veel jonger. In het weekend gaan ze naar huis. Zo krijgen hun ouders een beetje lucht en tijd voor zichzelf, om op adem te komen.'

'Maar...?'

'Ja?' vroeg Paula met een innemende lach op haar gezicht.

'Dat kun je toch niet maken?'

'Waarom niet? We hebben kamers genoeg in dit huis en ze schijnen er prijs op te stellen samen een kamer te delen, dus krijgen ze de grootste logeerkamer.'

'En Heleen?'

'Die gaat straks naar huis, naar haar man, als ze tevreden is met wat ze hier gezien heeft.'

'Tevreden? Hoezo tevreden?'

'Het kan toch zijn dat ze ons niet prettig vindt of dat ze het huis te gevaarlijk vindt of wat dan ook. Ik vind het erg logisch dat ze graag ziet waar haar kinderen terechtkomen.'

'Prima, maar waarom hier?'

'Dat hoef ik toch niet uit te leggen,' zei Paula verbaasd. 'Dat weet je toch?'

'Ik dacht dat jij nergens anders meer tijd voor had sinds je met die cursus begonnen bent.'

'Poeh, ik kan echt niet de hele dag studeren. Bovendien gaan ze overdag naar school, dan ben ik weer alleen en heb ik nog steeds tijd genoeg. En jij zult weinig met hen te maken krijgen. Goed, ze eten hier samen met ons, daarna breng ik ze naar bed. Op onze vrije zondag zijn ze er niet. Dus wat is het probleem?'

Hij keek haar indringend aan. 'Weet je nog, dat briefje? Wat je opgeschreven had?'

'Hoe de magnetron werkt?'

'Nee,' siste hij, 'dat andere briefje.'

'Aha, valt dit ook onder de dingen die je eerst overlegt?'

'Natuurlijk! Ze komen wel hier wonen. In mijn huis.'

'Ons huis, Rein. Hoewel, als je het letterlijk wilt nemen: mijn huis.' Paula keerde zich glimlachend om naar Heleen. 'Wil je nu de kamers boven zien?'

'Graag.' Maar ze wierp een angstige blik op Rein.

'Niets van hem aantrekken,' vond Paula. 'Hij trekt wel bij. Rein is een prima man, heel vriendelijk, attent en belangstellend. Kom, Daan en Mirthe, dan laat ik jullie je slaapkamer zien.'

Ze ging hen voor door het grote huis, de brede trap op naar boven.

Heleen keek haar ogen uit. 'Wat wonen jullie prachtig, zeg. Ongelooflijk dat er mensen zijn die zoiets kunnen betalen.'

Paula schaamde zich een moment, want het was inderdaad erg luxe zoals ze woonden. Aan de andere kant wist ze dat ze voldoende belasting betaalden voor alles wat ze ontvingen en bezaten en daar profiteerden anderen ook weer van. 'Daar is de badkamer en dit is jullie kamer,' zei Paula en ze opende een deur.

Ze stapten naar binnen. Heleen keek keurend rond. 'Erg netjes. Helemaal geen kinderspullen.'

'Nee, die heb ik opgeruimd, allemaal weggedaan. Het waren spullen van mezelf, maar als Daan en Mirthe het leuk vinden om hier doordeweeks te wonen, gaan we natuurlijk wat spulletjes voor hen halen. Dan mogen ze zelf mee om die uit te zoeken en wordt het meer hun eigen kamer en niet die van mij, toen ik klein was.'

Heleen knikte begrijpend. 'Wil je dat doen dan?'

'Tuurlijk. Daar maken we tijd en geld voor vrij, nietwaar?' Ze keerde zich naar Rein, die ze achter zich hoorde.

'Het ligt eraan hoeveel,' bromde hij.

'Ik krijg niet de indruk dat ze hier welkom zijn,' zei Heleen.

'Natuurlijk wel. Heel erg zelfs. Ik verheug me er nu al op om ze straks toe te dekken, een verhaaltje voor te lezen en morgen wakker te maken, te ontbijten, samen naar school te gaan. Het lijkt me heerlijk!' riep Paula uit.

'Maar je man denkt er anders over.'

'Tja, misschien had ik het toch beter eerst met hem moeten bespreken, maar toen ik jullie zag, wist ik dat ik jullie wilde helpen, en er was geen tijd meer om Rein op de hoogte te brengen. Misschien was dat fout, maar heus, Heleen, hij trekt wel bij. Hij wil immers zelf ook graag kinderen, dus moet hij wel van die van jou houden.' Ze legde haar hand op zijn arm en keek hem warm aan.

'Houden? Wat bedoel je daarmee?' vroeg Heleen.

'Dat hij een kindervriend is, bedoel ik. Dat hij ook voor jouw kinderen ruimte in zijn hart heeft, al zijn het niet zijn eigen kinderen.'

'Hebben jullie zelf ook nog kinderen?' vroeg Heleen verbaasd.

'Nee, niet juist. Dat wilden we wel, maar dat is niet gelukt en daarom help ik graag andermans kinderen, zoals die van jou.'

'Hm.' Heleen keerde zich naar haar kinderen. 'En? Wat vinden jullie van deze kamer? Willen jullie hier vannacht wel slapen?'

Mirthe stapte op een nachtkastje af. Daar vond ze een boek met leuke tekeningen.

'Ja, dat heb ik vast gekocht,' zei Paula, 'anders had ik vanavond niets om voor te lezen, maar morgen kunnen we wel andere boekjes kopen.'

Daan kroop achter zijn moeders benen.

'Wat is er, jongen?' vroeg Heleen hem.

'Ik wil naar huis.'

'Dat lijkt me een strak plan,' zei Rein.

'Mij niet!' riep Paula uit. 'Heleen en haar man hebben rust nodig. Minimaal één avond, maar liever nog een aantal. Zo snel geven we niet op, toch?' Ze keek Heleen aan, die duidelijk aarzelde. 'Jij had je toch ook verheugd op een kalme avond samen met je man? Jullie zouden uit eten gaan, zei je me. Dat was al in geen jaren gebeurd!'

Heleens gezicht begon te stralen. 'Dat is waar, ja. Goed, laat me maar even alleen met de kinderen. We komen zo weer naar beneden.'

Paula knikte haar vriendelijk toe en nam Rein bij een elleboog mee de trap af.

'Hoe kon je,' begon hij halverwege. 'Zonder te overleggen. Twee kinderen tegelijk nog wel.'

'Rein, je hebt totaal geen last van hen. Je ziet ze alleen 's avonds en lang niet alle avonden. Vaak liggen ze al in bed voordat jij thuiskomt. Ik wil zo graag moeder zijn, Rein, alsjeblieft, gun me dit nou!'

'Ik gun je veel, maar ik wens dat je dit met me overlegt. Hoe moet dat nou vrijdagavond als Josh komt?'

'Dan zijn ze al weg, joh. Heleen haalt ze 's middags op uit school en ze komen pas maandagmiddag na school weer hier, want dan haal ik ze op. Zie je, er is niets aan de hand.'

'Er is van alles aan de hand. Je gaat je eigen gang maar alsof ik geen deel uitmaak van jouw leven. Dat kan niet, Paula!'

'Maar begrijp me dan!' Ze gilde bijna, maar het lukte haar zich in te houden.

In de huiskamer lagen de bloemen op tafel die hij bij zich had gehad.

'Waar zijn die voor?' vroeg ze verrast.

'O ja. Je wilde graag naar Spanje, maar ik heb het huis daar uitgeleend aan een grote klant van ons. Drie weken mag hij er blijven, dus helaas kunnen wij er voorlopig niet naartoe.'

'En ik alleen?' vroeg ze.

'Nee, ook niet natuurlijk, als die klant er zit.'

'Doe je dat vaker? Dat wist ik helemaal niet.'

'Dat hoef jij ook niet te weten. Dat zijn zaken, liefje.'

'Maar ik dacht dat het ons privéhuis was! Er staan allerlei dingen die van ons zijn, van mij.'

'Die heb ik natuurlijk eerst weg laten halen.'

'Doe je dat ook met ons huis in Frankrijk?'

'Nee, dat is wel privé,' zei hij. 'Blijkbaar heb ik voornamelijk klanten die graag in Spanje zitten. Het is een prima middel om klanten te binden.'

'Maar het is ons huis, Rein. Hoe kun je dat nou doen zonder met me te overleggen?'

'Aha, dat vind je niet leuk? Nou, ik vind het niet leuk wat jij doet, en je hoeft niet te denken dat ik ook maar één vinger uitsteek om je met die kinderen te helpen!'

'Maar jij wilde toch ook graag kinderen, Rein?'

'Eigen kinderen, Paula. Kinderen van mezelf dus. Dat is heel wat anders.'

'Beter andermans kinderen dan helemaal geen,' zei Paula nukkig.

'Dat ben ik dus niet met je eens en trouwens, we zíjn dit voorjaar al twee weken naar Spanje geweest. Er is nog tijd genoeg om van de zomer nog een keer te gaan. Ik vind dat je opeens wel veel eisen stelt!'

'Veel eisen?' Ze keek hem met grote, onschuldige ogen aan. 'Is het te veel gevraagd om moeder te willen worden of om in ons eigen vakantiehuis te verblijven?'

Op dat moment kwam Heleen weer beneden met aan elke hand een kind. 'Het is in orde. Ze blijven hier vannacht. Breng jij ze morgenochtend dan op tijd naar school?'

'Natuurlijk doe ik dat, Heleen. O, wat geweldig. Daan en Mirthe, wat vind ik dat fijn! Dan gooien we nu jullie moeder eruit en gaan wij lekker patat eten. Hebben jullie daar zin in?'

'Ja!' riepen ze in koor.

Paula lachte en duwde Heleen naar de hal, maar die maakte zich los en kuste haar kinderen nog snel.

'Tot gauw, schatjes, en gedraag je!'

In de hal stak Paula haar hand naar haar uit. 'Bedankt, Heleen, heel erg bedankt. Als er wat is, bel ik je meteen, en eh...' voegde ze knipogend toe, 'niet vergeten Britt de groeten te doen!'

HOOFDSTUK 3

'Je bent nog niet eens omgekleed!' riep Rein meteen geïrriteerd bij binnenkomst in de keuken uit.

'Ook leuk je weer te zien,' zei Paula grijnzend. 'Fijne dag gehad, schat?'

'Zou je niet eens opschieten?' vroeg hij terwijl hij zijn stropdas losknoopte en de knoopjes van zijn overhemd alvast opende. Paula wist dat hij direct door zou lopen naar boven om zich te douchen en om te kleden en er weer heerlijk fris uit te zien als zijn vriend Josh met zijn vrouw kwam.

'Alles is klaar, hoor,' zei ze opgewekt. 'De barbecue brandt al, dat wilde ik niet doen in mijn mooie jurk. De champagne staat koud, de hapjes zijn klaar, de koelkast in de bijkeuken zit vol bier en rosé en het vlees ligt in de marinade. Precies zoals je het graag hebben wilt, toch?'

'Maar ze kunnen elk moment hier zijn!'

'Helemaal niet,' zei Paula terwijl ze achter hem aan naar boven liep. 'Josh heeft net gebeld. Ze staan in een file. Ze zijn hier niet voor zeven uur, dus we hoeven ons niet te haasten.'

Rein lachte opgelucht. 'Aha, dat wist ik niet.'

'Ben ik ooit te laat klaar geweest dan?'

'Nee, nee, dat niet, maar je doet zo eh...'

'Ja?'

'Je bent jezelf niet de laatste tijd en daarom was ik bang... Nou ja, ik dacht: misschien wilde je die jeans wel aanhouden.'

'Tuurlijk niet, schat. Ik weet toch hoe jij het op prijs stelt dat ik er keurig verzorgd uitzie. Daarom ben je toch met me getrouwd!'

'Nou ja, niet alleen daarom natuurlijk, maar het is wel mooi meegenomen,' zei hij nog net voordat hij in de badkamer verdween.

Paula keek hem na. Hoe kon één gebeurtenis haar leven toch zo op de kop zetten? Ze had zo van hem gehouden en nu was dat totaal voorbij. Ze ergerde zich voortdurend aan hem, terwijl ze twee weken geleden nog alles van hem gepikt had. Zuchtend raapte ze zijn broek van de vloer, het overhemd van het bed en de stropdas van de stoel. Ze bracht de kleding naar de badkamer en legde daar alles op een krukje. 'Doe je het zelf zo even in de wasmand?' vroeg ze aan de gesloten douchecabine en ze verdween weer. Ze hoorde hem boven het stromende water uit pruttelen, maar verstond er geen woord van. Het interesseerde haar ook niet, hij moest maar eens voelen dat hij ook best zijn handen uit de mouwen kon steken.

Snel kleedde ze zich uit, trok mooi ondergoed aan en daaroverheen haar prachtige donkerblauwe jurk, waarin niet alleen haar figuur zo geweldig uitkwam, maar ook de rondingen van haar borsten opvallend waren. Ze wist dat Rein haar graag zo zag en dat plezier deed ze hem met genoegen, want zelf hield ze er natuurlijk ook van om er mooi uit te zien. Ze was benieuwd naar Josh. Ze had de man nog nooit ontmoet, maar Rein en hij schenen al vanaf de basisschool bevriend te zijn. Tot nu toe kende ze zijn naam eigenlijk alleen maar van kerstkaarten uit Amerika, die nota bene door zijn vrouw geschreven leken te zijn.

Zorgvuldig borstelde ze haar lange, blonde haren glanzend en bracht ze wat kleur aan op haar gezicht, hoewel dat amper nodig was. Maar lippenstift en oogmake-up vond ze wel belangrijk.

'Waar zijn mijn kleren?' vroeg Rein. Hij kwam halfnaakt de slaapkamer binnen en was nog bezig zijn haren te drogen.

'Die legde ik net op de kruk in de badkamer.'

'Die niet, die had ik vandaag aan. Ik bedoel mijn kleren voor nu.'

'O, die zullen wel in de kast hangen.' Ze begreep zijn verbazing heel goed, want tot nu toe had zij altijd zijn kleren klaargelegd, maar het werd hoog tijd dat hij zelf eens wat in die richting deed.

'In de kast? Paula, doe alsjeblieft niet zo moeilijk. Wat zal ik aantrekken?'

'Dat is het dus juist. Hoe kan ik dat weten? Waar heb je zin in? Wat voor gevoel wil je uitstralen? Alles in de kast is schoon, dus je kunt kiezen wat je wilt.' Zelf haalde ze een dun kettinkje tevoorschijn, waaraan een kleine hanger hing. Ze deed het om haar hals en bekeek zichzelf goedkeurend in de spiegel. Onder in de kast stonden haar schoenen en al zouden hooggehakte exemplaren prachtig staan bij deze jurk, ze koos toch voor haar weliswaar sierlijke, maar platte sandaaltjes. Als er van haar verwacht werd dat ze de hele tijd buiten over het terras heen en weer moest lopen met eten en drinken, dan kon ze dat niet volhouden op die hoge hakken. Temeer daar het terras uit keitjes bestond.

'Vind je dit wat?' vroeg hij. Zijn stem klonk enigszins benauwd. Zo kende ze hem niet.

Verrast keek ze om. 'Prima combinatie. Heel goed.'

'Gelukkig. Zeg, zijn die kinderen weg?'

'Ja, dat had ik toch gezegd? Ik heb ze vanmorgen naar school gebracht en Heleen heeft ze vanmiddag weer opgehaald. Vond je het trouwens geen schatten? Ik vond het zo'n feest om vanmorgen met hen samen te ontbijten.'

'Ja, wat een feest. Dat joch dat de melk omgooide... Moest ik me halsoverkop omkleden.'

'Dat deed hij niet expres.'

'Nee, vast niet, maar daarom was het nog wel lastig.'

'Welnee, je was binnen vijf minuten alweer terug. Ik heb ervan genoten. En Mirthe, met die prachtige krulletjes. Echt een plaatje. Ik vind het heerlijk als ze hier elke week komen.'

'Daar moeten we het morgen maar over hebben. Ik zie dat niet zitten, Paula.'

'Wat moet ik dan?' riep ze uit. Ze voelde haar ogen vochtig worden. 'Je weet wat ik wil. Ga dan met me mee naar de huisarts, zodat we onderzocht kunnen worden.'

'Paula, we krijgen nu visite. Ik heb Josh al in geen tien jaar gezien en zijn vrouw zelfs nog nooit. Morgen en overmorgen hebben we voldoende tijd om erover te praten.'

Ze keek hem aan en wist niet hoe ze haar opkomende lach moest onderdrukken. Het was gewoonweg niet te geloven wat hij nu weer had gepresteerd. Plotseling voelde ze een beetje medelijden met hem. Wat een stumper was hij eigenlijk. Aan de ene kant zat zij volledig bij hem onder de plak, maar tegelijkertijd was hij helemaal niets zonder haar. Hij was volledig afhankelijk van haar, in elk geval thuis. Dat was toch wel een bijzondere gewaarwording.

'Schat,' zei ze enigszins vertederd, 'je bent vergeten je te scheren.'

'Wat? En dat zeg je nu?' Woest rukte hij zijn overhemd open en stormde naar de badkamer, terwijl Paula zacht lachend de trap af liep om nog even in de tuin te kijken hoe het met het vuur ging en of alles was zoals ze het graag wilde hebben.

Het duurde zelfs nog tot kwart over zeven voor ze de bel hoorden rinkelen. Rein vloog overeind om de voordeur open te doen. Paula zag met opgetrokken wenkbrauwen nog net een taxi wegrijden.

'Wow, als ik had geweten dat je zo riant woonde, hadden we geen hotel genomen, maar ons bij jullie ingeschreven. Kerel, Reinaldus, wat geweldig je weer te zien.' Een reus van een man sloeg zijn armen om Rein heen en drukte hem een moment fijn.

'Dat is wederzijds,' zei Rein lachend. 'En je bent geen spat veranderd.'

'Tien jaar ouder, man.'

'Niet te zien, maar je hebt wel een Amerikaans accent.'

Josh lachte. 'Daar ontkom je niet aan als je daar woont. Maar laat ik je voorstellen aan mijn vrouw. Dit is Ann. Ann, dit is Rein.'

'En dit is Paula,' zei Rein met onverholen trots.

De twee vrouwen schudden elkaar de hand. 'Ben je Nederlandse?' vroeg Paula.

'Ja, ik kom hiervandaan, maar in Amerika noemt iedereen me Ann, en dat bevalt me wel, al heet ik eigenlijk Anna.'

'Kom, buiten is het aangenaam en staat de champagne koud.' Paula ging hen voor door het huis.

'Je loopt veel te hard, Paula, ik wil het huis ook zien,' zei Ann.

'Dat kan de hele avond nog. Eerst een drankje,' vond Rein.

'Oké dan.'

'Schenk jij het even in?' vroeg Paula poeslief. 'Dan haal ik ondertussen een paar hapjes uit de keuken. De glazen staan al klaar.'

'Ja, maar wat schenk ik in en waar staat de drank dan?'

'Ik dacht dat je champagne besteld had en die staat in de koelkast in de bijkeuken. Dat heb ik net al gezegd.' Pff, dacht ze. Hij kon werkelijk niets zelf! Wat had ze hem verwend. Maar het was het beste hem voor de leeuwen te gooien, of in het diepe, dan moest hij wel.

'Wat een tuin!' riep Ann uit. 'Het lijkt wel een paradijsje. Hou je dat helemaal zelf bij, Paula?'

'Nee, dat is echt te veel werk. We hebben een tuinman.'

'Dat moet ook wel,' vond Josh. 'Moet je toch eens kijken wat een hoekjes en plekjes om te zitten. Heel romantisch, zeg.' Hij lachte en trok Ann tegen zich aan. 'Dit is vast een droomtuin voor jou.'

'Zeg dat wel. Moet je zien, er staat zelfs een palmboom in. Hoe is het mogelijk! En dan al die kleuren. Er zijn nog zo veel bloemen die nog moeten gaan bloeien.'

'Ik vind zelf de schelpenpaadjes erg leuk,' zei Paula.

'Alles is leuk en prachtig. Kijk toch eens, zelfs een fonteintje. Waar gaan we zitten? Ik hoop bij het water.'

'Je mag kiezen,' zei Rein joviaal.

'Dan kies ik voor dat zitje,' antwoordde Ann en ze trok Josh mee naar de vijver.

Terwijl Rein met de glazen stoeide en Paula wat amuses tevoorschijn toverde voor bij het drankje, vertelden Josh en Ann over hun verblijf in Amerika.

Maar na een minuut of twintig vond Josh het genoeg. 'Kom op met dat vlees,' zei hij lachend. 'Bij ons eten we wekelijks van de barbecue. Wij hebben er inmiddels verstand van.'

Paula bracht snel de stukken vlees die ze gemarineerd had en Josh gaf meteen een demonstratie van hoe je vlees gaarde op de barbecue. Rein keek zijn ogen uit, want die stak immers normaal gesproken nooit een hand uit.

'Hebben jullie bewust geen kinderen?' vroeg Ann plotseling tijdens het eten.

Paula schudde hard met haar hoofd. 'Nee, het lukt gewoon niet, maar we willen heel graag.'

'Laat er dan wat aan doen!' riep Ann uit. 'Hoe oud ben je?'

'Over vijf maanden ben ik vierendertig.'

'Meid, ga naar de dokter!'

'Ander onderwerp, zeg,' was Rein van mening.

'Is dit te gevoelig? Sorry, hoor. Wij zijn wel bewust kinderloos. We genieten er zelfs van. We kunnen gaan en staan waar we willen, hoeven altijd alleen maar met onszelf rekening te houden. Wij vinden het heerlijk zo.'

'Dat klinkt het ook,' was Rein het met haar eens.

'Rein!' siste Paula. 'Ben je van mening veranderd?'

'Nee, natuurlijk niet, maar het is toch zo? Dat geldt ook voor ons.'

'Zeg jij. En dan wil ik naar Spanje, heb je ons huis uitgeleend.'

'Ons huis?' Josh keek verrast op.

'Ja, we hebben een heerlijk huis in Spanje,' zei Paula, 'maar

Rein heeft er een klant in gezet. Dus daar heb ik deze zomer niets aan.'

'Hallo,' zei Rein lachend. 'Hij mag er drie weken wonen, langer niet, hoor. Het is te hopen dat de zomer langer duurt!'

'Je hebt dus aardig geboerd,' constateerde Josh.

'Ja, heel aardig,' zei Rein met een grote grijns en duidelijke trots.

'Werkt je vader nog mee?'

Reins gezicht betrok voor een moment. 'Nee, die is overleden. Ik doe het nu alleen, maar het loopt als een trein. We verdienen goed.'

Paula stond op. 'Ik ga even wat sla en groentes halen.' Ze liep naar de keuken, maar hoorde voetstappen achter zich. Het was Ann, die haar volgde.

'Hulp nodig?'

'Nee hoor, ik heb het meeste al eerder op de dag klaargemaakt.'

'Maar ik mag wel even rondkijken? Dit lijkt me zo'n geweldig huis.'

'Dat is het ook, al zou ik het liever anders ingericht hebben. Het is voornamelijk Reins smaak geworden.'

'Dat zie ik. Ik denk dat jij het wat speelser zou hebben ingericht en wat meer pasteltinten zou hebben gebruikt.'

Paula keek haar verbluft aan. 'Inderdaad, ja. Dat zie je goed!'

Ann kwam bij haar staan en plukte wat blaadjes sla uit een grote kom.

'Die moet nog aangemaakt worden,' zei Paula en ze goot er voorzichtig wat vinaigrette overheen.

'Meid, je moet echt snel naar de dokter,' zei Ann zacht. 'Je moet je laten onderzoeken. Hoe eerder, hoe beter. Als je het meent dat je graag moeder wilt worden. Bijna vierendertig is echt niet jong meer. Mijn zus heeft bewust gewacht tot ze op de top van haar carrière stond en toen was ze achtendertig en weet je, Paula...' Anns ogen leken vol te schieten.

Paula keek haar benieuwd aan. Helemaal toen ze ook nog Anns hand op haar arm voelde.

'Ze kreeg een gehandicapt kindje,' fluisterde Ann. 'De dokter zegt dat het niet aan haar leeftijd hoeft te liggen, maar het zou wel kunnen. Het is echt een schattig meisje, maar het is ontzettend zwaar voor de ouders. Dus alsjeblieft, Paula, wacht niet te lang als je echt graag moeder wilt worden.'

'Dat wil ik echt heel graag,' zei Paula kalm, 'maar ik wil ook graag dat Rein meegaat, en dat vertikt-ie.'

'Logisch! Hem mankeert immers niets!'

Paula keek haar met grote ogen aan. 'Waarom niet?' Wat wist Ann van Rein wat zij niet wist? Het kwam er zo nadrukkelijk uit. Plotseling werd ze bang. In de ogen van Ann zag ze iets flikkeren, waarvan ze instinctief aanvoelde dat ze het liever niet zou willen weten. Ze zette zich schrap voor het nieuws dat komen zou. Had Rein haar misschien ooit zwanger gemaakt? Nee, dat kon niet, want ze kende Rein niet eens. Ze had hem pas vanavond voor het eerst ontmoet. Wat dan? Ze bukte zich en trok de koelkast open. De frisse lucht die naar buiten kwam, deed haar goed. Ze zakte traag door haar knieën en deed alsof ze iets in de groentela zocht, maar wachtte ongeduldig op het antwoord dat hopelijk snel kwam, zodat ze het weer achter zich kon laten.

'Hij was toch spermadonor,' zei Ann met een twinkeling in haar stem. 'Samen met Josh, toen ze nog op het hbo zaten. Om geld te verdienen! Dat wist je toch wel?' Ann grinnikte lichtjes, maar bij Paula was alle kleur uit het gezicht getrokken. Ze moest zich aan de deurpost van de koelkast vasthouden om niet onderuit te gaan. Spermadonor! Zaaddonor! Hij had kinderen verwekt met zijn zaad! Hoeveel? Hoe vaak? En zij... zij kreeg geen kind van hem.

'Ik geloof dat ze zo'n vijfentwintig gulden per keer kregen,' ging Ann grinnikend verder, die totaal niet in de gaten had hoe overstuur ze Paula maakte. 'In die tijd deden ze van alles om aan geld te komen. Tenminste, dat heeft Josh me weleens verteld.' Ze lachte nu harder. 'Ik begreep dat vooral Reins vader hem heel kort hield. Zo van: ik heb mijn eigen vermogen bij elkaar verdiend, jij doet maar hetzelfde. Hij scheen geen cent te krijgen en Josh had ook niet veel. Dus probeerden ze het op andere, minder gebruikelijke manieren.' Nu schaterde Ann het uit. Ze had nog steeds niet door hoe ongelooflijk verward en overrompeld Paula was. 'Jij zult er wel meer van weten, want jij kent Rein langer dan ik Josh ken. Ik vind het in elk geval wel een aparte gedachte dat Josh misschien ergens een paar kinderen heeft rondlopen, terwijl wij bewust kozen voor een leven zonder.'

Met enige moeite hees Paula zichzelf overeind. 'O, bedoel je dat?' zei ze zo nonchalant mogelijk. 'Ze deden ook mee aan medische onderzoeken. Gewoon een week lang binnenblijven en drie pilletjes op een dag innemen. Dat leverde redelijk veel geld op,' vertelde Paula, want dat had Rein haar vroeger wél verteld. Dat hij zaaddonor was, had hij verzwegen. 'Dus Josh vindt het wel leuk om ergens kinderen te hebben?' vroeg Paula, met moeite haar stem in bedwang houdend.

'Sst,' siste Ann lachend. 'Ik zei dat ik het wel een leuke gedachte vind, maar Josh is er toch niet echt trots op en praat er liever niet meer over. Dat doe ik dan ook nooit, maar omdat jij het natuurlijk ook wel wist van Rein, omdat ze samen... Nou ja, in elk geval was Josh wel heel blij dat die nieuwe wet van 2004 nog niet bestond, anders had hij het nooit gedaan.' Ann giechelde en vond het blijkbaar allemaal erg grappig.

Welke wet? dacht Paula in paniek. 2004? In dat jaar waren ze getrouwd! Waar ging dit over?

'Komen jullie niet meer terug?' Opeens stond Josh bij hen en Paula begreep dat er niet verder over dit onderwerp gesproken zou worden, want het was eigenlijk geheim.

'Kom, schat, ik geef je even een snelle rondleiding van de benedenverdieping.' Ann greep haar man beet en trok hem via de keuken mee naar de huiskamer. Opgelucht dat ze zich weer kon laten gaan, ontsnapte er een diepe zucht aan Paula's keel. Het klonk bijna als gegrom. Hij was zaaddonor geweest, en zelf was ze nooit zwanger van hem geraakt! Zodra ze kans zag, moest ze op internet zoeken wat dat voor wet was in 2004. Nu moesten de groentes naar buiten gebracht worden en vermoedelijk de glazen bijgevuld.

'Van de restjes van die avond met Josh en Ann kon ik wel een weeshuis voorzien!' zei Paula.
'Doe dat dan!' was Britts commentaar.
'En dat niet alleen. Het was een overdonderende avond voor mij.'
'Laat je niet op de kop zitten, Paula. Bijt nou eindelijk eens van je af!'

Van zich afbijten was moeilijk, bedacht Paula terwijl ze bijna een week na het bezoek van Josh en Ann de grote tafel in de keuken dekte met vijf kleine en twee grote borden. Het had nooit zo in haar aard gelegen, maar voor zichzelf opkomen, dat kon ze steeds beter. Ze knarsetandde en legde bestek bij de borden. Op haar horloge zag ze dat ze nog een minuut of tien had voor haar gastjes zouden komen.

Het zou erom spannen of ze er eerder waren dan Rein, maar vermoedelijk wel, omdat Rein nooit op tijd kwam, al had ze hem het die dag meerdere keren laten weten. In berichtjes die ze hem had gestuurd had ze gezegd dat ze het op prijs stelde als hij op tijd zou zijn om eindelijk eens samen met haar te eten. Want aan de telefoon kreeg ze hem nooit. Hij was altijd druk, druk, druk. Op zijn kantoor met een bespreking of een vergadering, of ergens op een project op de bouw. 'Als ik hoog op een torenflat sta, waar nog ijverig gebouwd wordt, kan ik echt de telefoon niet opnemen, Paula. Dat moet je inzien! Jij kent ons bedrijf en weet waar ik me mee bezighoud.'

Precies om vijf uur zag Paula een taxibusje hun straat in rijden. Vrolijk liep ze op de voordeur af en zwaaide die wijd open. 'Welkom allemaal,' zei ze lachend terwijl vijf kinderen van tussen de zes en negen juichend het huis binnendrongen. 'Willen jullie meteen eten of gaan we nog een spelletje doen?' vroeg Paula terwijl ze in de verwachtingsvolle gezichtjes keek.

'We gaan het huis bekijken,' riep een van de jongens.

'Jippie!' riep een meisje en ze rende de trap op.

Paula keek ze vertederd na en zag hoe ze allemaal naar boven verdwenen. Tegelijk ging de tussendeur open en kwam Rein via de huiskamer de hal in.

'Hallo liefje, ben ik op tijd?'

Ze keek hem diep onder de indruk aan. 'Zo vroeg kom je anders nooit!'

'Nee, maar ik kreeg de indruk dat er wat was, na al die berichten van jou. En je weet hoe gek ik op je ben en dat ik alles voor je overheb.'

'Hm, alles?' zei ze, maar ze liep lachend op hem af en drukte een vlugge kus op zijn wang.

'Wat hoor ik?' Rein deed een pas achteruit en stond stil te luisteren. 'Heb je bezoek?' Hij fronste zijn wenkbrauwen en gebaarde naar boven.

'Ja, weet je, schat, het is vandaag onze trouwdag.'

'Vandaag?'

'Zeg niet dat je het vergeten was.'

'Eh...'

'Rein, hoe kun je! De belangrijkste dag in ons leven.'

'Sorry, schat, te druk op het werk. Je weet hoe dat gaat.'

'Ja, inderdaad, dat weet ik. Nou, je boft, ik ben in een goede bui en ik vind het fijn dat je op tijd thuis bent.'

'Dus je neemt het me niet kwalijk? Ik ga meteen morgen achter een cadeautje aan. Goed?'

'Ik had gehoopt,' zei ze met een pruillip, 'dat we morgen, of nee, vandaag natuurlijk al, naar Spanje hadden kunnen vertrekken om daar onze trouwdag te vieren.'

'Paula! Je weet toch dat er een klant zit.'

'Ja, en zodra de klant weg is, mag Josh er een week in.'

'Had ik dat dan moeten weigeren? Ik heb die jongen in geen jaren gezien. Dat gunde ik hem graag.' Hij stak zijn hand uit naar haar gezicht en wilde haar wang strelen, maar opeens drongen de geluiden van boven weer tot hem door. 'Paula, wat is er aan de hand?'

'Dat zal ik je vertellen.' Het klonk grimmig, maar ze schudde haar hoofd en probeerde alle muizenissen weg te krijgen. 'Kom, loop maar even mee naar boven.'

Maar precies toen Paula haar voet op de onderste tree zette, kwamen de kinderen de trap weer af. 'Wat een huis heb jij,' zei een van de oudsten. 'Hier wil ik echt wel vaker komen. Dag meneer,' zei hij keurig tegen Rein.

'Dag jongen,' zei Rein, volkomen overdonderd bij het zien van al die kinderen die rondliepen alsof het huis van hen was. 'Wat gebeurt hier?'

'We gaan eten!' zei een meisje. 'Kom, tante Paula. Waar is de kamer? Ik krijg trek.'

'Tante Paula?'

'Nou ja, dat praat wat gezelliger dan wanneer ze me steeds met mevrouw aanspreken. Ik zal het zo uitleggen.' Ze nam het meisje bij de hand en liep via de huiskamer naar de keuken, waar de tafel al gedekt stond. 'Zoek maar een plaatsje uit. Oom Rein en ik zitten daar.' Ze wees naar de twee grote borden. 'Jullie mogen het zelf weten.'

'Maar ik wil helpen met koken,' zei het meisje.

'Sorry, het eten is al klaar. Ga je handen maar wassen en ga zitten.'

Het was dringen bij de kraan en de kinderen begonnen elkaar nat te spatten. De keukenvloer werd glad.

'Hou eens op!' riep Rein uit. 'Straks glijden we uit.'

'Pak even een dweil, Rein,' zei Paula, terwijl ze ovenwanten aantrok om een schaal uit de hete oven te halen.

'Dweil?'

'Voor de keukenvloer. Daar, onder in het middelste aanrechtkastje.'

Hij vond inderdaad een dweil en stond er onbeholpen mee in zijn hand. Een van de meisjes pakte de dweil van hem af en begon op haar knietjes de vloer droog te wrijven.

'Zo doe je dat,' zei Paula lachend.

Er stond nog een schaal in de oven en in de magnetron stond ook eten. Op het aanrecht stonden schalen met koude groentes, zoals sla, rabarber, rauwkost en stoofpeertjes. De tafel zag er feestelijk uit met al die schalen en al dat kleurrijke eten. Ten slotte schonk Paula voor iedereen een glas appelsap in en voor Rein en haar een glas rosé. 'Zo. Hier moeten we het mee doen. O nee, ik vergeet het belangrijkste, maar dat krijgen jullie pas als dit op is.'

'IJs!' riep een van hen.

'Als toetje!' riep een ander.

'Kan ik dan ook niets voor jullie verborgen houden?' vroeg Paula lachend. 'Nou, hou jullie borden naar voren. Oom Rein en ik zullen opscheppen. Eet smakelijk.'

Oom Rein bewoog echter niet. 'Ik wil eerst uitleg,' hield hij vol.

'Goed, Rein, zoals je weet is het vandaag onze trouwdag. Onze negende. Zoals je ook weet, hebben we vanaf het begin gezegd dat we graag kinderen wilden. Helaas gebeurde dat niet. Als we meteen na een jaar naar de dokter waren gegaan, hadden we misschien geweten wat eraan mankeerde, maar dat deden we niet. Ik dacht: stel dat er niets aan de hand geweest zou zijn, stel dat ik wél binnen een jaar na onze trouwdag moeder zou zijn geworden, en twee jaar later weer en nog eens twee jaar later weer... Dan hadden wij vandaag, op onze negende trouwdag, vijf kleine kinderen gehad. Hier zitten ze. Ik heb me opgegeven als gastmoeder. Dit huis is nu een gasthuis en wij vormen een gastgezin. Ze komen elke dag na de naschoolse opvang met een busje hierheen om te eten.

Straks worden ze stuk voor stuk door hun ouders opgehaald en naar huis gebracht. En kijk nu toch eens hoe feestelijk het is om met zo'n groot gezin aan tafel te zitten!' Paula straalde. Het was duidelijk dat ze overgelukkig was. 'Gefeliciteerd, schat, met onze trouwdag. Ik hoop dat je er ook van geniet en je voor één keer echt vader voelt!' Ze wendde zich naar het meisje naast haar. 'Wil je gebakken of gekookte aardappels?'

HOOFDSTUK 4

Paula veegde het zweet van haar voorhoofd en kwam kreunend overeind. Het was zwaarder dan ze gedacht had, maar misschien kwam dat ook wel doordat het zo warm was. De thermometer wees buiten tweeëntwintig graden aan, maar binnen was het zeker vijf graden warmer. Vooral op zolder, waar ze op dat moment bezig was. Toch had ze een bijzonder voldaan gevoel. Ze had al veel gedaan de afgelopen dagen en dat stemde haar opgeruimd.

Het zien van die tafel vol gretige en gulzige snoetjes had haar energie gegeven. Ze had er meer van genoten dan ze had verwacht, maar 's nachts had ze de pijn gevoeld van het gemis en had ze eerst niet in slaap kunnen komen.

Rein was op hoge poten vertrokken, direct nadat het laatste kind was afgehaald. 'Ik heb rust nodig en die krijg ik hier niet. Ik trek een paar dagen in bij mijn moeder,' had hij gezegd.

Haar hart had een sprongetje gemaakt, maar haar gezicht had hem verdwaasd aan staan kijken. 'Vond jij het niet gezellig dan?'

'Paula, het is niet belangrijk of ik het gezellig vond. Het gaat erom dat jij steeds vreemder doet en daar heb ik moeite mee.'

'Vreemder?'

'Ja, zonder ook maar iets met mij te overleggen haal jij het ene na het andere kind in huis. Dan weer heb je een pleegkind voor het weekend, dan voor doordeweeks. Nu ben je gastouder. Dat gaat zomaar niet, Paula. Ik kan er niet tegen. Als je iets wilt, prima, maar bespreek het met me en overleg het. Dan kunnen we zien wat we doen.'

'We? Jij bent degene die niets wilt, terwijl ik steeds zo enthousiast ben. Ik vond het zo schitterend, die kindjes aan tafel. Trouwens, die twee van laatst vond ik nog veel leuker. Je weet wel, Daan en Mirthe. Dat waren zulke schatten. Maar jij jaagt iedereen weg en zorgt ervoor dat ik geen enkel plan door kan zetten.'

'Omdat jij niet nadenkt, Paula. Jij doet maar wat. Jij ziet niet in wat het voor opgave is om elke dag gastouder te zijn. Jij hebt geen idee wat het is om elk weekend een puber in huis te hebben die nog bang is voor mannen ook en die je dus niet eens een tel alleen met mij in de huiskamer kunt laten om mijn eten op te warmen.'

'Dat is toch geen punt? Je kunt zelf je eten toch wel opwarmen?'

'Nee, dat kan ik niet, en ik ben ook niet van plan om het te leren. We hadden het goed samen, meisje, en zo wil ik het graag houden.'

'Maar stel dat ik toch nog zwanger raak, Rein, wat wil je dan? Moet ik het dan weg laten halen?'

'Paula! Natuurlijk niet. Hoe kun je het zelfs maar bedenken! Een eigen kind is iets heel anders dan een geleend kind.'

'Geleend kind...'

'Wat denk je nu?' Reins ogen schoten vuur. 'Wat bedoel je? Wat haal je je nu weer in je hoofd?'

Paula had zich op een keukenstoel laten zakken en haar elleboog op de tafel gezet, zodat ze haar hoofd in haar hand kon laten steunen. 'Een geleend kind...' herhaalde ze zijn woorden tergend langzaam.

Hij vloog op haar af en greep haar met beide handen beet. 'Wat gaat er in jouw hoofd om?' riep hij. 'Wat ben je van plan?' Hij schudde haar door elkaar. Niet al te hard, maar harder dan ze ooit gedacht had dat hij zou kunnen. Het was duidelijk dat ze hem behoorlijk irriteerde en bezig was onder zijn huid te kruipen.

'Wat bedoel je met die woorden?' herhaalde hij.

'Jij begon erover. Jij zei: geleend kind.'

'En?'

'Nou, ik...'

'Jij gaat niet naar een of ander ziekenhuis om een kind te pikken,' riep hij woest uit. 'Je gaat de situatie niet erger maken dan die nu al is!'

'Ik wil zo ontzettend graag moeder zijn,' verzuchtte ze. Het kostte haar geen moeite om een traan over haar ene wang te laten glijden.

'Dat weet ik wel, en misschien is er ook wel een oplossing voor te bedenken, liefje, maar dat moeten we dan samen bespreken. Het is me nu te veel allemaal. Ik ga een paar dagen weg. Ik bel je wel als ik weer thuiskom en dan moeten we maar eens uitgebreid en diepgaand samen praten over wat we gaan doen. Goed?' Hij stak een vinger op en duwde die onder haar kin, zodat hij haar hoofd op kon tillen en haar in de ogen kon kijken.

'Jij zegt toch op alles nee.'

'Ik ga de tijd bij mijn moeder ook gebruiken om na te denken, dus wie weet wat we samen kunnen bereiken. Ik wil alleen wel dat je weer de Paula wordt met wie ik de afgelopen negen jaar getrouwd was. Doe daar wat aan. Werk daaraan!'

Daarna had hij vijf hele minuten in de keuken staan wachten, maar omdat Paula al die tijd rustig op haar stoel bleef zitten, moest hij zijn mond wel weer opendoen. 'Ik ga naar mijn moeder.'

'Ja, ik weet het. Ik heb je wel gehoord.'

'Nou, doe er dan wat aan!' stimuleerde hij haar.

'Hoezo?' Ze keek hem met verdrietige ogen aan.

'Paula, doe niet zo moeilijk. Ik wil weg.'

'Ga dan!' riep ze uit.

'Hoe kan ik weg als ik geen kleren bij me heb!' Zo, het hoge woord was eruit.

Snel boog Paula haar hoofd weer naar haar schoot, zodat hij niet kon zien dat ze moeite had haar grijns binnen te houden. 'In jouw kast staan je sporttas en een kleine koffer, in diezelfde kast hangen schone kleren. Rein, je denkt toch niet dat ik je nu ga helpen? Ik wil helemaal niet dat je weggaat. Op onze trouwdag nota bene. En dan moet ik ook nog je tas inpakken? Echt niet!'

Die logica kon hij nog volgen ook, en met boze stappen hoorde ze hem al vlug de trap op lopen. Hij kwam ontzettend snel terug en ze vermoedde dat hij zijn moeder de volgende dag de stad in zou sturen om een paar nieuwe overhemden of een scheerapparaat te kopen. Hij kon onmogelijk alles in zo korte tijd hebben ingepakt, maar ze zweeg. Al doende leert men, nietwaar?

Na zijn vertrek had ze om zich heen gekeken. Het was inderdaad een grote troep. Maar terwijl ze zich bukte om een stuk aardappel van de vloer te rapen, zag ze in gedachten weer de glunderende gezichtjes van de kinderen. Ze hadden genoten van het eten. Vooral omdat er zo veel keus was en ze niets hoefden te nemen wat ze niet lekker vonden. Het ijs was een feest geweest, omdat ze het zelf hadden mogen versieren met talloze gekleurde bolletjes, chocolaatjes en vruchtjes. En natuurlijk de spuit met slagroom. Grijnzend met die herinneringen op haar netvlies was Paula de keuken gaan opruimen en voelde ze de energie weer terugkomen. Oké, 's nachts voelde ze het verdriet omdat ze dat kindergeluk vermoedelijk nooit zelf mee zou maken, maar de volgende dagen was het haar toch goed gelukt de positieve energie vast te houden en had ze veel werk verzet.

De cursus interieurstyling was echt schitterend, maar had ruimte nodig. Natuurlijk paste alles prima op de grote, ronde keukentafel, maar zelfs Paula begreep wel dat het voor Rein niet prettig was om elke dag thuis te komen in een keuken waar allerlei materiaal lag uitgespreid. Ook de huiskamer was daar dus niet voor geschikt. Uiteindelijk koos ze voor de grootste logeerkamer, die ze omdoopte tot studeerkamer. Het waren maar een paar lettertjes verschil, maar het leek een nieuw leven. De zware gordijnen haalde ze weg, zodat er veel meer licht naar binnen viel, en dat had ze nodig bij haar styling van de interieurs, zelfs al deed ze het alleen op papier en op de computer en in opdracht van de leraar.

Het grote antieke tweepersoonsbed dat ze ooit zelf op een rommelmarkt gekocht had en waarmee ze vele weken bezig was geweest om het te schuren en in de verf te zetten, had ze weg laten halen door een vervoersbedrijf. Het stond nu tijdelijk opgeslagen in een grote container van Britts werk, waar meer dingen tijdelijk stonden als er een huis verkocht moest worden. Paula had het prachtige antieke bureau dat ook op de logeerkamer stond voor het raam getrokken zodat er meer licht op viel en vervolgens had ze er aan beide kanten een gladde, strakke tafel tegenaan gezet, die ze speciaal voor dit doel gekocht had. Op deze manier had ze een enorm grote werkplek, waar ze alles uit kon stallen zoals ze het zelf wilde en het ook kon laten liggen, mocht Rein ooit nog thuiskomen. Het had haar bijzonder tevreden gestemd, vooral omdat ze eindelijk dat bureau echt kon gaan gebruiken. Ze had het altijd al zo mooi gevonden, maar Rein wilde het niet in de huiskamer hebben omdat het volgens hem niet chic genoeg was.

Paula grijnsde. Het was heel duidelijk dat hij geen idee had van de waarde van sommige dingen. Hij vond spullen alleen de moeite waard als ze iets duurs uitstraalden, en antiek was oud en dus rotzooi. Hoe kortzichtig kon je zijn? Ze bleef een moment stilstaan en kaatste de vraag terug naar zichzelf. Ja, hoe kortzichtig had ze zelf kunnen zijn door niet door te hebben waar Rein al die jaren mee bezig was geweest?

'Hij heeft een mak lam van je gemaakt, Paula. Accepteer toch niet alles meer. Kom voor jezelf op!'

Wat had Britt gelijk.

Ze grinnikte, zag nu pas dat ze op zolder bezig was, zo was ze in gedachten verzonken geraakt. Oké, door het inrichten van de studeerkamer moesten er meer dingen weg uit de logeerkamer. Dingen die ze wel wilde bewaren omdat die nog van haar waren geweest, maar die ze niet dagelijks gebruikte of waar ze soms zelfs maanden niet naar keek. Ook op zolder stonden van die dingen. Paula had namelijk voordat ze verkering kreeg met Rein geregeld spulletjes gekocht op rommelmarkten. Toen was ze eigenlijk al bezig geweest als binnenhuisarchitect, want telkens als ze iets vond wat echt haar smaak was en niet duur, had ze het aangeschaft. Waarna ze er vele uren aan besteedde om het op te knappen, te repareren, te schilderen. Om eerlijk te zijn was ze daar niet mee gestopt toen ze met Rein ging, en ook niet nadat ze trouwden, al liet ze hem wel in de waan dat ze nooit meer naar rommelmarkten ging. Het was een van haar grootste hobby's om te snuffelen naar oude zaken die misschien wel heel erg kostbaar waren. Haar andere hobby was het opknappen ervan. Omdat Rein van mening was dat alles wat je op die manier aanschafte oude troep was en dat het een directeursvrouw niet betaamde zich met oude troep te omringen, vond hij dat ze die hobby's maar moest opgeven, maar het bloed kroop waar het niet gaan kon en daar hij nooit op zolder kwam, had ze die ingericht als werkplaatsje, waar ze soms wekenlang bezig was met schuren en schilderen van een stoeltje of een kastje.

Opnieuw constateerde ze dat ze zich onder de plak had laten werken. Stiekem naar rommelmarkten of antiekwinkels en stiekem van een oud meubelstuk een kostbaar kleinood maken. Ze zuchtte om zichzelf en begreep maar niet dat ze het niet eerder ingezien had. Toch was ze nog niet helemaal zichzelf kwijt, want juist in deze dagen dat hij naar zijn moeder was, was ze opnieuw naar een rommelmarkt geweest. Of nee, een nieuwe antiekhal, die vlak over de grens in België geopend was en waar ze urenlang had rondgelopen en diverse dingen had aangeschaft en weg had laten zetten omdat ze ze zelf niet kon vervoeren op dat moment. Ze wist nog niet precies wat ze ermee ging doen, maar dat was van later zorg. Ze had de spullen betaald en ze hadden telefoonnummers uitgewisseld. Dat kwam wel goed.

Nu had ze andere prioriteiten. Ze had werkruimte nodig, beweegruimte, zodat ze om haar tafels heen kon lopen en alles van verschillende kanten kon bekijken en belichten. Dus moest het rieten stoeltje weg en de hoge staande klok, en de nachtkastjes. Bovendien ontdekte ze dat ze ook al haar kleren nog bewaard had; kleren die ze misschien nog wel paste, maar die ze nooit meer zou dragen. Ze maakte een schifting in wat weg kon naar een goed doel en wat ze misschien ooit nog eens ging dragen. Gelukkig mochten sommige spullen in Britts opslag en de kleren die ze niet meer wilde hebben, bracht ze eigenhandig naar een winkel met tweedehandskleding, waar alles in grote dank werd aanvaard.

De kast op de logeerkamer was op wat beddengoed na leeg, maar dat verhuisde ze naar de kleine logeerkamer. Zo kon de kast ook weg en kreeg ze nog meer ruimte om rond de tafels te lopen. Boven op zolder was inmiddels ook niet veel meer. Vanachter een schot had ze een paar koffers tevoorschijn getrokken en ze wist dat in een ervan haar trouwjurk zat. Ze had het moment gevreesd waarop ze die weer tegen zou komen, want wat zou ze ermee doen?

Ze liet zich op een stoel zakken en keek naar de gesloten koffer. Het sprak misschien al boekdelen dat ze de japon nooit had uitgehangen, maar altijd verborgen had gehouden in die koffer. Ze hoorde een zacht gebrom en wist het. Het gebrom kwam van haar mobiele telefoon, en al wist ze niet wie haar een berichtje stuurde, de knoop was opeens ontzettend gemakkelijk doorgehakt. De trouwjurk ging weg. Ze wilde hem niet bewaren, nooit meer zien zelfs!

Ze pakte haar telefoontje en las de tekst. *Prachtig huis gezien, kom kijken, 14.00 uur.*

Paula glimlachte om Britt; een echte vriendin. Een betere kon niemand zich wensen. Alles kon ze bij haar kwijt en altijd luisterde ze vol geduld. Vaak kwam ze met goede raad, want Britt was een wijze vrouw. En telkens probeerde ze haar te helpen waar ze maar kon. Binnenkort zou ze als opdracht voor de cursus een rijtjeswoning moeten inrichten. Waarom het nou per se een rijtjeswoning moest zijn, begreep ze nog steeds niet. Alsof dat anders in te richten was dan een flat. Hoe dan ook, Britt had voorgesteld haar er in het echt een paar te laten zien, zodat ze geïnspireerd was wanneer ze de opdracht op papier uitvoerde. Zou dit zo'n huis zijn? *Adres graag*, stuurde ze terug, want natuurlijk ging ze kijken!

Ze kwam overeind, greep de koffer met de trouwjurk, voelde voor de zekerheid even aan het gewicht of hij er echt in zat en nam hem samen met de andere, nog lege koffers mee naar beneden. In de kleine logeerkamer lagen haar winterkleren, die ze nu nog niet droeg en die ze nu toch even niet in de kasten wilde hebben. Er stond ook een grote doos met antiek linnengoed, dat zo prachtig bij het grote bed paste, maar waar ze eigenlijk niemand onder durfde te laten slapen omdat het zo broos was. Stuk voor stuk bracht ze koffers met kleding en dozen met beddengoed naar beneden. Voor zover mogelijk zette ze de dingen in haar auto. Vervolgens was het tijd voor koffie met een boterham.

Het bleek zo'n ontzettend prachtig huis dat Paula 's middags met Britt ging bezichtigen dat ze volledig in de wolken thuiskwam. Haar vingers jeukten om wat te gaan doen. De grote ramen, de lichtinval; alles was zo schitterend mooi geweest. Helaas zette het sms'je dat ze op haar mobieltje vond, die ze uit had gezet tijdens de bezichtiging, haar woest en wild met beide voeten op de grond. Rein kwam weer thuis. Vijf hele dagen was hij weggeweest, maar nu vond meneer het blijkbaar tijd om terug te komen. Zouden ze vanavond spijkers met koppen slaan? Zou hij met een idee komen, hoe ze zich toch moeder kon voelen?

Aan de ene kant was ze benieuwd, aan de andere kant bang, want ze vertrouwde hem niet meer. Wat was hij van plan? Wat was zijn bedoeling?

Verward belde ze Britt.

'Hé, wat is er? Je klinkt helemaal niet meer zo in de wolken.'

'Rein komt weer thuis.'

'O, is dat het? Nou en? Je weet inmiddels heel goed hoe je met hem om moet gaan. Gewoon volhouden, meid.'

Paula zuchtte opgelucht. Het was heerlijk hoe Britt haar een hart onder de riem stak en altijd weer wist op te beuren. Ze was zo lekker positief ingesteld en zag overal de zon, al plensde het nog zo hard.

'Dank je,' zei ze, en Paula voegde de daad bij het woord. Langzaam liep ze door de kamers om ze te inspecteren. Ze wilde niet dat Rein de indruk kreeg dat ze aan het verhuizen was, maar later lachte ze om zichzelf. Hij wist niet eens wat ze allemaal in huis hadden, want toen ze hem haar nieuwe studeerkamer liet zien, zag hij niet eens dat het grote tweepersoonsbed weg was. Laat staan dat hij zag dat de nachtkastjes er niet meer waren, of de koffers die altijd op zolder hadden gestaan. Ze had zich druk gemaakt om niets.

Na het eten bleven ze aan tafel zitten. Ze keek hem verwachtingsvol aan, maar zei niets. Hij zou immers over de toestand nadenken en met een eventuele oplossing komen. Maar ook hij zweeg.

Tijdens het eten hadden ze het over koetjes en kalfjes gehad, had hij haar verteld hoe het met zijn moeder ging en dat hij er weer een nieuwe opdracht bij had gekregen, waarmee hij vele tonnen zou verdienen. Na het eten echter leek hij uitgepraat.

Paula dacht terug aan die vele tonnen en hief haar hoofd vragend op. 'Zeg, Rein, hoe zit dat nou met onze huwelijksvoorwaarden?'

Zijn wenkbrauwen schoten omhoog, hij ging op het puntje van zijn stoel zitten en keek haar gespannen aan. 'Wat bedoel je?' siste hij.

Paula wist dat ze op moest passen, wilde ze hem niet kwaad maken. 'Ik dacht: als ik zelf een huis in Spanje koop, is dat

dan van mij, voor altijd? Of is de helft van jou of is het helemaal van jou?'

Hij keek haar opgelucht aan. Het was totaal niet wat hij
verwachtte, maar het was een veilig onderwerp om over te
praten. 'Ik weet niet waar je het van wilt betalen,' zei hij,
'maar als jij het koopt, is het van jou.'

'En dat blijft het ook als we eventueel zouden scheiden?'

'Dat wil ik niet horen.'

'Nee, maar jij was degene die op huwelijkse voorwaarden
wilde trouwen, terwijl je ook zei dat je nooit wilde scheiden.
Toch heb je een zekerheid ingebouwd, dus daarom vraag ik
het je. Ik wil weten hoe ver die zekerheid gaat.'

Hij knikte. 'Wat jij koopt en wat op jouw naam staat, is en
blijft van jou, zolang je het kunt aantonen. Daarom moet je
ook de rekening van de televisie of de koelkast goed bewaren.
De reden is dat zaken je niet afgenomen kunnen worden als
mijn bedrijf failliet gaat en ik geen geld heb om mijn schulden
af te lossen. Mijn spullen kunnen ze dan innemen en verkopen, maar die van jou niet.'

'Juist ja. En zo'n huis ook niet.'

'Nee, maar de vraag blijft: waar betaal je dat van?' vroeg
hij.

'Ik heb toch een spaarrekening.'

Hij lachte. 'Lieve schat, heb je enig idee wat een huis kost?
En wat moet je met een huis in Spanje als we er al een hebben?
O, foei, Rein, foutje!' Hij lachte, vond zichzelf wel grappig.
'Meid, we hebben toch ook een huis in Frankrijk! Als je zo
graag weg wilt, ga daar dan naartoe. Ik dacht dat je het daar
ook wel prettig vond.'

'Dat is waar, maar voornamelijk in de oogsttijd. Het is heerlijk om te helpen met het druiven plukken, daar kan ik ten
volle van genieten, maar dat duurt nog een paar maanden. En
zoals je weet is het huis in Spanje...'

'Het spijt me, dat was fout van me. Dat had ik met je moeten overleggen,' zei Rein schuldbewust. 'Over een paar dagen

is Josh eruit. Ik zal dan de schoonmaakploeg opdracht geven het huis een grote beurt te geven. Daarna staat het tot jouw beschikking. Goed?'

'Denk je dat je moeder het leuk vindt samen met mij?'

'O nee, wat stom, zeg. Ja, ik had het haar beloofd. Je hebt gelijk.'

'Ook zonder met mij te overleggen. Ik hoorde het toevallig toen ik haar vanmiddag belde.'

'Je hebt haar gebeld?'

'Ja, waarom niet? Ze is mijn schoonmoeder.' Al mag ze me niet, dacht ze er stilletjes achteraan. Doodgewoon omdat Paula te eenvoudig was, geen hbo of universiteit had gedaan.

'Sorry, schat, erg onnadenkend van me, maar zodra zij weg is, zal ik ervoor zorgen dat het leeg blijft. Nu wil ik het toch even over dat overleggen hebben. Ik was erg boos op je omdat je dingen deed zonder eerst met mij te overleggen. Ik zie nu in dat ik het zelf ook doe. Heel fout van ons allebei. Laten we afspreken dat we van nu af aan altijd overleggen als het om iets ingrijpends gaat.'

Ze keek hem zwijgend aan, was niet van plan zo gemakkelijk overstag te gaan.

'Nou?' hield hij aan.

Ze schokschouderde. 'Weet je wel wat overleggen betekent?'

'Natuurlijk, ik doe niet anders op mijn werk.'

Ze knikte instemmend. 'Ja, jij overlegt. Jij bedenkt van tevoren hoe je het hebben wilt, legt je idee op tafel, maar als de tegenpartij het niet wil, weet jij het net zolang te draaien tot ze toch ja zeggen en wel akkoord gaan met jouw plan.'

Hij schaterde en sloeg van plezier op de tafel. 'Je hebt me aardig door, maar dat is zaken doen, meisje. Als je de vis niet zo kunt vangen, moet je je tactiek veranderen, maar je moet natuurlijk nooit toegeven.'

'En dat noem jij overleggen.'

'Ja.' Hij keek behoorlijk triomfantelijk.

'Ik niet. Eerlijk en open praten met elkaar en naar elkaar

luisteren en de ander in de waarde laten, dát is overleggen.'

'Je hebt gelijk, schat. Zo doe je dat thuis. Wij handelen geen zaken af, wij praten en zijn eerlijk. Goed?'

'Als jij belooft eerlijk te zijn over alles wat we willen overleggen, dan doe ik dat ook.'

'Deal!' zei hij. 'Nou, punt één.'

Paula keek hem vragend aan. 'Zijn er meer punten dan?'

'Nou nee, sorry, er is maar één punt en dat is jouw kinderwens. Maar ik bedoelde meer de randvoorwaarden. Ga je vanaf nu weer de gewone, normale Paula zijn met wie ik altijd getrouwd was? Ga je geen gekke dingen meer uitspoken, zoals opeens een tafel vol kinderen?'

'Aha. Ik wil graag normaal zijn, maar ik kan je niets beloven over die kinderen, zolang we hét punt nog niet besproken hebben.'

'Dat is zo, dat raakt elkaar.' Hij glimlachte. 'Maar ga je straks wel weer gewoon mijn kleren uit mijn tas halen en wassen?'

'Ik heb vandaag voor je gekookt, dat was wel genoeg voor een dag. Wat heb jij hier thuis gedaan? Jij verdween en liet mij in mijn eentje achter.'

'Paula, ga nou niet zo moeilijk doen! Ik wil je net opbiechten dat ik bij de dokter ben geweest. Toe, alsjeblieft, laat me uitspreken.'

Ze keek hem met grote ogen aan. 'De dokter?'

'Ja, dokter Sanders, mijn eigen huisarts sinds ik in deze stad woon.'

'En?'

'Is er ook koffie? Ik heb best zin in een kopje espresso.'

'Het apparaat staat daar en de koffie zit in de pot die ernaast staat.'

'Paula, toe, ik weet toch niet hoe dat moet.'

'Ik wil het wel doen, maar pas nadat je verteld hebt over je doktersbezoek. Ik ben te nieuwsgierig.'

Hij kwam overeind.

Uitstel van executie, dacht Paula grimmig, maar ze was tegelijkertijd verrast dat hij het ging proberen.

'De vuile leugenaar. De schoft. Je hele huwelijk lang. Wraak, Paula, dit schreeuwt om wraak!' zei Britt terwijl ze haar vriendin indringend aankeek. 'En wraak...' fluisterde Britt er mysterieus achteraan, '... kan zó zoet zijn!'

Hij drukte op een knopje, keek in het koffieblik en keerde zich aarzelend naar Paula, die het opeens te binnen schoot dat ze alles al klaar had gezet. Voordat ze het uit kon leggen, liep er verse espresso in de twee kopjes die eronder stonden. Ze schoot van de zenuwen in de lach.

'Je kunt het!' riep ze uit. 'Twee tegelijk zelfs!'

Hij besloot mee te lachen en bracht haar het ene kopje, nam het andere mee en ging weer tegenover haar zitten.

'De dokter,' fluisterde ze.

'Oké. Ik heb het er met mijn moeder over gehad. Die vroeg zich natuurlijk af waarom ik bij haar kwam logeren en of we gingen scheiden. Dus ik moest het wel vertellen. Ze was van mening dat jij gelijk had, Paula, dat we ons moesten laten onderzoeken.'

'O?'

'Ze vroeg zich ook al jaren af wat er aan de hand was. Ze hoopte meteen op een kleinkind. Ze wil graag oma worden en voor mijn vader zou het ook leuk geweest zijn als hij had geweten dat er een opvolger in de maak was. Ze wist niet precies hoe oud je bent, maar ze schrok ervan dat je al tegen de vierendertig loopt. Dat vindt ook zij bijna te oud voor een eerste kindje. Ze begreep dat jij je allang had willen laten onderzoeken, maar dat ik dat tegenhield. Daar was ze behoorlijk gepikeerd over. Het spijt me. Ik denk dat het egoïstisch is, al moet ik zeggen dat ik niet van mening ben veranderd. Ik vind nog steeds dat een kind spontaan moet komen, uit liefde geboren, begrijp je, en niet via een buisje of iets anders.'

'En?' Ze balde haar vuisten in haar schoot. De knokkels waren spierwit. Haar rug deed pijn van de manier waarop ze op het puntje van de keukenstoel zat.

'Het spijt me voor je, liefje, maar mij mankeert niets. Ik ben vruchtbaar, heb geen verstopping of afwijking of geslachtsziekte. Dat spijt me omdat het betekent dat het aan jou ligt.'

'*Wraak, Paula. Dit schreeuwt om wraak. Wraak en genoegdoening. Hij vraagt erom!*'

Haar ogen schoten vol. Het was totaal niet moeilijk om nu in huilen uit te barsten. Hij zou eerlijk zijn. Eerlijk naar haar toe in hun overleg. 'Wraak,' fluisterde ze, maar zo zacht dat hij het niet verstond.

Hij nam een slokje van zijn espresso. Paula sloeg zijn handelingen op in haar hoofd en kon er later verbaasd naar kijken. Eerst een slok koffie, toen pas stond hij op om haar te troosten. Hij sloeg een arm om haar heen, streelde haar haren. 'Dokter Sanders zei dat er diverse mogelijkheden waren. Misschien kan het nog steeds wel spontaan, als er bijvoorbeeld een knik in jouw baarmoederhals zit of als jij een soa hebt.'

'Ik? Van wie dan?'

'Nou ja, hij noemde wat voorbeelden, maar het was misschien niet handig om juist die te herhalen. Natuurlijk heb je geen soa. Ik zal je niet langer tegenhouden, lief. Als je naar jouw huisarts wilt, moet je dat doen. Zo snel mogelijk. Hoe heette die ook alweer?'

'Dokter Rigter. Die kent me al vanaf mijn geboorte.'

'Bel morgen meteen, schat. Nog een koffie?'

Lieve cliënten, patiënten, vrienden,

Het zit erop. Ik ben nu veertig jaar huisarts geweest, ik ben al een paar jaar geleden vijfenzestig geworden. Ik stop ermee. Maar natuurlijk heb ik eerst voor een geweldige vervanger gezorgd. Ik hoop dat jullie je bij hem net zo prettig zullen voelen als bij mij. Liefst nog prettiger natuurlijk. Jullie kunnen ook naar een andere dokter gaan. Ik wens jullie het allerbeste. Bedankt voor jullie vertrouwen!

Mark Rigter.

De kaart had onlangs wekenlang op de keukentafel gelegen, omdat Paula niet kon besluiten wat ze zou doen. Zich ingeschreven laten bij de praktijk van dokter Rigter en dus automatisch overgaan naar de nieuwe arts, of overstappen naar de huisarts van Rein. Ergens was het niet meer dan normaal om als gezin een en dezelfde arts te hebben, toch? Uiteindelijk had ze besloten zich over te laten schrijven naar zijn arts, maar niet in overleg met Rein, schoot haar nu te binnen, en van de zenuwen begon ze te hikken.

Ze keek op door het gerommel bij het aanrecht. Tja, twee keer toveren was natuurlijk te veel gevraagd. Ze stond op, controleerde het waterniveau in het espressoapparaat en vulde het met koffie, zette er de kopjes onder en drukte het aan. Terwijl de kopjes gevuld raakten, schoot haar de mededeling weer te binnen die ze 's middags aan zijn moeder had willen doen. 'Ik belde je moeder eigenlijk niet voor haar, maar voor jou,' zei ze voor zich uit.

'O? Miste je me?'

'Er waren hier twee kinderen aan de deur van een jaar of dertien, veertien misschien. Een tweeling was het. Twee broers. Ze wilden met alle geweld jou spreken. Omdat ik niet wist wanneer je terug zou zijn, heb ik afgesproken dat ze overmorgen weer kunnen komen. Dan is het zaterdag. Ik zei dat je er dan vast wel zou zijn, zaterdagmiddag dus, maar ik zei ook dat ik contact met je zou zoeken om het je te vertellen.'

'Twee kinderen? Wat moesten die dan? Was het voor een of ander goed doel? Voor de school hier in de buurt? Het jeugdhonk?'

'Nee, dat was het allemaal niet. Ze zeiden dat ze hun vader zochten en dat ze er zeker van waren dat jij dat bent.'

HOOFDSTUK 5

Van de zelfverzekerde en redelijk dominante man was na die mededeling even niets meer over. Hij herstelde zich echter snel en dreigde er weer direct mee terug te gaan naar zijn moeder.

Paula schudde haar hoofd. 'Eigenlijk ben je nog een klein kind. Zodra er iets gebeurt wat jij niet kunt overzien, vertrek je naar je moeder.'

'Nou en? Daar is ze toch voor, en ze vindt het alleen maar geweldig als ik er ben. Ze is erg alleen, sinds pa dood is. Jij komt ook al zelden bij haar, klaagt ze.'

En al wist Paula dat hij haar bewust afleidde en met opzet over een ander onderwerp begon, liet ze zich meevoeren en verdedigde ze zich waarom ze zo zelden naar zijn moeder ging. Het onderwerp dat hij eventueel vader was, liet ze rusten.

De dag erna bracht Paula bijna helemaal door in haar studeerkamer. Daar vond ze alle energie die ze nodig had om blij te zijn en haar gedachten af te leiden. Van een prachtig huis dat Britt haar na de rijtjeswoning had laten zien, had ze talloze foto's gemaakt, en daarvan maakte ze schetsen en plattegronden om alles in te richten in de kleuren en met de materialen die zij mooi vond. Het viel niet onder de opdrachten die ze had voor de cursus, maar omdat ze er elke dag mee bezig was sinds de eerste les in de brievenbus gevallen was, had ze alle opdrachten al klaar en was het nu wachten op de uitnodiging voor de eerste praktijkdag. Normaal kwam die pas na een maand of drie, maar de leraar had bij haar huiswerk aangetekend dat ze erg vlot was en die uitnodiging eerder kon verwachten dan stond aangegeven.

Het was een oude, leegstaande, vooroorlogse villa, aan de rand van een dorp, zo'n dertig kilometer bij hen vandaan. Het was vooral een lief huis, vond Paula, een huis dat er ook om vroeg om met liefde ingericht te worden. Ze zag het als een uitdaging dit huis op papier aan te kleden en hoopte dat het haar een extra cijfer voor de cursus op zou leveren. Het zou immers echt fantastisch zijn als ze er ooit haar beroep van kon maken. Oké, het woord binnenhuisarchitect zou te hoog gegrepen zijn, maar interieurstylist klonk ook al geweldig!

In de krant had ze gezien dat er zaterdag een rommelmarkt zou zijn in de buurt. De verleiding was groot, maar thuisblijven was natuurlijk nog veel aangenamer. De tweeling zou om twee uur opnieuw langskomen en Paula wilde van die ontmoeting geen seconde missen. Ze zochten hun vader! Hoe zou Rein daar onderuitkomen?

Tot haar opluchting was hij dat ook niet van plan. Aan alles kon ze zien dat hij doodzenuwachtig was. Hij gedroeg zich op een manier zoals ze hem nog nooit had gezien. Toch merkte ze tegelijkertijd dat hij er niet voor weg zou lopen. Hij begreep vast ook wel dat de kinderen dan een andere dag weer zouden komen en dat het weinig uitmaakte of hij nu wegging, omdat ze zeker zouden volhouden en net zo vaak zouden komen tot ze hem wel ontmoet hadden.

Terwijl Rein op zaterdagmorgen voor de verandering eens wel in zijn werkkamer bezig was, bakte Paula in de keuken een ronde cake, die ze daarna doormidden sneed zodat er twee dunne cakes ontstonden die ze besmeerde met een heerlijke botercrème en op elkaar stapelde tot een mooie taart. Een gebakje zou er vast wel ingaan bij de kinderen, dacht ze.

Tegen halftwee begon ze de keukentafel te dekken met gebaksbordjes en glazen. Ze ging ervan uit dat de kinderen nog te jong waren om koffie te drinken, maar ze had voldoende frisdrank in huis om hen wat aan te bieden. Ze vulde het koffieapparaat vast voor Rein en haar, maar nog voordat ze daarmee klaar was, kreeg ze al te horen dat dat niet nodig was.

'Ik ga naar buiten,' bromde Rein. 'De auto moet dringend gewassen worden. Ik hoef voorlopig echt nog geen koffie.'

'En taart?' Ze keek hem vragend aan en probeerde de lach die ze vanbinnen voelde niet tot haar ogen door te laten dringen. Hij verstopte zich voor haar. Hij wilde de kinderen buiten ontmoeten, zodat ze niet binnen konden komen en Paula niets van het gesprek op zou vangen, dacht ze grijnzend. Maar dan kende hij haar nog niet.

'Hoezo taart?' Hij keek verward de keuken rond. 'Waar ben jij mee bezig?' riep hij uit bij het zien van de gedekte tafel.

'Nou ja, zeg, we krijgen zo bezoek!'

'We? Ik dacht dat ze voor mij kwamen.'

'Oké, maar wij zijn getrouwd, dus ik hoor er ook bij, lijkt me.'

'Dat slaat werkelijk nergens op, Paula. Die kinderen vergissen zich en dat zal ik ze meteen laten weten. Binnen twee minuten zijn ze weer weg. Je gaat ze toch geen taart voeren? Het is al zielig genoeg dat ze ernaast zitten.'

'Precies, daarom hebben ze taart nodig!' riep Paula uit. 'Als ze ervan uitgaan dat jij hun vader bent, en jij kunt aantonen dat je dat niet bent, zullen ze hevig teleurgesteld zijn en dan moeten ze getroost worden. Dat doe je met taart!'

'Hoezo aantonen?' zei hij smalend. 'Natuurlijk ben ik hun vader niet. Echt niet,' zei hij en hij beende met grote passen de keuken door naar buiten.

Al snel zag ze vanuit het keukenraam de grote deur van de garage opengaan en zijn auto eruit komen. Ze was verrast dat hij wist hoe je een auto waste, want ze kon zich niet herinneren dat hij dat ooit had gedaan. Maar nu bleek toch dat hij in elk geval wist dat je er een emmer voor nodig had en een spons. Hij bleek zelfs te weten waar de buitenkraan zat en waar de slang lag die je erop aan kon sluiten.

Zorgvuldig legde hij alles klaar wat hij misschien nodig zou hebben. Onderwijl keek hij voortdurend over zijn rechterschouder naar de straat. Het was duidelijk dat hij de kinderen wilde opvangen en tegen wilde houden dichter bij het huis te komen, zodat Paula niets van het gesprek mee zou krijgen. Ze grijnsde. Ze wilde juist elk woord horen!

Een poosje bleef ze stil naar hem staan kijken. Dit was de man van wie ze zo gehouden had, met wie ze oud had willen worden, om het maar eens clichématig uit te drukken, maar vooral de man van wie ze kinderen had willen krijgen. In de tijd dat ze verkering hadden, hadden ze het zo vaak over kinderen gehad. Hij had haar telkens de indruk gegeven dat hij knettergek was op kinderen en ze heel graag wilde hebben, en dan nog het allerliefst met haar. 'Van zo'n mooie vrouw kunnen alleen maar mooie kindertjes komen,' had hij meermalen gezegd. Ze wist dat ze dan altijd bloosde en zich heel gelukkig voelde. Toch waren de jaren verstreken, kinderloos voorbijgegaan. En nu zou hij misschien zelf allang kinderen hebben, maar niet van haar. Nee, hij was spermadonor geweest! Achteraf kon ze zich niet meer herinneren hoe ze zich goed had gehouden nadat Ann het zo terloops verteld had. Spermadonor. Vijfentwintig gulden per keer. Een beetje geld om aan eten te komen. En er blijkbaar nooit bij nagedacht wat de toekomst zou brengen: een kind. Nee, geen kind, maar kinderen. Hoeveel?

Paula had na dat gesprek met Ann op internet gezocht naar spermadonoren. Het gebeurde nu nog en je kreeg er nog steeds erg weinig geld voor. Maar sinds de wet van 2004, die Ann genoemd had, mocht het niet meer anoniem. Dat was natuurlijk de reden waarom Josh en Rein zo blij waren dat zij nog niet onder die wet vielen. Niemand zou er ooit achter komen dat zij dat hadden gedaan. Het was hun geheim. Behalve dan wanneer je het aan je vrouw of vriendin vertelde, die het later weer doorvertelde.

Had Rein er nooit bij nagedacht? Ging het hem puur om het geld? Vond hij het wel een spannende gedachte? Hoe vaak zou hij het hebben gedaan?

Misschien had hij wel tien kinderen gekregen. Of vijftien.

Stel je toch eens voor. En al die jaren dat ze met hem was getrouwd, had zij niet één kind van hem gekregen. Haar ogen schoten vol tranen.

'*Eerlijk? Paula, beloofde hij dat hij eerlijk zou zijn?*' riep Britt sarcastisch uit.

Ze knikte. '*Hij zou eerlijk zijn en dan konden we overal over praten.*'

'*Maar dat hij spermadonor was, dat viel daarbuiten?*'

'*Ik denk het.*'

'*Eerlijk. Eerlijk!*' siste ze. '*Hij kent de betekenis van dat woord niet eens. Weet hij wel hoe je het spelt?*'

Paula zuchtte diep en zag de tafel, die nog niet helemaal gedekt was. Oké, plan A leek mislukt. De toch echt ontzettend verleidelijk geurende taart had – nog – geen succes opgeleverd. Dan plan B maar, bedacht ze en ze haalde uit een aanrechtkastje twee grote, groene rubberen handschoenen en een snoeischaar tevoorschijn. Die handschoenen waren nodig, want de rozen die ze wilde knippen voor op de vaas en die precies langs de oprit stonden, hadden flinke doorns.

Ze wierp een blik op de keukenklok. Het was kwart voor twee geweest. Hoe nauwgezet waren die kinderen? Was twee uur ook echt twee uur?

Nog een laatste keer keek ze naar buiten. Rein stond in een overhemd met korte mouwen de auto nat te spuiten. Het kon dus niet fris zijn, anders had hij wel een jack aangetrokken. Zij kon haar jas dus ook binnen laten hangen. Ze trok de handschoenen aan, nam de snoeischaar mee en liep door de keuken en huiskamer naar de hal. Ze opende de voordeur en voelde de warmte van de zomer op haar huid. Heerlijk, dacht ze verrast. De zon scheen amper, maar warm was het desondanks. De voordeur liet ze op een kier staan, al wist ze niet waarom. Onhoorbaar deed ze een paar stappen over het paadje door de voortuin. Ze stond nu een flink aantal meters dichter bij de straat dan Rein en moest de kinderen op die manier wel eerder in de gaten hebben dan hij.

Verder durfde ze niet te lopen, want dan viel ze misschien binnen zijn gezichtsveld, en voorlopig wilde ze haar aanwezigheid nog geheimhouden, overtuigd als ze ervan was dat hij haar met de een of andere smoes weer naar binnen zou sturen. Ze keek naar links en rechts en zag opeens een auto aan komen rijden. De auto stopte bij hun voortuin en er sprongen twee kinderen uit.

Daar waren ze! En het grappige was dat Rein ze vanaf zijn plekje niet eens kon zien. Hij had ze vast van de andere kant verwacht. Paula bedacht zich geen seconde en liep door de tuin op hen af. 'Hallo, jullie zijn er weer,' zei ze opgewekt. 'Mijn man is er nu, hoor.'

Rein had de stemmen gehoord en kwam nu ook naar voren. Hij keek geërgerd en Paula begreep heel goed waarom. Zijn plan om ze op te vangen voordat zij ze te zien zou krijgen, was mislukt. Had hij voor niets de emmer en de slang tevoorschijn gehaald en zichzelf nat gespat. Ze probeerde de opkomende grijns te verbergen. 'Dit is Rein, mijn man. Zullen we naar binnen gaan om samen iets te drinken? Ik heb taart gebakken.' Ze nam de leiding van het gesprek.

Maar dat liet Rein toch niet gebeuren. 'Er valt niets te bespreken,' zei hij terwijl hij hen toeknikte. 'Ik weet niet hoe jullie op het idee zijn gekomen dat ik jullie vader ben, maar dat is onmogelijk. Het spijt me dat jullie de reis voor niets hebben gemaakt, maar ik wens jullie wel veel succes bij jullie verdere zoektocht.'

De twee jongens keken elkaar aan. Een van hen haalde een briefje uit zijn rugzak en stak het de ander toe, die het tergend langzaam bekeek. 'Alles klopt,' zei hij ten slotte. 'Kort bruin haar, bruine ogen, ongeveer één meter negentig, slank postuur, handen die weten hoe je iets moet bouwen.'

'Waar hebben jullie het over?' vroeg Rein nu toch zichtbaar van zijn stuk gebracht. 'Ik heb geen kinderen. Ik ben met haar getrouwd en ze is tot nu toe nog nooit zwanger geweest!'

'Misschien van voor eh...' probeerde Paula hem uit.

'Natuurlijk niet. Niks van voor jou.'

'Maar je had toch een vriendin voor mij?'

'Ja, maar zij was aan de pil.'

'U begrijpt ons verkeerd, meneer,' zei een van de jongens. 'U hebt geen seks gehad met onze moeder, we hebben deze gegevens van de spermabank gekregen,' zei de jongen. 'En ze kloppen, dus u bent onze vader! We hebben u eindelijk gevonden!' De jongens straalden.

'Spermabank?' herhaalde Paula met opzet het woord luid en duidelijk.

'Ja, spermabank,' zei de jongen met toch iets van schaamte op zijn gezicht. 'Onze moeder heeft zich dertien jaar geleden kunstmatig laten insemineren. Het was de enige manier voor haar om zwanger te raken. De grap was dat ze ons allebei kreeg. Daar was ze erg gelukkig mee. We hebben dus dezelfde vader, maar we wisten nooit wie.'

'Is zoiets dan niet anoniem?' vroeg Rein aarzelend.

Aha, dat weet je niet? bedacht Paula lachend. Goed hoor, speel jij maar de vermoorde onschuld.

'Vroeger wel,' zei een van hen, 'maar tegenwoordig is er een nieuwe wet en hebben de KID-kinderen recht om te weten wie hun donorvader is.'

'Wat voor kinderen?' vroeg Paula nieuwsgierig.

'KID-kinderen. Die zijn geboren vanuit een kunstmatige inseminatie met donorzaad.'

'Aha. Zeg, zullen we toch maar even naar binnen gaan? Dat praat een stuk rustiger. De buurt hoeft dit natuurlijk niet te horen. Ik heet trouwens Paula.' Ze stak haar hand naar hen uit, maar ontdekte nu pas weer de handschoenen. 'Oeps,' zei ze en ze trok ze snel uit.

'Wij zijn Billy en Roger.'

'Dat klinkt erg Amerikaans,' vond Paula lachend.

'Mijn moeder heeft ook altijd gezegd dat we van een buitenlander waren. Tot we er dus achter kwamen dat het gewoon hier in Nederland gebeurd was,' zei Billy.

'Ik begrijp nog steeds niet wat jullie hier te zoeken hebben. Jullie gegevens kloppen niet en ik heb verder geen zin in dit gesprek. Wegwezen,' zei Rein nors.

'Maar papa, we hebben een jaar naar u gezocht!' riep Billy teleurgesteld uit.

'Kom,' zei Paula troostend en ze sloeg haar armen om de kinderen heen en duwde hen naar de voordeur. Voor Rein zat er niets anders op dan hen schoorvoetend te volgen.

'Taart!' riep Roger uit.

'Tja,' zei Paula schouderophalend, 'ik dacht dat het misschien toch een beetje feest was. Willen jullie ook iets drinken?'

'Graag, mevrouw eh...'

'Noem me maar Paula. Sinas, cola, appelsap?' Ondertussen zette ze het koffiezetapparaat aan. 'Neem plaats en probeer zo eens uit te leggen hoe het komt dat jullie denken dat Rein jullie vader is.'

'Dat hoeven ze niet te doen,' mopperde Rein. 'Het is gewoon niet mogelijk.' Toch klonk hij lang zo zelfverzekerd niet als hij anders was en dat gaf Paula precies het zetje dat ze nodig had om door te gaan. Ze wilde dat hij toe zou geven dat hij zaaddonor was geweest. Hij had immers beloofd eerlijk te zullen zijn. Dan moest hij hier maar mee beginnen!

Ze schonk twee glazen vol cola en pakte het taartmes. Ze sneed twee grote stukken af en deed ze op de schoteltjes die ze naar de jongens toe schoof. Billy zette er meteen een taartvorkje in en stak een groot stuk taart in zijn mond.

'Mm,' zei hij verlekkerd. 'Dat krijgen we niet vaak.' Smachtend keek hij naar het grote stuk taart dat nog midden op de tafel stond.

Paula glimlachte om het glunderende gezichtje.

'Je zit onder de slagroom, joh!' riep Roger lachend uit.

'Vind je het gek. Het smaakt ook zo lekker!'

Roger volgde zijn voorbeeld, maar nadat Paula ook twee koppen koffie op de tafel had gezet en bij hen was komen zitten, betrok zijn gezichtje en keek hij Rein ernstig aan. 'U zegt dat u onze vader niet kunt zijn, maar u hebt toch wel uw zaad afgegeven?' Zijn ogen stonden groot en keken naïef naar Rein, die zijn eigen ogen neersloeg.

'Hoe kunt u dan weten dat u het níét bent?' vulde Billy aan, terwijl hij met de rug van zijn hand zijn mond afveegde.

Paula schoof een stapeltje servetjes zijn kant op. Heel even voelde ze medelijden met Rein, die op een wel zeer onverwachte en vooral keiharde manier werd geconfronteerd met zijn verleden, maar dat was echt maar heel even.

Eerlijk. Dat was het woord dat hij zelf had uitgesproken. Hij wilde eerlijk zijn.

'Inderdaad,' zei Roger. 'Hoe kunt u weten dat u het niet bent. U hébt toch zaad gegeven?'

Nu waren het twee paar ogen die hem groot, onderzoekend en volkomen onschuldig aankeken. Rein liet zijn blik zo mogelijk nog verder zakken, maar tot Paula's grote verrassing zag ze dat hij aarzelend knikte.

'Wat?' kwam er geluidloos uit haar mond. Hij gaf het toe! 'Je hebt...' zei ze schor.

'Wat moest ik d...?' Hij schraapte zijn keel, kuchte wat, hief zijn hoofd op en keek haar venijnig aan. 'Ik had geld nodig. Mijn vader hield me zo kort dat ik nooit eens kon stappen. Ik moest iets doen om aan geld te komen.'

'Stappen?' Paula's mond viel open. 'Dus jij vulde een bekertje met zaad en ging daarna stappen? De kroeg in met je vrienden?'

'Ja, wat anders?' zei hij nors en hij maakte aanstalten om op te staan.

Snel legde ze dwingend haar hand op zijn arm.

Hij voelde het en zakte weer op zijn stoel.

Roger en Billy gierden het opeens uit. 'Als mam dat hoort! Dat we gedoneerd zijn om te drinken!'

'Ze gelooft haar oren niet!'

'Het waren niet meer dan een paar glazen bier!'

'En dat is dan onze vader,' proestte Roger.

'Ik had toch liever iemand die wat nuttigers met het geld gedaan had,' vond Billy.

'Studieboeken of zo,' hielp zijn broer hem.

'Precies, want dan was hij een studiebol geweest, maar nu blijkt hij dus een zuiplap geweest te zijn.' Hij pakte opnieuw het briefje en bekeek de gegevens die erop stonden. 'Hm, bruin haar, bruine ogen. Het klopt anders wel. Ook die lengte en het postuur.' Hij bekeek Rein van top tot teen. 'En hebt u bouwkunde gestudeerd? Was u vrijgezel in de tijd dat u zaad gaf?'

Rein knikte alsof het hem niet aanging.

'Ziet u nu wel, u bent onze vader.'

'Dan wil ik nog graag een stukje taart,' vond Roger.

'Dat krijgen jullie.' Paula pakte het taartmes en sneed opnieuw twee punten af.

Plotseling werd het Rein te veel. Hij vloog op en rukte het papiertje uit hun handen. Het bleek een kaart uit een kaartenbak te zijn. 'Hoe komen jullie hieraan en waarom denken jullie dat ik dit ben? Dat kan namelijk helemaal niet!' schreeuwde hij.

'Als je twaalf bent, pap,' zei Roger, 'dan kun je de gegevens van de zaaddonor krijgen. Later, als we zestien zijn, kunnen we ook zijn naam en adres krijgen.'

'Het zou anoniem zijn!' riep Rein uit. 'Ik kan het niet zijn, want ze weten niets van mij. Pas in 2004 begonnen ze met het noteren van gegevens.'

'Nee, vader, dat is niet waar. Al voor 2004 werden uiterlijkheden genoteerd. Dat moest wel, want dan hadden de aanstaande moeders iets te kiezen. Onze moeder wilde heel graag kinderen met bruine ogen, dus dan moest de donor die ook wel hebben. Ze hoopte dat wij later konden leren en daarom koos ze voor iemand die studeerde. Nou, die informatie hebben wij vorig jaar losgepeuterd toen we twaalf werden, maar het duurde nog lang voordat we ook achter dit adres kwamen.' De twee jongens grijnsden elkaar toe.

'Maar ik heb mijn adres nooit gegeven!' riep Rein uit. 'Ze hebben misschien aantekeningen gemaakt, dat is mogelijk, maar ze weten niet waar ik woon. Dus het is onmogelijk dat ik jullie vader ben.'

'Dat is raar,' zei Roger tegen zijn broer. 'Hij heeft wel zaad gegeven, maar toch is het onmogelijk dat hij onze vader is. Snap jij dat?'

'Nee, ik niet,' probeerde de jongen te zeggen, maar hij stak juist zo'n groot stuk gebak in zijn mond dat het er niet erg verstaanbaar uit kwam.

'Zouden we nog meer broers en zussen hebben?' vroeg Billy. 'Pap, wat denkt u?'

'Ik wil dat jullie nu verdwijnen. Wegwezen. Ik ben jullie vader niet en zelfs al zou ik het wel zijn, in mijn tijd was het anoniem en dat zou het voor de rest van mijn leven blijven, en zo wil ik het ook. Weg, mijn huis uit en snel.' Hij greep met elke hand een kind beet en duwde ze de keuken uit, naar de voordeur. Daar zette hij ze over de drempel, gaf ze een duw in de rug en knalde de voordeur dicht. Alsof hij op de hielen werd gezeten door boze geesten deed hij de deur op het nachtslot en schoof de extra grendel ervoor, zodat hij van buitenaf niet meer open te maken was. Vervolgens beende hij terug naar de keuken. 'Ik ga weg!' riep hij.

Maar daar had Paula op gerekend. Ze sprong op en ging wijdbeens voor hem staan. 'Jij gaat niet weg. Jij bent een volwassen man die zelf zijn problemen oplost en niet met de staart tussen de benen naar moeders toe rijdt. Jij gaat zitten en vertelt me wat er vroeger is gebeurd.'

Hij keek haar minachtend aan. 'Er valt helemaal niets meer te vertellen. Je weet nu alles. Ik had geld nodig en heb sperma gegeven. Dat was normaal in die tijd. Vooral omdat het anoniem was en die anonimiteit is me ook beloofd. Dat er kinderen van zouden zijn gekomen, zegt me niets. Zij zullen mij nooit vinden, ik hen niet. Ze bestaan dus niet. Het enige wat dit bewijst, Paula, is dat ik gelijk heb: ik ben vruchtbaar, want anders hadden ze mijn zaad nooit genomen. Aan mij mankeert niets, precies zoals dokter Sanders van de week nog zei. Dat jij dus nog steeds geen moeder bent, ligt uitsluitend aan jou.'

'Eerlijk. Britt, hij had beloofd eerlijk te zijn!'
   'Nu is hij echt te ver gegaan, als je het mij vraagt.'
   'Nee, dat vraag ik je niet, dat vertel ik je: hij is te ver gegaan! Mijlen te ver! Hoe durft hij? Hoe kan hij? Ik, zijn vrouw, van wie hij houdt.'
   'Ik denk, Paula, dat hij alleen van zichzelf houdt.'
   'Wraak. Wraak is het enige wat mij nog overeind kan houden.'
   'Wraak en genoegdoening.'

HOOFDSTUK 6

Opgewekt slenterde Paula over de rommelmarkt in de stad. Ze had de goede beslissing genomen om juist hier af te spreken. Zo had ze twee vliegen in één klap. Of misschien wel meer, als het haar lukte om hier iets van haar gading te vinden.

Het prachtige huis dat Britt haar had laten zien en waarvan ze talloze foto's op haar studeerkamer had liggen en hangen, schreeuwde om een kroonluchter in de hal met de brede trap naar boven. Maar kroonluchters waren eigenlijk al eeuwen uit de mode en bovendien heel onhandig in het gebruik. Een echte moest je kaarsje voor kaarsje aansteken en dat werkte tegenwoordig niet meer. Er waren er waar peertjes in waren gezet, maar dat vond Paula vreselijk. Het was beter een kroonluchter te vinden met een grote lamp in het midden, die vanaf die plek alle afhangende ornamenten op en aan de luchter verlichtte. Qua stijl paste die ook beter bij het vooroorlogse huis. Een luchter met kaarsjes was meer van nog een eeuw eerder. Maar zo'n lamp als zij zocht, kon moeilijk worden. Toch hoopte ze er minimaal een te zien, waar ze dan een foto van kon nemen zodat ze aan haar docent van de cursus kon laten zien wat ze bedoelde.

Eventueel zelf kopen kon ook. Ha! Ze had haar spaarrekening eens grondig bekeken en samen met Britt zitten rekenen of ze in staat was een hypotheek te nemen en hoe hoog die dan kon zijn. Eigen geld had ze in principe niet, maar Rein gaf haar elke maand zo veel huishoudgeld dat ze vanaf het eerste moment dat ze met hem was getrouwd maandelijks een leuk bedrag weg had kunnen leggen. Daar had ze soms een meubelstuk voor gekocht, dat ze dan op zolder opknapte. En die keer dat ze alleen in Frankrijk was geweest, had ze er zelfs een complete set houten, maar vooral klassieke tuinmeubels voor gekocht, die ze ter plekke geschuurd had en in een dikke laag zachtblauwe waterbestendige verf gezet. Rein had het niet eens gezien, die keer daarop dat hij er wel bij was, maar zelf had ze ervan genoten dat het daar stond te pronken in de prachtige tuin met die rijke wijngaard erachter.

Hoe dan ook, Britt had geconstateerd dat Paula een leuk bedrag gespaard had en dat ze het inderdaad vrij kon besteden, gezien hun huwelijkse voorwaarden. Bovendien had Britt vastgesteld dat ze er heel goed een mooi groot huis voor kon kopen. Ze had weliswaar geen eigen inkomen, en dat kon een hypotheek wat lastig maken, maar Britt had ruimhartig zichzelf aangeboden als borg, want zij kende Paula als geen ander en wist exact hoe ze het financieel voor elkaar had en dat ze zich daar nooit een buil aan zou vallen.

Het gaf haar een vrij gevoel dat ze zelf dingen kon kopen en knopen door kon hakken. Dat ze niet geheel afhankelijk was van Rein en ook haar hand niet op hoefde te houden. Al wist ze natuurlijk heel goed dat al haar spaargeld in feite rechtstreeks van hem kwam en ze daar wel haar hand voor op had gehouden. Maar daarvoor had ze immers ook veel werk verricht. Altijd had hij schone kleren, lekker eten, was zijn huis verzorgd. Zoals ze onder de plak bleek te zitten, had hij echt wel profijt van haar gehad al die jaren. Dus waarom mocht zij er niet ook profijt van hebben?

Haar oog viel op een lage kast en even dacht ze terug aan het schitterende dressoir dat ze onlangs in die antiekhal in België had gezien en gekocht. Ze had de foto's die ze ervan had genomen talloze keren bekeken en ten slotte beslist hoe ze het opgeknapt wilde hebben. Bij de antiekhal was ook een restaurateur betrokken en telefonisch had ze besproken hoe ze het graag zag. Hij was het helemaal eens geweest met haar ideeën en had beloofd er zo snel mogelijk aan te beginnen. Ze had het misschien zelf ook goed kunnen doen, maar ze was liever bezig voor de cursus en had daarnaast ook nog eens haar eigen plannen.

Ze wierp een vluchtige blik op haar horloge en schrok van de tijd. Ze was zo vroeg van huis gegaan, en nu was het toch al bijna tien uur. Ze moest zich haasten om nog op tijd bij het restaurant te komen waar ze Emma zou ontmoeten, een nichtje van Britt. Gelukkig kende ze de weg en al binnen enkele minuten zag ze het terras dat bij het restaurant hoorde. Er zaten verschillende mensen op, maar er was slechts één jonge vrouw die alleen zat.

Paula stapte op haar af. 'Emma?'

'Inderdaad.' De jonge vrouw sprong overeind, bekeek Paula een moment onderzoekend, maar stak vervolgens lachend haar hand uit. 'En jij bent Paula, neem ik aan?'

'Inderdaad. Heb je al iets te drinken besteld?'

'Nee, ik heb op jou gewacht.'

'Heel attent van je. Koffie? Espresso? Of heel wat anders?'

'Ik drink niet zo graag koffie,' zei Emma, 'maar vruchtensap vind ik heerlijk.'

'Gebakje erbij?'

'Lekker, zeg. Graag.'

'Oké, dan verdwijn ik even naar binnen. Wil jij op mijn spulletjes letten?' Paula zette een tas waar een schilderij uitstak naast de lege stoel tegenover Emma, maar haar handtas nam ze mee. Ze kwam al snel terug. 'Er was niet veel keus, appeltaart of appeltaart,' grijnsde Paula, 'maar wel met of zonder slagroom.'

'Met natuurlijk!' riep Emma opgetogen.

'Dan heb ik je goed ingeschat. Komt eraan.'

'Ben je naar de rommelmarkt hier achter het gebouw geweest?' Emma gebaarde naar de tas met het schilderij.

'Ja. Ik hoop dat jij straks zin hebt om ook nog even mee te gaan, want ik heb nog lang niet alles gezien. En met zijn tweeën is altijd leuker dan alleen.'

'Mij best, ik ben de hele dag vrij.'

'Ken je Britt al lang?' vroeg Paula, maar ze moest om haar eigen vraag lachen. 'Sorry, stom natuurlijk.'

'Die vraag moet ik jou stellen,' vond Emma.

'Klopt. Ik ken Britt vanaf de havo. Het was liefde op het eerste gezicht. We zijn nu al meer dan twintig jaar hartsvriendinnen. We hebben bedacht dat we misschien wel een feestje geven als we elkaar vijfentwintig jaar kennen.'

'Wat grappig, zeg. Moet je doen. Britts moeder heeft een zus en daar ben ik een kleinkind van. Britt en ik hebben dus dezelfde *roots*, zeg maar. Haar oma is mijn overgrootmoeder. Maar we zien elkaar niet vaak. Hooguit op een familiefeestje en dat is niet vaker dan eens per vijf jaar.'

'Ja, zoiets vertelde Britt al, maar ik vond het wat ingewikkeld klinken.'

Er viel een korte stilte, die onderbroken werd door de ober die hun koffie en appeltaart kwam brengen. Paula scheurde een zakje suiker open en liet de inhoud in haar koffie glijden. Ze voelde de ogen van Emma over zich heen gaan en begreep dat heel goed. Ze roerde even in het kopje en nam een slok. Over de rand van het koffiekopje ontmoetten Paula's ogen die van Emma.

'Dus jij wilt draagmoeder worden,' zei ze zacht.

Emma glimlachte en knikte bevestigend.

'Britt heeft je alles uitgelegd?'

'Ja, alles. Tot in de details.'

'En daar kun je mee instemmen?' vroeg Paula gespannen.

'Ja, absoluut.'

'Poeh, een hele opluchting,' zei Paula blij.

'Had je anders gedacht dan?' vroeg Emma verbaasd.

'Mensen veranderen zo vaak van mening.'

'Dat is waar, maar als jij ook ondertekent, zitten we er allebei aan vast.' Emma haalde een grote envelop tevoorschijn en trok daar een stapel papieren uit. 'Kijk, Britt heeft getekend als getuige en ik heb ook al getekend. Nu jij nog. Hier en hier en hier. Dan hebben we alle drie een kopie. En graag op elke pagina een paraaf als bewijs dat je alle pagina's hebt gezien.'

Paula grinnikte. 'Tja, laat zulke dingen maar aan Britt over. Die denkt altijd overal aan.' Ze haalde haar eigen pen tevoorschijn uit haar handtas en begon de papieren te tekenen.

Emma keek geïnteresseerd toe. 'Daar, bij dat kruisje nog,' wees ze aan.

Paula's ogen gleden over de tekst en ze ondertekende ook dat papier.

'Dit pakje papieren is voor jou,' zei Emma. 'Nou ja, er is geen verschil. Je mag dit pakje ook, hoor, als je dat liever hebt.'

'Mallerd, wat maakt het uit als er geen verschil is. Drinken we nog een glaasje wijn?'

'Nu al? Het is amper halfelf.'

'Tja, wel wat vroeg, dat is waar, maar ik voel me opeens zo feestelijk dat ik vergat hoe laat het was.'

'Oké, maar dan graag rosé. Het overkomt mij ook niet elke dag dat ik een papier onderteken dat ik mijn lichaam uitleen als draagmoeder.'

'Maar alles is wel helemaal duidelijk?'

'Ja, ja, Britt heeft me er uren over doorgezaagd. Ik begrijp alles en heb geen vragen meer.'

'En als je ze toch hebt, Emma, moet je ze stellen, hoor. Maar wel aan mij. Niet aan Rein.'

'Dat begrijp ik toch. Komt helemaal goed, Paula.'

De ober bracht de glazen rosé. Ze toostten op de toekomst en lieten de zon in de glazen fonkelen.

'Ik had nog wel een vraag: wat doe jij eigenlijk overdag?' vroeg Paula.

'Heeft Britt dat niet verteld?'

'Nee, en ik was te opgewonden om ernaar te vragen.'

'Ik doe hbo Binnenhuisarchitectuur, maar het is nu zomervakantie.'

'Dat meen je niet! Nu begrijp ik waarom ze vond dat jij dit

moest doen. Wat een grap! Nou, dan kan ik misschien nog een boel van je leren! Nu ben je nog meer welkom dan je al was.'

Nadat ze de rosé opgedronken hadden en Paula betaald had, vertrokken ze samen naar de rommelmarkt.

'Eigenlijk jammer dat-ie overdekt is,' vond Emma.

'Je hebt gelijk. Goed, we blijven niet te lang. Dan kunnen we nog een poos bij mij in de tuin zitten. Ik heb schaduw en vandaag ook zon. Je kunt kiezen waar je wilt zitten.'

'Klinkt heel verleidelijk,' lachte Emma. 'Ik ben gek op de zon.'

'Dat is je wel aan te zien, ja. Je bent vast naar Spanje op vakantie geweest.'

'Klopt! Was heel tof!'

'Met je vriend?'

Emma's gezicht betrok. 'Heeft Britt dat niet verteld?'

'Nee, ze heeft erg weinig over je verteld.'

'Ja, met mijn vriend. Of eigenlijk: vrienden. We waren een groep van acht mensen die al jaren samen op vakantie gaan. Vier stelletjes. Maar mijn vriend bleek opeens meer zin te hebben in een van de andere meiden en toen zat ik zomaar opgescheept met een andere man. Dat wilde ik beslist niet, dus ik ben eerder naar huis gegaan en natuurlijk is het nu uit.'

'Wat een vervelende toestand, zeg. Belachelijk zelfs,' vond Paula.

'Precies. Zoiets doe je niet, en zeker niet waar je vriendin bij is. Hij zat gewoon met haar te zoenen terwijl ik ernaast zat.'

'Verschrikkelijk, zeg!'

'Dus een beetje afleiding is heel erg welkom,' zei Emma. 'O, kijk, wat een prachtige antieke kinderwagen.'

Paula bleef meteen staan en liet haar vinger over de kap glijden. 'Die is echt mooi!'

'Zie je jezelf daar al achter lopen?' vroeg Emma grijnzend.

'Ik wel, maar dat zal Rein vast niet toestaan. Die houdt absoluut niet van oud.'

'Die man heeft geen smaak,' zei Emma kort, maar ze schrok van haar eigen woorden. 'Sorry, Paula, natuurlijk heeft hij smaak, anders had hij nooit voor jou gekozen.'

'Dank je, meid.' Paula bleef nog even in gedachten verzonken bij de kinderwagen staan, maar besloot dat ze daar nog niet aan toe was. Een kinderwagen vroeg om een baby en die was er voorlopig nog helemaal niet. Een tafel of een stoel kon je overal neerzetten, maar met een kinderwagen was dat anders. Ze liep aarzelend door. 'Kom jij vaak op rommelmarkten?' vroeg ze Emma.

'Niet zo vaak. Ik hou meer van modern en dat vind je meestal niet op rommelmarkten. Er worden wel rommelmarkten gehouden bij kerken of verenigingen en daar wil nog wel iets leuks tussen zitten. Niet van dat heel oude spul. Maar als je alles mooi antiek hebt, kan het wel prachtig staan. Het gaat om de combinatie van kleuren en materialen.'

'Ik wil je vanmiddag ook graag mijn project laten zien op mijn studeerkamer. Eigenlijk was dat de grote logeerkamer, maar ik heb hem helemaal in beslag genomen met mijn cursus. Helaas moet jij het dus met de kleine kamer doen, maar ik heb hem wel warm voor je ingericht.'

'Met wat ik nu al van je heb gezien, zal dat dus wel prima zijn! O, kijk, echt jaren zeventig. Alles oranje. Een poosje heb ik gedacht dat ik dat mooi vond, maar daar ben ik nu overheen. Ik wil toch liever aluminium. En zwart en grijs.'

'Aha, echt anders dan ik,' lachte Paula, maar ze hield in omdat Emma was blijven staan. Ze had een beeldje in haar hand. Een jonge vrouw met een buikje. 'Ze is zwanger, zie je dat?' zei Emma.

'Ze is mooi en broos.'

'Ja, ze heeft iets. Iets ontroerends.' Emma bekeek het van alle kanten en er kwam al snel een man op hen af.

'Dat is erg oud, mevrouwtje. Wilt u er wel voorzichtig mee doen?'

'Natuurlijk. Hoeveel kost het?'

'Voor honderd euro mag u het hebben.'

'Honderd?' Emma schoot spontaan in de lach. 'Als je vijfentwintig had gezegd, had ik er nog eens over nagedacht. Ik ben een student, hoor.'

'Ik niet,' zei Paula en ze pakte het Emma uit de hand. Ook zij bekeek het van alle kanten. 'Ik bied vijfendertig,' zei ze, 'want meer is het niet waard.'

'Verkocht,' zei de man glunderend. Hij pakte het aan en wikkelde het in een stuk krantenpapier. 'Alsjeblieft.'

Paula gaf hem het geld, en het beeld gaf ze aan Emma.

'Voor mij?' vroeg ze verbaasd.

'Ja, natuurlijk. Een mooie herinnering en een bevestiging van ons contract van vandaag.'

'Joh, dat moet je niet doen. Ik krijg al genoeg geld van je.'

'Pak aan en geniet ervan.'

Een halfuurtje later zaten ze in Paula's auto en volgde Paula de aanwijzingen van Emma om bij diens studentenkamer te komen. Daar haalden ze haar tas met kleren en andere spulletjes op die ze graag bij zich had. Aansluitend reden ze naar Paula's huis. 'Wil je meteen je kamer zien of zal ik eerst een lunch klaarmaken?' vroeg Paula.

'Doe die lunch maar, en dan lekker buiten opeten.' Emma keek verlangend door het keukenraam de tuin in.

'Zoek maar vast een plekje, dan kom ik zo wel met een dienblad met eten.'

Ze vermaakten zich die middag uitstekend samen. Ze bleken erg goed met elkaar op te kunnen schieten. Paula vertelde dat Rein en zij een huis in Spanje hadden en het bleek dat Emma niet eens zo ver daarvandaan had gekampeerd. Toen Paula haar project liet zien op de studeerkamer, was Emma helemaal verrast. 'Wow, jij hebt echt inzicht in kleuren en materialen. Wat wordt dit mooi! Al die prachtige pasteltinten tegenover dat ruwe riet en rotan. Schitterend, zeg. Misschien toch jammer dat je die kinderwagen niet hebt gekocht. Die had hier prachtig in gestaan.'

'Ho, ho, voorlopig is er nog geen kind. En zoals je ziet is dit een papieren project.'

'O ja, maar als je hier niet op slaagt, weet ik het ook niet meer. Ik vind trouwens dat je het om moet zetten van papier naar praktijk. Dit moet je gewoon verkopen zo. Waar staat dat huis? Heeft Britt dat in haar portefeuille? Ze moet die foto's van jou erbij hebben en je tekeningen. Het huis is direct het dubbele waard als de mensen het zo inrichten als jij het hebt bedacht.'

Paula kleurde door het enthousiasme van de jonge vrouw. Ze had er zelf ook zo'n goed gevoel over, maar om het te horen van iemand die hbo Binnenhuisarchitectuur deed, was toch wel een bevestiging.

Bij het zien van de kleine logeerkamer schoot Emma hartelijk in de lach. 'En dan verontschuldigde je je ook nog dat ik maar de kleinste kamer kreeg. Deze is twee keer zo groot als mijn studiehok, waar ik alle dagen woon!' Ze opende haar tassen en hing haar kleren in de kast, zette haar eigen wekker op het nachtkastje en keek Paula schouderophalend aan. 'Ik word al jaren met deze wekker wakker. Natuurlijk heb ik ook mijn mobiele telefoon, maar ik gebruik het allerliefst deze.'

'Dat is goed, toch. Je moet er wel jouw kamer van maken. Zullen we nu weer buiten gaan zitten? Trouwens, loopt die wekker op tijd?'

'Ja, hoezo?'

'Dan moet ik al met het eten beginnen. Rein is nooit op tijd, maar ik heb hem een berichtje gestuurd dat we een gast hebben en gevraagd of hij om halfzeven thuis kan zijn.'

'Dan heb je nog ruim twee uur!'

'Ja, maar ik vind het zo bijzonder dat jij er bent, dat ik een feestmaal ga koken.'

'Doe nou niet, joh. Laten we alsjeblieft gewoon doen, anders raak ik nog gewend aan al die luxe, en die zal ik me vermoedelijk nooit van mijn leven kunnen permitteren.'

'Oké, morgen eten we gewoon, maar vandaag niet. Vandaag gaan we barbecueën, maar niet zoals jij het denkt, vermoed ik. Ik heb een prachtig kookboek met veel recepten voor op de barbecue, maar er zit bijna geen karbonaadje of worstje bij. Vooral allerlei groentes en zo. Zelfs het dessert wordt op de barbecue klaargemaakt. Het wordt vast heerlijk. Trouwens, voor in het boek staan geweldige drankjes, daar gaan we er straks eerst maar een van uitproberen.'

Lachend liepen ze de trap af. 'Zoek maar weer een plaatsje uit buiten. Ik kom zo. Trouwens, Emma, je weet toch...' Paula aarzelde.

'Je bedoelt dat je man nergens van weet?'

'Precies. En ik wilde het er vanavond ook niet over hebben. Ik wil gewoon een gezellige avond. Morgenavond leg ik het hem wel uit, of vermoedelijk zaterdag overdag pas, maar dan kent hij je tenminste al een beetje en ben je geen complete vreemde meer voor hem. Goed?'

'Ja hoor, dat had Britt ook al gezegd.'

Terwijl Emma weer naar buiten ging en Paula wat flessen en glazen op een dienblad zette, probeerde Paula tegelijk een berichtje naar Britt te sturen. *Prachtig mooie en lieve en intelligente meid. Heel goede keus. Dank je, Britt.*

Nog voordat ze de keuken uit liep, hoorde Paula dat er een reactie was. Lachend keek ze op het schermpje van haar mobiel. *Heb je al een afspraak gemaakt met het ziekenhuis?*

Hier waren maar twee letters nodig. Ze schreef ze snel en verstuurde ze: *Ja.*

Tegelijk hoorde ze de auto van Rein. Die was vroeg. Erg vroeg! Rook hij onraad?

Hij kwam rechtstreeks de keuken in, keek snel om zich

heen en gromde: 'Mooi, je bent nog niet begonnen met koken.'

'Goedenavond, Rein,' zei Paula vriendelijk.

'Waar zijn ze?'

'Wie bedoel je?'

'Je had toch gasten?'

'Nee, ik had één gast. Ze zit in de tuin.'

Zijn blik viel op het dienblad. Hij zag flessen met sterkedrank. 'Geen kinderen?' vroeg hij een moment verward.

'Nee, een jonge vrouw. Is er wat?'

'Ik weet niet meer wat ik moet verwachten,' zei hij.

Er ontsnapte haar een schelle lach. 'Het lijkt me eerder dat ik niet meer weet wat ik van jou kan verwachten. Hoe heb je al die jaren voor me kunnen verzwijgen dat je donorvader was?'

'Daar wil ik het niet meer over hebben, en trouwens: ik ben geen vader! Ik heb zaad gegeven, maar ik ben geen vader. Kun je dat nu eindelijk eens tot je door laten dringen?'

'Zeg, rustig maar. Voor jou was het misschien choquerend dat er opeens twee nazaten van jou voor je neus stonden, maar voor mij was het ook niet leuk. Al die jaren heb ik op een zwangerschap gewacht, en nu blijkt dat jij al jaren vader bent.'

'Nee, ik ben géén vader. Begrijp dat nou eens.'

'En hoeveel kinderen zouden er nog meer rondlopen van jou?' ging ze ongenadig door, want het had haar ongelooflijk diep gekwetst dat hij vader was, biologische vader, zonder dat ze dat ooit geweten had. Dat Ann haar dat had moeten vertellen! Een wildvreemde vrouw. Die het trouwens heel gewoon vond dat je zoiets van je man wist. En dat was het toch ook?

'Wil je er nu eens over ophouden?' zei hij kwaad.

'Over ophouden? We zijn er nog niet eens over begonnen. Billy en Roger waren nog niet weg of jij zat alweer in je auto naar je moeder, en verder kap je elk gesprek in die richting ogenblikkelijk af. Ik vind dat het de hoogste tijd is om daar eens samen over te praten. Jij hebt geheimen voor mij terwijl je me had beloofd eerlijk te zullen zijn.'

Hij zuchtte luidkeels en trok zijn wenkbrauwen hoog op. 'Gek word ik van jou, Paula. Wat is er toch met je aan de hand? Oké, ik heb je niet alles uit mijn verleden verteld, maar zo'n punt is dat toch niet? Die kinderen, als er al kinderen zijn van dat zaad, stellen niets voor. Ze bestaan niet voor mij en dus ook niet voor jou. Toe, liefje, laten we nu alsjeblieft weer zo doen als vroeger. We waren toch gelukkig samen? We hadden toch alles wat we wilden?'

Ze duwde hem van zich af en lachte schamper. 'Je vindt mij misschien dom omdat ik jou niet begrijp, maar jij begrijpt ook nog steeds niets van mij. We hadden níét alles samen. We hadden geen kind, en daar kan ik niet langer mee omgaan.'

'Precies, het is dus jouw probleem en niet het mijne.'

Het lag haar op de lippen om te zeggen dat de oplossing in de tuin zat, maar ze hield zich in. Ze had zich voorgenomen dat hij eerst uitgebreid kennis met haar zou maken, voordat ze hem de reden van de logeerpartij uit de doeken zou doen. Dat leek haar nog steeds beter, al viel het zwijgen haar nu toch wel zwaar, want door de komst van Emma was haar verlangen naar een kind alleen maar meer aangewakkerd.

'Wie zit er in de tuin?' onderbrak hij haar gedachten.

'O, een nichtje van Britt. Ze studeert voor binnenhuisarchitect en we hebben dus heel wat dingen gemeen.'

Hij keek haar opgelucht aan.

'Je lijkt wel blij.' Paula was niet van plan het hem gemakkelijk te maken.

'Ach, nou ja. Er komen hier steeds weer andere kinderen over de vloer. Ik was bang dat je nu weer zoiets bedacht had en daar wilde ik meteen een stokje voor steken.'

'Een stokje voor steken? Rein, wat bedoel je? Is het nu opeens verboden om een kind te willen?'

'Natuurlijk niet, maar ik vind wel dat je fout bezig bent. Je haalt geen kinderen van Bureau Jeugdzorg of andere pro-bleemgevallen in huis. Zo'n kind wil ik absoluut niet.'

'Nee, jij vindt een geleend kind iets heel anders dan een eigen kind, maar ik, Rein, ik vind een geleend kind altijd nog veel beter dan geen kind!'

HOOFDSTUK 7

'Je moet hier echt wat mee doen, Paula,' hield Emma vol terwijl ze opnieuw de schetsen en foto's bekeek die Paula de afgelopen weken had gemaakt. 'Je hebt echt gevoel voor wat bij elkaar past en hoe je iets aankleedt. Kun je Britt niet vragen of het huis nog te koop staat? Misschien mag je het voor haar inrichten. Echt, ik meen het. Het huis wordt vele malen meer waard als jij het inricht.'

'Ik vind het heel lief van je, maar een inrichting is toch echt iets heel persoonlijks, Emma.'

'Natuurlijk, dat is zo, maar jouw inrichting hoort bij dit huis. Je hebt het aangekleed met de materialen waar het om vroeg. Jij ziet gewoon wat een huis wil. Kun je het zelf niet kopen en gebruiken als pand voor een eigen bedrijfje?'

Paula lachte. 'Dat lijkt me geweldig, een eigen bedrijfje. Ik heb het altijd heerlijk gevonden een huis in te richten, maar nu ik me zo laat gaan, blijkt het nog veel mooier te zijn dan ik ooit had gedacht. Het geeft me een energie waarvan ik niet wist dat ik die op kon brengen. Alleen zou ik een eigen bedrijfje anders aanpakken.'

'Hoe bedoel je?' Emma keek Paula vragend aan.

'Nou, dan zou ik een vrij strak huis kopen, met weinig tierelantijntjes. Vrij nieuw dus. En ik zou elke kamer anders inrichten, zodat de mensen zien dat ik meer in mijn mars heb dan alleen maar een antiek huis aankleden.'

'Hm, daar zit wat in,' mompelde Emma.

'Ik zou dan een antieke kamer kunnen inrichten, maar daarnaast een moderne. De een sport en de ander misschien sciencefiction.'

'Een sciencefictionkamer?' riep Emma enthousiast uit. 'Wow, dat lijkt me echt gaaf. Mag ik dat niet doen voor mijn eindexamenproject?'

'Natuurlijk mag jij dat doen. Ik heb daar geen patent op,' lachte Paula. 'Het was zomaar een idee.'

'Maar wat voor een idee! Het lijkt mij geweldig om zo'n kamer in te richten.'

'Dan doe je dat toch? Zelfs al zou ik het ook doen, dan nog zouden ze niet op elkaar lijken, denk ik.'

'We zouden misschien wel samen een bedrijfje kunnen starten,' stelde Emma voor. 'Jij hebt zulke fantastische ideeën, daar kom ik soms gewoon niet op. Jij bent echt een natuurtalent.'

'En jij weet alles van materialen en merken en grote namen,' bedacht Paula.

'Precies. We vullen elkaar heel goed aan. Lijkt je dat niet wat?'

'Misschien wel, ja,' gaf Paula toe. 'Ik krijg wel steeds meer zin om er echt mijn beroep van te maken.'

'Wat let je?'

'Tja,' aarzelde Paula, 'ik hoop toch wel binnen een jaar een kind te hebben en het was juist daarvoor dat ik ooit gestopt ben met werken. Om dan nu opeens een beroep uit te gaan oefenen, als het kind na al die jaren echt komt...'

'Sorry, was ik even vergeten. Maar dan kun je toch juist heel goed voor jezelf beginnen. Je kunt het kindje toch meenemen naar je eigen zaak?'

'En naar al die mensen die ik thuis moet bezoeken om hun inrichting aan te passen?' wierp Paula tegen.

'Hm, dat is misschien wat lastiger, maar...' Emma's ogen klaarden op. 'Daarom zou het juist mooi zijn als wij dat bedrijf samen deden. Dan kan ik op het kind passen als jij weg moet.' Ze moest opeens giechelen. 'Ik krijg in elk geval over een poosje een leuk bedrag op mijn bankrekening. Daarmee kan ik vast wel in een bedrijfje stappen.' Ongemerkt gleed haar hand over haar buik.

Paula keek ontroerd toe. Ze had nooit gedacht dat ze een nichtje van Britt zo leuk zou vinden en zo gezellig om in huis te hebben, maar het was zoals Emma zei: ze vulden elkaar aan. Niet alleen waar het hun beroepskeuze betrof, maar ook in andere gespreksstof. Ze hadden al zo veel overeenkomsten in belangstelling ontdekt dat het voor Paula werkelijk heerlijk was de jonge vrouw om zich heen te hebben. Paula wist inmiddels dat ze zesentwintig was. Acht jaar jonger, maar minstens zo wijs als zijzelf. Ze konden als volwassenen met elkaar omgaan en praten, maar ze konden ook giechelen als twee bakvissen.

'Is er iets?' Paula had plotseling het gevoel dat Emma haar uitgebreid stond te bestuderen.

De jonge vrouw haalde haar schouders op.

'Er is iets,' stelde Paula vast. 'Vertel. Heb ik iets verkeerds gezegd?'

'Nee, natuurlijk niet!'

'Kom, we gaan naar buiten, van de zon genieten, en dan vertel je me wat er is.'

In de keuken zette Paula snel twee kopjes espresso, die ze meenam de tuin in. Ze was ongerust. Emma had opeens zo ernstig gekeken. Ze was toch niet op andere gedachten gekomen?

Emma was al in de schaduw van een grote boom gaan zitten. De zon was inderdaad erg warm vandaag.

'Heb je er toch moeite mee dat je hier bent?' vroeg Paula.

'Hoezo? Ik geniet met volle teugen. Ik ben nog nooit in zo'n mooi huis geweest met zo'n prachtige tuin.'

'Dat bedoel ik niet. Je gezicht betrok toen je...' Paula aarzelde. 'Nou ja, je bood spontaan aan om bij mij in mijn bedrijf te stappen zodat jij voor mijn kindje kon zorgen als ik bij mensen thuis moet zijn.'

'Ja?'

'Waarom heb je zelf geen kind? Is dat het probleem? Wil je

zelf kinderen en...' verzuchtte Paula terwijl ze zag dat Emma's gezicht opnieuw betrok.

'Je hebt gelijk,' gaf Emma volmondig toe. 'Ik wil heel graag kinderen. Ik ben zelfs al een keer zwanger geweest.'

'Dat meen je niet!' riep Paula uit. 'Wat is er gebeurd? Of heb je al een kind?'

Emma schudde haar hoofd. 'Ik kreeg een miskraam. Na acht weken was ik het kwijt.'

'Wat vreselijk voor je.'

Emma knikte peinzend. 'Dat vond ik toen ook, maar nu niet meer.'

'Waarom niet?'

Emma dronk het kopje leeg en kwam overeind. 'Vind je het goed als ik nog wat koffie haal?'

'Natuurlijk, doe maar alsof je thuis bent.'

'Jij ook?'

'Lekker. Er zit maar zo weinig in zo'n kopje, hè?'

Het duurde niet lang voor Emma met twee koppen koffie terug was in de tuin. Ze ging weer tegenover Paula zitten en zuchtte. 'Het is anderhalf jaar geleden gebeurd. Ik ging toen al bijna twee jaar met Erwin en ik dacht dat hij de ware was. Ik hield veel van hem en in gedachten deelden we onze toekomst samen. Dus kinderen leek me ook heel logisch.'

'Erwin? Is dat die vriend die je in Spanje heeft laten zitten voor een van je vriendinnen?'

'Precies. Die. Hij leek ook ontroostbaar na die miskraam. Zelf was ik dat in eerste instantie zeker, maar de huisarts zei dat ik nog zo jong was, dat ik het me niet al te erg aan moest trekken. Nog kansen genoeg, vond hij.'

Emma's blik dwaalde door de tuin. Er verscheen een sarcastisch lachje rond haar lippen. 'Ja, nog kansen genoeg, maar niet met Erwin. Daarom ben ik eigenlijk toch wel blij dat ik nu geen kinderen heb.'

'Onzin,' vond Paula. 'Als je wel een kindje had gehad, had je dat gewoon meegenomen, bij Erwin vandaan. En je had het liefdevol grootgebracht.'

'Natuurlijk, zeker weten, maar ik vind het toch fijner voor een kind dat het een vader heeft en dat had het niet meer gehad, want zelfs als ik wel een kind had gekregen, dan was ik niet bij Erwin gebleven na dat gedoe in Spanje. Zoenen met een ander!'

Paula knikte instemmend. 'Je moet je man wel kunnen vertrouwen. Als dat niet meer kan, is de hele relatie naar de knoppen. Dan is de basis weg en zonder basis...'

'Precies, en daarom ben ik nu toch wel blij dat ik geen kinderen heb.'

'Dat ben ik niet met je eens. Je kunt heel goed in je eentje een kind opvoeden.'

'Dat zal best wel,' zei Emma, 'maar het zal toch zijn of haar vader geregeld willen zien en ik wil Erwin nooit meer spreken.'

'Hm.'

'Het alleen opvoeden zal het grootste probleem ook niet zijn,' dacht Emma, 'maar wel het contact met de vader. Als je zo uit elkaar gaat zoals wij uit elkaar gegaan zijn, dat hij gewoon de voorkeur gaf aan een ander waar ik bij was, nou, dan wil je niet dat je kind een weekend naar hem toe gaat. Snap je? Dus ik kan er nog wel verdrietig om zijn dat ik een miskraam heb gekregen, maar tegelijk ben ik blij dat ik geen contact meer hoef te hebben met Erwin. Ik kan hem voorgoed mijn leven uit bannen. Ik hoef niets meer met hem of van hem. Dat zou anders zijn geweest als er wel een kind in het spel was.'

'Maar je wilt dus toch een kindje?'

'Vreselijk graag, ja. Ik hoop dat ik ooit een keer een kindje van een leuke man krijg die voor altijd bij me wil blijven.'

Paula knikte en bekeek Emma meelevend.

Wraak tot in het detail, Paula. Overdenk alles honderd keer voordat je iets uitvoert, laat niets aan het toeval over. Verzorg je wraak tot in de puntjes en zorg dat je overal voor

honderd procent achter staat!'
   'Komt voor elkaar, Britt.' Paula lachte getergd.

's Middags bracht de postbode twee dikke glossy's vol met nieuwtjes op het gebied van woninginrichting. 'Kijk!' riep Paula opgetogen. 'Hier heb ik me op geabonneerd. Ik wist alleen niet dat ze tegelijk zouden komen, maar nu hebben we allebei een tijdschrift om te bekijken.'

Ze vermaakten zich prima en ook die avond was het weer gezellig. Zelfs Rein ontspande zich in het bijzijn van Emma en tot Paula's verrassing begon hij zich zelfs enigszins uit te sloven en bood aan koffie voor hen te zetten en drankjes te mixen, die ze uitgekozen hadden uit het grote kookboek dat Paula de dag ervoor tevoorschijn had gehaald.

Paula vond het lachwekkend, want hij had geen idee waar de glazen stonden en al helemaal niet waar hij een schijfje sinaasappel vandaan moest halen, maar toch, hij deed iets, hij stak voorzichtig een arm uit zijn mouw. Al verdacht ze hem ervan dat hij het niet voor haar deed.

Op zaterdagmiddag zou Paula hem vertellen waarom Emma bij hen was. Maar die kans kreeg ze niet, omdat hij er onverwachts zelf over begon. Ze hadden net buiten ontbeten en hij spoelde de laatste kruimels van zijn croissant weg met een glas versgeperst sinaasappelsap, waarna hij onderzoekend van de ene naar de andere vrouw keek. Hij streek zich nadenkend over de kin en het raspende geluid dat ze op andere zaterdagen rond dit tijdstip altijd had gehoord, bleef uit. Voor wie had hij zich zo vroeg op zijn vrije dag al geschoren? Paula wierp een blik op Emma, die doorhad dat zij het onderwerp van ieders gedachten was en haar hoofd licht boog.

'Je bent een leuke, gezellige gast,' begon Rein, 'maar ik begrijp toch niet wat je hier doet.'

'Dat heb ik toch uitgelegd,' viel Paula voor Emma in. 'Ze moest even tot rust komen.'

'Maar hoelang is even?' vroeg Rein.

'Heb je last van haar?'

'Nog niet.'

'Nog niet?' herhaalde Paula.

'Precies, nog niet, maar dat kan wel komen. Ze zit hier maar te zitten. Oké, ik geef direct toe dat het niet onaantrekkelijk is om haar in de tuin te hebben, maar toch, het gaat wel ten koste van mijn privacy.'

'Jouw privacy?' vroeg Paula met opgetrokken wenkbrauwen.

'De onze dan,' herstelde Rein zich.

'Hoezo?'

'Tja, ze is er voortdurend. Slaapt ook boven, gebruikt onze badkamer. Ze is er steeds en tot nu toe gaat dat goed, maar ik wil weten hoelang ze denkt te blijven.'

'Ik heb toch gezegd dat het tijdelijk is, Rein.'

'Inderdaad, maar wat is tijdelijk?' sneerde hij. 'Vijf jaar is ook tijdelijk.'

'Ik dacht meer aan negen maanden,' zei Paula terwijl ze haar rug rechtte, want nu moest het hoge woord er maar uit.

'Negen maanden? Hoezo? Vreemd aantal. Een maand, halfjaar, een heel jaar, oké, maar negen maanden?'

'Zo lang duurt een zwangerschap nu eenmaal, Rein.'

Emma zweeg al die tijd en keek naar haar handen, die in haar schoot lagen. Ze durfde niet eens meer haar glas te pakken om de laatste druppels sinaasappelsap op te drinken. Ze wist dat dit geen leuk gesprek zou worden. Britt had haar gewaarschuwd. Het leek haar dan ook het beste zich er niet mee te bemoeien en vooral ook oogcontact te vermijden, om geen van beiden de indruk te geven dat ze met de ander onder één hoedje speelde of aan iemands kant stond.

'Is ze zwanger?' riep hij uit. Hij kwam bijna overeind uit zijn stoel, maar liet zich weer zakken. 'Ben je zwanger, Emma?'

De jonge vrouw schudde aarzelend haar hoofd, maar ze bleef naar beneden kijken.

Verward keek hij naar Paula. 'Wat bedoel je?'

'Precies wat ik zeg. Een zwangerschap duurt negen maanden.'

'Maar ze is niet zwanger.'

'Nee, maar volgende week wel, hoop ik.'

Zijn mond viel open en hij keek haar met grote ogen aan. 'Hoe kun je zoiets weten? En waarom is ze hier? Wat is er nu opeens weer aan de hand in dit huis? Moet ze hier zwanger worden?' Hij schaterde, maar hield zich opeens in. 'Je denkt toch niet... Je was toch niet van plan...'

Paula wachtte af wat hij zou bedenken, maar Rein slikte alle volgende woorden in, keek haar alleen maar indringend aan. Zo indringend zelfs dat Paula even het gevoel had dat hij haar had doorzien.

Ze haalde diep adem en stak haar hand naar hem uit. Ze kon nog net de rug van zijn hand strelen. Het lukte haar een warme glimlach op haar gezicht te toveren. 'Rein, je zei dat het mijn probleem was dat ik nog geen moeder was.'

'Hebben we het nu opeens over jou?'

'Ja, en als het mijn probleem is, moet ik er ook zelf een oplossing voor vinden.'

Hij trok zijn hand terug en keek aarzelend van de een naar de ander. Emma hield haar hoofd gebogen. 'Waar ben je op uit?' snauwde hij.

'Het is heel simpel,' zei Paula rustig. 'Het is erg jammer dat ik niet eerder wist dat het probleem bij mij lag, want dan had ik sneller maatregelen kunnen treffen.'

'Waar heb je het nu over? Ik eis direct een verklaring!'

'Laat het me uitleggen, schat,' zei ze kalm. 'Er zijn twee dingen van belang. Jij vindt dat een geleend kind geen kind is. Jij wilt alleen een eigen kind. Dat heb je voortdurend gezegd. Nu blijkt dat ik onvruchtbaar ben, zul je dus bij mij nooit een kind krijgen. Dus een eigen kind voor jou aan de ene kant, maar een onvruchtbare vrouw aan de andere. Dat bracht me op de volgende oplossing.' Ze ging zo mogelijk nog rechter zitten en keek haar man met een liefdevolle blik aan. 'Het kost me wel wat moeite om te zeggen, maar je weet hoeveel ik van je hou en hoeveel ik voor je overheb. Je weet hoe belangrijk jij voor me bent en hoe ..'

'Ja, ja, genoeg. Wat heb je voor krankzinnigs bedacht?'

'Krank... Nee, het is juist superslim wat ik heb bedacht. Emma wordt draagmoeder van jouw baby! Is dat niet geweldig? Dan krijg jij een eigen kind en ik krijg toch een kind dat van jou is!'

Zijn mond viel open en het leek alsof alle bloed uit zijn gezicht wegtrok, alsof hij versteend of verlamd raakte. Minutenlang bleef hij zo zitten. Een en al verbazing, volkomen overdonderd, totaal de kluts kwijt.

Hoewel, Paula zou later aan Britt vertellen dat het ook wel een kwestie van seconden had kunnen zijn, maar het leek op een aantal oneindige minuten dat hij zo naar haar zat te staren en niet uit zijn woorden kon komen.

Opnieuw stak ze haar hand naar hem uit, maar op het moment dat ze hem beroerde, raakte hij uit zijn verlamming en alsof hij gestoken was door een wesp schoot hij overeind van de tuinstoel, die achterover op het keitjesterras kletterde.

'Ben jij nu echt totaal knettergek geworden? Van lotje getikt? Krankjorum? Heb je een klap van de molen gehad? Moet ik je soms naar een gesticht brengen?'

'Rein!' riep Paula vertwijfeld uit. 'Rein, luister nou toch gewoon even naar mijn verhaal.'

'En jij?' ging Rein tegen Emma door alsof hij Paula niet had gehoord. 'Hoe gek ben jij? Wil jij je lijf uitlenen voor een zwangerschap? En hoe had je gedacht van mij zwanger te worden? Denk je dat ik mijn ding er gewoon maar in steek bij jou? Nou, daar komt meer bij kijken dan een leuk jong smoeltje, hoor!'

'Viagra,' zei Paula meteen. 'Ik heb van die blauwe pillen gekocht. Ik wist dat ik daar goed aan deed.'

'Hou jij je kop eens. Jij bent gek geworden en hebt geen

recht meer van spreken!' riep hij met verwilderde ogen naar Paula.

'Maar Rein, het gaat toch om jouw eigen kind?' Ze had hier lang genoeg over nagedacht om nu niet even vol te kunnen houden. Vanbinnen wist ze niet wat ze moest voelen. Medelijden omdat hij zich zo grof behandeld voelde, wat natuurlijk ook zo was, of lol, omdat hij er zo intuinde en zich zo kwaad maakte als ze hem nog nooit eerder had gezien?

'Je hoeft het helemaal niet met haar te doen,' zei Paula nu terwijl ze ook overeindkwam om hem recht in het gezicht te kunnen kijken. 'Eigenlijk wil ik dat ook liever niet. Je kunt het in een potje doen, net als vroeger, toen je zaaddonor was. Daarna kunnen Emma en ik het bij haar inbrengen. Wacht even, ik laat het je zien.' Ze haastte zich naar de keuken, waar ze een setje uit een lade haalde en mee naar buiten nam. 'Dit is om iemand zelf te insemineren. Daarmee kunnen we Emma zwanger van jou maken, zonder dat je met haar hebt gevreeen.'

Woest sloeg hij het haar uit de handen. Het setje vloog door de tuin. 'Waar zijn jouw hersens gebleven? Als ik met een ander naar bed wil, dan kies ik die persoon zelf wel uit.'

'Dat begrijp ik, maar daar gaat het toch niet om. Het gaat er niet om dat je seks hebt met een ander, maar dat je een eigen kind verwekt, dat ik dan op kan voeden. En van Emma weet ik dat ik het op mag voeden.'

'Hoe bedoel je?' Hij kneep zijn ogen tot spleetjes en keek haar vernietigend aan.

'Ik heb een contract met Emma opgesteld en dat hebben we beiden ondertekend. Daar staan alle regels in die gelden voor ons draagmoederschap. Zo weten Emma en ik – en jij natuurlijk ook – precies waar we aan toe zijn en is de baby ook gegarandeerd van ons. Dat moet je nog maar afwachten als je vrijt met een wildvreemde.'

'Maar...' Hij beende bij hen weg, om vervolgens weer terug te komen. 'Wat bedoel je met contract?' Hij bleef stilstaan voor Paula. Hij was zo dichtbij gekomen dat ze de koffie in zijn keel kon ruiken. Intuïtief deed ze een stapje achteruit. Hij was echt kwader dan ooit. Zo kende ze hem niet. Maar het enige wat het haar deed, was dat ze blij was, dat ze nu ook eens zijn ware karakter zag.

'Ik bedoel een papier met alle regels. Britts vaste notaris – van hun makelaarskantoor, weet je – heeft ernaar gekeken en geholpen het op te stellen. Het is dus rechtsgeldig en het houdt in dat Emma haar kindje aan ons afstaat zodra het geboren is.'

'Ha, en dat geloof jij?' lachte hij schamper. 'Heb je dan met oogkleppen op geleefd? Draagmoeders willen altijd hun kind houden als ze het eenmaal hebben gedragen.'

'Emma niet, want dan krijgt ze geen cent, en ze heeft het geld hard nodig.'

'Geen cent? Moet ze er ook nog geld voor krijgen? Ze mag hier wonen, leven als een vorstin en dan ook nog geld toe?'

'Heb je dat niet over voor een kind van jezelf?'

Opeens greep hij haar bij beide schouders beet. 'Paula, wat is er toch met je? Waarom doe je zo moeilijk? We hadden het toch goed?'

'Die riedel ken ik nu wel. We hebben alles wat ons hartje begeert, maar als ik naar ons huis in Spanje wil, moet ik een nummertje trekken omdat je het aan de hele wereld hebt uitgeleend.'

'Ook dat nog,' verzuchtte hij. 'Ik koop er wel een huis bij.'

'Nee, dat doe je niet. Als iemand wat koopt, dan ben ik het. Best een goed idee trouwens. Stort maar een half miljoen op mijn bankrekening, dan zoek ik iets leuks uit. En zolang ze zwanger is, kan Emma daar wel wonen. Dan heb jij in elk geval geen last van haar.'

'Dat half miljoen kun je krijgen, maar alleen als je belooft dat je nu, hier, voor mijn ogen het contract met Emma verscheurt. En zij trouwens ook haar kopie,' kwam er sissend achteraan. Als blikken konden doden, had Paula noch Emma na dat gesprek nog geleefd.

Er viel een doodse stilte. Eindelijk kwam Emma overeind. 'Ik ga koffiezetten,' zei ze bijna onhoorbaar en ze verdween de keuken in.

Paula liet zich op de rand van de fontein zakken en keek met natte ogen naar de man van wie ze jaren had gehouden.

'*Wraak, Paula, wraak kan zo zoet zijn.*'

Britt had gelijk, merkte ze, en diep vanbinnen voelde ze een klein triomfantelijk vlammetje gloeien. Een half miljoen! Ze boog haar hoofd om te voorkomen dat Rein in haar ogen kon kijken, daar ze niet wist of ze het vlammetje wel binnenboord kon houden.

Vrij snel kwam Emma naar buiten met een thermoskan en een stapeltje papieren. Ze schonk voor iedereen koffie in en keek daarna Rein aan. 'Ik begrijp dat jij er niets in ziet. Ik wil met alle plezier mijn papieren verscheuren.' Ze stak hem een kopie toe. 'Maar in die papieren staat dat ik tienduizend euro krijg als het niet doorgaat. Die wil ik dan wel hebben voordat ik mijn kopie verscheur.'

'Tienduizend? Je meent het.' Hij keek haar perplex aan. 'Dan moet je bij Paula wezen. Ik heb niets beloofd.'

'Dat begrijp ik, maar als jij mij dwingt de papieren te verscheuren, zul jij er toch voor moeten zorgen dat ik dat geld krijg.'

'Hm.' Hij ging ook weer zitten en Paula kwam langzaam overeind van de fonteinrand om zich ten slotte ook bij hen aan de ontbijttafel te voegen.

'Hoeveel zou je krijgen als het wel doorging?' vroeg Rein.

'Tien keer zo veel,' zei ze timide.

'Honderdduizend?' riep hij verbijsterd uit.

Ze knikte. 'Dat is natuurlijk veel meer, maar je zei net dat veel vrouwen spijt krijgen, en om eerlijk te zijn zit ik daar zelf ook mee.'

'Wat?' siste Paula geïrriteerd. 'En dat zeg je nu?'

Emma haalde haar schouders op.

'Op jou kan ik dus totaal niet vertrouwen!' schreeuwde

Paula venijnig. 'Goed, zodra Rein dat half miljoen op mijn rekening heeft gestort, stort ik tienduizend op de jouwe en zijn we weer van elkaar af. Je had me zo blij gemaakt. Hoe kun je! Poeh, samen een bedrijfje oprichten!'

Emma zweeg en liet haar hoofd weer zakken.

Rein begreep dat het zijn beurt was. Hij kwam overeind en liep het huis in. Paula volgde hem naar zijn werkkamer omdat ze precies wilde zien wat hij deed. Onderweg haalde ze haar eigen kopie uit een lade in het dressoir.

Ze zag dat hij zijn bankrekening opende op internet en de gevraagde codes intoetste. Vervolgens maakte hij alvast het eerste deel van het bedrag over op haar rekening. Ze had geen idee dat hij dat zo gemakkelijk kon doen. Ze had verwacht dat alles vastzat in beleggingen, waardepapieren, maar een ton schudde hij dus zomaar uit zijn mouw.

'Alsjeblieft,' zei hij. Ze zweeg, maar vanbinnen glunderde ze. Wat op haar rekening stond, zou altijd van haar blijven.

'Oké, dan zal ik nu het geld voor Emma overmaken.' Ze ging naar haar eigen bankrekening, zag dat het grote bedrag van Rein erop stond en toetste zorgvuldig het rekeningnummer van Emma in dat ze op het contract zag staan. 'Gebeurd. Nu heeft zij haar tienduizend.'

Hij stak zijn hand uit naar het papier en Paula gaf het hem.

'Dan verscheur ik het nu en luister, Paula, dan wil ik hierna ook nooit meer één woord horen over draagmoederschap. Is dat duidelijk?'

'Ja, Rein, dat is duidelijk,' zei ze bedeesd en ze keek hem aan zodat hij kon zien dat ze het meende. Om hem gerust te stellen, knikte ze ook nog eens bevestigend. 'Ik zal haar wegsturen.'

HOOFDSTUK 8

'Zo, buurvrouw, gaan jullie verhuizen?'

Paula schrok op van de onverwachte mannenstem achter zich. Ze draaide zich om en zag dat het inderdaad de buurman was. Ze glimlachte en rechtte haar rug terwijl ze met haar linkerhand een blonde lok uit haar ogen streek.

Hij lachte haar toe. 'Veel te warm om je lichamelijk zo in te spannen.'

'Eigenlijk wel, ja.'

'En? Gaan jullie echt verhuizen?'

Ze stonden voor de grote dubbele garage, met de beide deuren wagenwijd open.

'Welnee, zeg. Hoe kom je erbij?'

'Dat is heus zo gek niet, hoor. Je bent al wekenlang bezig dingen weg te brengen.'

Paula voelde dat ze kleurde. Had hij haar al die keren gezien?

'Koffers, dozen, kasten, stoelen.'

Ja dus. Hij had alles gezien. Had hij dan niets anders te doen dan vanachter het gordijn naar haar te gluren?

Hij grinnikte. 'Nu krijg je helaas een verkeerd beeld van me. Ik ben niet zo'n gluurder en naar roddels luister ik ook nooit, maar je vangt weleens wat op, nietwaar?'

Paula keek hem zwijgend aan.

'In de buurtsuper zei iemand dat je dozen wegbracht die nogal zwaar waren.'

Paula knikte. 'Oude kleren, bedoel je die?'

'Geen idee. Dichte dozen, dus dat kan van alles zijn. Maar ook kastjes en stoelen.'

Paula had zin om boos te worden, al wist ze natuurlijk haar hele leven al dat dit erbij hoorde op het platteland. Mensen bekeken elkaar en vertelden het verder. Aan de ene kant was dat soms handig. Een soort sociale controle. Aan de andere kant kon je nooit eens iets anoniem doen.

Ze trok haar werkhandschoenen uit en veegde met de rug van haar hand over haar voorhoofd. 'Als je nou even helpt die zware dingen aan de kant te zetten, zal ik je daarna precies uit de doeken doen wat er aan de hand is,' zei ze vriendelijk.

'Toch altijd nog het zwakke geslacht,' zei hij lachend. 'Vrouwen kunnen nog zo hoog van de toren blazen, maar ze blijven zwakker dan mannen.'

Paula bleef staan. 'Wat bedoel je? Blaas ik hoog van de toren?'

Hij keek haar geschrokken aan. 'Nee, sorry, jij niet. Ik bedoel mijn vrouw. Die weet het altijd beter en wil dat ik elke dag zeg dat vrouwen hun mannetje staan. Ik word het soms zo zat bij haar, maar als ze dan eens wat spieren nodig heeft, kan ze me wel gebruiken. Sorry, het sloeg niet op jou.'

'Gelukkig. Niet leuk voor jou natuurlijk, maar ik hoopte niet dat ik die indruk had gegeven.'

'Heb je ook niet, buurvrouw. Nou, zeg maar waar je het wilt hebben.'

'Ik heb geen idee wat dat voor apparaten zijn, maar die kunnen toch wel tijdelijk op de werkbank staan? Ik heb vloerruimte nodig. Ik ga hier een kinderfeestje geven.'

'Kinderfeestje?' Hij keek haar verrast aan. 'Dat had ik echt nooit zelf kunnen bedenken. Ik dacht dat jullie...'

'Wat?' vroeg ze op een toon die hem dwong zijn zin af te maken.

'... geen kinderen wilden.'

'Zoiets kun je niet kiezen, buurman.'

'Daar heb je gelijk in. Nogmaals sorry.' Hij lachte schuchter. 'Ik ben duidelijk niet in de stemming voor een goed gesprek. Nou, laat me maar even kijken wat hier allemaal staat. Zeker spullen van de tuinman?'

'Dat denk ik ook.'

'Ik zie het al. Een kantenmaaier, een bladblazer, een grassteker. Hij had toch ook zo'n mooie zitmaaier? Die heb ik weleens gezien.'

'Die is van hemzelf. Daar is hij vrij trots op en die neemt hij altijd achter op een aanhanger mee.'

'Aha, maar dit laat hij hier.'

'Dit is van ons, denk ik,' zei Paula, al wist ze er zelf het fijne ook niet van.

De buurman versleepte en versjouwde wat spullen, tilde sommige dingen boven op de werkbank en algauw had hij meerdere meters van de grond vrijgemaakt.

'Hoe vind je het zo?'

'Zo ruim had ik het zelf niet gekregen. Dank je wel. Wil je een kop koffie?'

'Laat ik dat maar niet doen. Ik moet zo de kinderen van school halen. Het is mijn beurt om overblijfvader te zijn, maar ik neem ze altijd mee naar huis. Dat bevalt mij beter en zij vinden het ook leuk. Dag! Veel plezier met je feestje.'

Overblijfvader, dacht ze terwijl ze hem peinzend nakeek. Buitenschoolse opvang. Hm...

Juist toen hij de straat over wilde steken, leek hij zich te bedenken. Paula zag hoe hij zich omdraaide en lachend weer terugkwam en hun oprit op wandelde. 'Jij bent een goeie, zeg. Je weet me prachtig op een dwaalspoor te zetten, want nu weet ik nog niet waarvoor jij al die dozen en kastjes wegbracht.'

Paula schoot in de lach. 'Ik had niet gedacht dat het je echt interesseerde. Je deed toch niet aan gluren en roddels?'

'Ik gluur toch ook niet, en ik klets niet achter je rug om. Ik vraag het je rechtstreeks!'

'Maar je vraagt naar de weg van de roddels.'

'Je hebt gelijk. Nou?'

Ze grijnsde. Een aanhouder was hij wel. 'Hoe oud ben jij?'
'Vierentwintig,' antwoordde hij verwonderd.
'Dacht ik al. Een heel decennium jonger dan ik.'
'Decenn...'
'Tien jaar jonger, bedoel ik. En dus heb je ook tien jaar
minder troep. Grote schoonmaak heet dat, buurman. Een
paar keer in je leven moet je dat doen, maar jij bent er vast
nog niet aan toe.' Ze glimlachte terwijl hij beduusd wegliep.
Hij wist genoeg. Meer dan genoeg, vond ze eigenlijk.

Hoewel Rein in al die jaren dat ze daar woonden misschien
maar anderhalf keer zijn auto zelf had gewassen en verder
ook nooit in de garage kluste of zo, was de vloer toch
behoorlijk smerig. Misschien kwam dat wel door de tuinman, hoewel er ook een plasje olie leek te liggen op de plaats
waar Reins auto altijd stond. Zorgvuldig begon Paula de
vloer schoon te maken. Eerst veegde ze hem aan en zwaaide
ze alle stof naar buiten. Ze had ook de deur naar de tuinkant
opengezet zodat de garage meteen lekker door kon waaien.
Daarna begon ze met een emmer water met schoonmaak-
middel de vloer te schrobben. Ze hoorde in de verte een busje
aankomen en kindergeluiden. Ze hield even op en wierp een
blik op de straat. Ah, de buurman met zijn kinderen. Nu realiseerde ze zich dat ze dat wel vaker had gezien, maar ze had
nooit geweten wat die kinderen daar kwamen doen. Een
boterham eten dus.

Daar begon ze zelf ook wel trek in te krijgen. Toch bleef ze
nog even boenen tot ze helemaal tevreden was. Ze had nog
vele uren de tijd. Ze verwachtte haar gastjes niet voor zeven
uur die avond, dus nam ze er haar gemak van met een boterham in de tuin en ondertussen bekeek ze het tijdschrift met
de prachtige meubels en andere artikelen om een woning mee
in te richten. Emma had helemaal gelijk gehad. Ze moest hier
haar beroep van maken. Ze moest het niet langer als hobby
zien, maar ze zou een bedrijfje starten. Britt had vast wel
ideeën over waar ze dat het beste kon doen en met een half

miljoen extra op haar rekening, wat ze inmiddels had, kon ze zeker ergens een leuk pandje kopen. Ze kon het zelfs gewoon contant betalen en had niet eens een hypotheek nodig! Als dat geen goede start van een bedrijfje was... Ze zou zeer binnenkort eens contact zoeken met de Kamer van Koophandel en de Belastingdienst om te zien wat haar mogelijkheden en de eventuele obstakels waren. Misschien was het ook wel slim om haar vader erbij te betrekken. Die was boekhouder en had verstand van geld en cijfers.

Opgetogen door die gedachten ging ze weer naar de garage. Ze liep erdoorheen naar de oprit aan de straatkant en tuurde de weg af. Inderdaad, er kwam een kleine vrachtwagen aan. Dat waren mensen van de klok!

Tien minuten later vertrok de vrachtwagen weer, een achttal stretchers achterlatend. Blij dat alles zo gesmeerd liep, begon ze ze uit te klappen en in de grote, kale ruimte te plaatsen. Uit de grote plastic tassen die meegeleverd waren, haalde ze acht kleurige slaapzakken en kussens, die ze nonchalant over de bedden verdeelde. Het moest wel netjes zijn, maar niet te strak in het gelid, vond ze. Dat maakte de kinderen alleen maar zenuwachtig. Dan dachten ze dat er niets mocht, en vanavond mocht alles, toch? Het was feest.

Ze hing slingers en vlaggetjes op langs de muren en voor zover ze erbij kon ook aan het plafond. In de tuin hing ze lampionnen op, die ze later nog aan zou steken, al werd het pas tegen tien uur donkerder, en ze hoopte dat ze dan misschien al zouden slapen. De kinderen waren tussen de zes en acht jaar, dus die konden het niet gewend zijn zo laat naar bed te gaan. Maar hier was alles anders, dus misschien gingen ze wel helemaal niet slapen, bedacht Paula vrolijk.

Ze keek peinzend de garage rond en opeens wist ze wat er ontbrak. Snel haalde ze de grote klok op die ze speciaal voor dit evenement had aangeschaft. Er stonden duidelijke cijfers op en de wijzers waren ook goed zichtbaar. Ze hing hem midden op de muur boven de werkbank op, zodat iedereen telkens kon zien hoe laat het was. Ook gooide ze wat oude doeken en dekens over de apparaten die op de werkbank stonden. Het was natuurlijk niet de bedoeling dat de kinderen daarmee zouden gaan spelen, en zolang ze ze niet zagen staan, kwamen ze vast ook niet in de verleiding.

Nog eens keek ze rond. Ze was tevreden. Toch haalde ze het briefje uit haar broekzak waar ze precies op had geschreven wat ze allemaal in de garage moest doen. Ze controleerde alles en zag dat ze klaar was. Bijna dansend deed ze de grote garagedeuren weer dicht met de afstandsbediening. Daarna liep ze naar de tuin en deed ook die deur dicht. Nu was het de beurt aan de tuin. Vlak naast de garagedeur was de buitenkraan. Ze zou er een grote teil onder zetten en een gieter ernaast. Water was altijd uitnodigend om mee te spelen en handig om in de buurt te hebben bij vieze kinderhandjes.

Helemaal achterin stond een grote picknicktafel. Daar pasten precies acht kinderen aan. Misschien wat dicht tegen elkaar, maar het moest kunnen. Paula dekte de tafel met een gekleurd kleed en vrolijke bordjes. Hier en daar zette ze vlaggetjes in de tuin en ze ontdekte dat ze er zelf steeds vrolijker van werd. Het was echt leuk om een aantal kinderen te verrassen.

Zoiets overleg je toch eerst?

De woorden van Rein schoten haar te binnen. Ach, dat had ze alweer niet gedaan. Ze was zo enthousiast geweest dat ze meteen ja had gezegd toen iemand dit plan opperde. Het was een kennis van Britt geweest die hoorde hoe ruim ze woonde en dat ze geen baan buitenshuis had, dus tijd genoeg om wat voor een ander te doen.

'Als mijn kinderen een pyjamafeestje willen geven, kan dat nooit,' klaagde de kennis, die Tanya heette. 'Wij hebben amper ruimte voor ons eigen gezin. Laat staan voor een paar logés. En ze alleen laten, zodat er ook een paar in ons bed kunnen slapen, dat nooit. Daar zijn ze veel te jong voor.'

Britt had haar aangeraakt en een knikje gegeven. Paula begreep het eerst niet, tot het tot haar doordrong dat Britt hier een leuk 'baantje' in zag voor Paula. Ze was er meteen voor gaan zitten.

'Leg uit.'

'Nou, als jij ruimte ter beschikking stelt...' zei Tanya. 'Zelf betaal ik natuurlijk de onkosten van het eten en drinken. Logisch. Maar als ze bij jou kunnen slapen en rennen en schreeuwen... Dat zou geweldig zijn.'

'Er zijn vast veel meer mensen die daar gebruik van zouden willen maken,' bedacht Britt. 'Het kan heel goed in jullie garage. Dan blijft je huis dicht en schoon en heb je nergens omkijken naar als ze weer weg zijn.'

'Een pyjamafeestjesbedrijf dus,' lachte Paula, maar ze zag het helemaal zitten. 'Kunnen we niet beter een prijs per kind afspreken?'

'Dat kan ook, maar dan wordt het misschien te duur voor sommigen,' bedacht Tanya. 'Wij hebben het niet breed, dus we zouden niet veel kunnen betalen.'

'Aha, daarom wil je liever zelf bepalen wat ze te eten en te drinken krijgen.'

'Precies.'

'Daar moet ik nog even over nadenken, want dan moet ik misschien wel veel in huis halen. Cola voor het ene feestje, sinas voor het andere en ga zo maar door.'

'Nee, nee, ik breng zelf alles mee en wat je overhoudt neem ik gewoon weer mee terug naar huis.'

'Aha. Juist.'

Ze waren er niet helemaal uitgekomen omdat Paula's idee over een feestje toch heel anders was dan Tanya's idee. Best logisch, want Paula gaf nooit feestjes en bovendien had ze geld genoeg.

'Weet je wat?' zei Paula uitgelaten. 'Het eerste feestje is gratis, helemaal op mijn kosten. Als bedankje voor dit leuke idee.'

En dat feestje zou die avond zijn. Tanya's oudste dochter was jarig. Zeven werd ze. En ze mocht ook zeven kinderen meenemen. Tanya en een andere moeder zouden hen komen brengen. Paula verheugde zich er echt op. Natuurlijk was acht kinderen veel, maar ze hoopte dat Rein haar met de kinderen zou helpen, al was die kans klein. Ook zou Tanya voor de zekerheid blijven omdat, zoals Britt zei, ervaring minstens zo belangrijk was als goede wil en ervaring hadden Rein en Paula helaas niet.

Om kwart voor zeven kwam Rein thuis. Paula zag hem door het huiskamerraam de oprit op draaien. Ze haastte zich naar buiten, want ze wist dat hij niet naar binnen kon. 'Rein, Rein!' zwaaide ze naar hem.

Vanuit zijn ooghoek zag hij haar en remde af. Hij liet het raampje openglijden en keek haar warm aan. 'Dag schat, wat is er?'

'Je kunt de auto vannacht niet in de garage zetten. Zet hem hier maar dicht tegen de muur aan en achter de mijne.'

'Wat is dat voor onzin?'

'De garage is bezet.'

'De garage is voor deze auto.' Eigenwijs drukte hij op zijn afstandsbediening. Paula hoorde de deur kreunend opengaan.

'Ik heb de garage vanavond verhuurd,' zei ze. 'Ik was alleen vergeten het te vertellen. Morgenavond kun je er weer in. Morgenochtend al, trouwens. Ze worden om tien uur weer opgehaald.'

'Ze worden opgehaald?' Met een diepe frons op zijn voorhoofd tuurde Rein de garage in. 'Wie worden opgehaald?'

'De kinderen!' jubelde Paula. 'Er is hier straks een pyjamafeestje. Het begint om zeven uur.'

'Een wat?' Geërgerd dat de avond zo heel anders begon dan hij had verwacht, keek hij op zijn horloge. 'Het is bijna zeven uur!' riep hij uit. 'Paula, wat heb je nu weer gedaan?'

Ze zette een pruillip op. 'Nu weer? Dat klinkt alsof ik elke dag iets raars doe.'

'Bijna wel, zou ik zeggen.' Hij gooide het portier zo wild open dat het haar arm raakte.

'Au, zeg. Kun je niet uitkijken?'

'Sorry, maar dit gaat niet door. Je gaat nu die kinderen afbellen.'

'Dat kan al niet meer. Kijk, daar komen ze aan! Rein, alsjeblieft, geniet ervan. Vergeet niet dat jij ook jong bent geweest!' Met grote sprongen rende ze naar de straat toe om de feestgangertjes de weg te wijzen. Twee auto's reden in de richting van de garage die nog openstond. Acht kinderen rolden gekleed in pyjama uit de auto's. De achterste auto claxonneerde en vertrok weer. Uit de voorste stapte een jolige Tanya.

'Wat een idee, wat prachtig, Paula. Nogmaals bedankt.'

Paula drukte op het knopje van de grote deur en trok Tanya mee naar binnen. 'Kijk, we gebruiken alleen deze deur. Hallo allemaal. Hier kun je slapen en daar,' ze maakte een weids gebaar met haar arm naar buiten, 'kun je eten en drinken. Veel plezier vanavond.'

Er steeg een gejuich op en alle kinderen doken op de bedden.

'Ze moeten de cadeautjes nog geven en uitpakken,' verklaarde Tanya. 'Daarna zullen ze zeker naar buiten komen.'

'Zullen wij dan maar vast gaan? Of moeten we daarbij blijven?' vroeg Paula.

Rein had blijkbaar door dat er niets anders opzat dan zich aan te passen. Hij kwam via de keuken de tuin in.

'Ah, daar is mijn man,' zei Paula. 'Rein, dit is Tanya, de moeder van de jarige job. Sorry, vergeet ik je helemaal te feliciteren. Van harte, hoor. Denk je trouwens dat ze allemaal een worstje lusten? Rein is een meester in het bakken van worstjes op de barbecue. Ik heb hem al aangestoken, Rein, je kunt zo beginnen. Zal ik ondertussen wat te drinken voor je halen?'

Hij was zo overdonderd door de hele situatie dat hij volkomen vergat nog tegen te sputteren. 'Een biertje graag.'

'En jij? Een glas rosé?'

'Nee, ik moet straks nog rijden, toch?'

'Natuurlijk niet, jij blijft toch hier overnachten? We hebben je morgenochtend ook nodig als ze hier allemaal nog moeten ontbijten.'

'O, daar had ik... eh... ja, dom van mij. Ik bel mijn man straks even, maar geef dan maar rosé. Lekker.'

Vanuit de garage kwam gejuich.

Tanya lachte. 'Het cadeau valt in de smaak, zo te horen. Kan ik iets doen?'

Paula schudde haar hoofd. 'Ga lekker hier zitten en blijf luisteren naar de geluiden. Dan merk je vanzelf of je wat moet doen, toch?' Ze verdween de keuken in en kwam terug met drinken en schalen met salade en gebakken aardappels en appelmoes. Ze vulde de hele picknicktafel en spoorde Tanya aan er ook van te eten, want iets anders was er niet. Ze kon natuurlijk bij Rein wel een paar worstjes halen.

Rein bleef uren bij de barbecue staan, sprak nauwelijks een woord met Tanya of Paula, en toen het er eindelijk op leek dat het rustig werd in de garage, stak hij zijn autosleutel op naar Paula en verdween.

Zijn moeder! Hij had het lang volgehouden die avond. Had haar blijkbaar niet helemaal alleen willen laten zitten met het geregel. Of was het omdat Tanya erbij was geweest? Had hij in elk geval nog voldoende fatsoen gehad om zich van zijn beste kant te tonen?

Paula keek Tanya verontschuldigend aan. 'Zeg, waar gaan wij eigenlijk slapen? Ik had gedacht in de keuken, dicht bij de garage, want boven is best ver weg.'

'Dat is een goed idee. Heb je een luchtbed voor me?'

'Ik heb twee inklapbedden, met lekkere dikke matrassen Ik had ze al naar beneden gehaald. Kom, dan trekken wij onze pyjama ook aan. Ah, een berichtje. Zal wel van Rein zijn omdat hij zonder groeten is vertrokken.' Paula haalde haar toestel tevoorschijn en las de tekst: *Morgen elf uur in mijn werkkamer*. Meer stond er niet, maar het voelde alsof ze bij de directeur op het matje moest komen, en zo zou hij het wel bedoelen ook.

Om halfelf de volgende dag daalde de rust weer neer over Huize Reinaards. De kinderen waren opgehaald en ook Tanya was weg. Gelukkig had ze nog wel geholpen een en ander op te ruimen. Vooral de garage was een enorme puinhoop geweest. De kinderen hadden de hele nacht liggen giechelen en stoeien en vermoedelijk had niet een van hen een oog dichtgedaan. Maar behalve dat de bedden schots en scheef door elkaar stonden en er hier en daar een scheur in de slaapzak zat, was er niet echt iets kapotgemaakt. De vlaggetjes en slingers lagen her en der verspreid, zowel in de garage als in de tuin, maar Tanya had ze samen met de kinderen verzameld en in de grijze container gedaan. De restantjes van het eten zou Paula straks wel opruimen. Nu moest ze zich concentreren op het gesprek dat zo plaats zou vinden tussen Rein en haar. Om elf uur in de werkkamer, had hij immers bericht, en het was al bijna zo laat.

Al had Paula die ochtend al twee kopjes espresso gehad, ze zette nu toch een hele pot koffie. Dat gaf energie en die had ze nodig. Koffie hield haar bij de tijd en dat was nog veel belangrijker vandaag, want ze had geen idee waar het gesprek toe zou leiden.

Ze pakte een dienblaadje, zette er twee kopjes op en een klein vaasje. Snel knipte ze een roos af in de achtertuin, die ze in het vaasje zette. Ze wist dat Rein er prijs op stelde om een leuk dienblad voorgeschoteld te krijgen. Dat had hij haar meteen de eerste week van hun huwelijk al verteld. 'Paula, is het nu zo veel moeite om het net een tikkeltje gezelliger te maken?' had hij geroepen toen ze voor het eerst met een dienblad naar buiten kwam en hem koffie in de tuin bracht. Ze had hem niet begrepen. Ze vond het er al gezellig genoeg uitzien. Twee vrolijk gebloemde kopjes, twee schoteltjes met een plak cake voorzien van slagroom en chocoladevlokken. En twee kleine glaasjes met een likeurtje erin. Wat kon hij nog meer wensen? 'Je bent nu mijn vrouw en je begrijpt dat ik ook weleens gasten mee naar huis zal nemen. Ik wil dat alles dan tiptop verzorgd is,' had hij verduidelijkt. Dus een bloem in een vaasje. Geen punt. Bloemen waren er genoeg. Wel een punt was dat ze het destijds zomaar geaccepteerd had, zoals hij haar terechtwees. Alsof hij niet alleen de baas op het werk was, maar ook in huis.

Haar gezicht betrok. Waarom had ze het toch nooit doorgehad? Hij wás immers ook de baas in huis! Zo had hij zich altijd opgesteld en gedragen. Dat ze het geslikt had... Ze kon er nu met haar verstand niet meer bij.

Ze hoorde een auto afremmen en spitste haar oren. Ja, de grote garagedeur ging kreunend open. Het werd toch echt tijd dat die eens gesmeerd werd. Was dat haar taak? Ze grinnikte, want dit was best een grappige vraag. Viel de garagedeur onder het huishouden of was dit nu net een leuk klusje voor de baas in huis?

In elk geval had zij de garage helemaal aan kant gemaakt, samen met Tanya weliswaar, maar hij kon erin met zijn grote auto. Als hij commentaar had op de deur, zou ze dat meteen terugkaatsen.

Er kwam echter geen commentaar. Hij beende de keuken in, groette haar niet, maar wierp nadrukkelijk een blik op zijn horloge en liep door, de keuken weer uit.

Ook Paula keek op haar horloge. Het was vijf voor elf en ze wist dat ze iets was vergeten. Snel deed ze water in het kleine vaasje. De roos mocht eens vroegtijdig doodgaan, dacht ze schamper. Ze schonk de twee koppen koffie vol en liep met het dienblad naar zijn werkkamer.

De deur stond wijd open. Hij zat achter zijn dure bureau te schrijven.

'Goedemorgen, Rein,' zei ze bedeesd en ze zette het dienblad op het hoekje van zijn bureau. Hij verwaardigde zich niet te reageren en bleef schrijven. Paula voelde hoe hij haar daarmee op haar plaats probeerde te zetten. Ze trok de leunstoel bij die tegenover het bureau stond en nam afwachtend plaats. Hij had misschien ook wel gelijk, het duurde vast nog wel een hele minuut voordat het elf uur was.

Uit ervaring wist Paula dat het lang kon duren als je een minuut ergens op wachtte. Als je het leuk had, vloog de tijd, maar als ze stil zat te wachten, leken minuten uren te duren. Toch ging blijkbaar ook deze minuut voorbij, want Rein legde zijn pen neer en keek haar onderzoekend aan.

'Goedemorgen, lief,' zei hij en hij liet goedkeurend zijn blik over het dienblaadje glijden. Hij stak zijn hand uit en pakte het kopje dat het dichtst bij hem stond, nam een slokje en tuurde over de rand van het kopje naar zijn vrouw. 'Zijn de kinderen weer weg?'

Ze knikte.

'Wat zeg je?' vroeg hij dreigend zacht.

O nee, dacht ze geschrokken. Meneer heeft grootse plannen! Hij is echt kwaad! 'Ja, ze zijn weg,' gaf ze verstaanbaar antwoord.

'Mooi. En nu?'

'Wat bedoel je?'

'Nu krijg ik toch zeker wel excuses te horen,' vond hij.

'Van wie? Waarvoor?' Hij verwarde haar.

'Ik dacht dat we iets hadden afgesproken,' siste hij.

'O?'

'Doe niet zo naïef, Paula. Je bent echt wel slimmer dan je je nu voordoet.'

Ze ging rechtop zitten en liet hem even zien dat ze van dit compliment genoot, maar ze bleef zwijgen.

'We hadden afgesproken,' gromde Rein, 'dat we de dingen eerst zouden overleggen!'

'Dat klopt,' zei ze. Opeens ontwaakte ze uit haar starre

houding. Haar ogen begonnen te stralen en haar handen gebaarden. 'Dat was ik nu ook precies van plan, Rein. Ik heb zo'n geweldig idee bedacht, dat moet je wel goedkeuren.' Ze zag hoe hij rechtop schoot en al zijn spieren spande om tegengas te gaan geven, maar ze liet zich nu niet meer zo gemakkelijk onder tafel praten. Haar gezicht begon zo mogelijk nog harder te glunderen. 'Ben je weleens in Amsterdam geweest?' vroeg ze hem.

De vraag verraste hem en hij raakte uit zijn concentratie. 'Ja, natuurlijk ben ik dat.'

'Dan heb je vast ook wel die hoge flats gezien, die betonnen kolossen, waar duizenden mensen boven op elkaar wonen.'

'Ja, dat is nu eenmaal zo in Amsterdam. Daar wil ik het nu niet over hebben. Ik wil het over gisteravond hebben.'

'Ik dacht dat je wilde overleggen,' hield ze vol terwijl ze hem met grote, onschuldige ogen aankeek.

'Nee, jíj had moeten overleggen over gisteravond.'

'Goed, dat was fout, maar nu heb ik een nieuw plan en dat wil ik met je overleggen. Het is een prachtig plan. Je móét het wel net zo geweldig vinden als ik. Dat kan gewoon niet anders. Luister. Heb je gezien hoe ik gisteravond de garage had ingericht?'

'Ja, natuurlijk heb ik dat gezien. Het was één grote puinhoop!'

'Helemaal niet, Rein. Er stonden gewoon acht stretchers met fleurige slaapzakken. Dat was geen puinhoop. Ik ben de hele dag juist bezig geweest de garage schoon te maken. Ik heb zelfs een vieze olieplek onder jouw auto verwijderd. Nee, kom niet aanzetten met het woord puinhoop. Dat was het misschien voordat ik gisteren die bedden liet brengen, maar daarna niet meer. Echt niet.'

Hij was even overrompeld door haar felheid en had zijn wenkbrauwen gefronst bij het woord olievlek, maar hij gaf er de voorkeur aan te zwijgen. Hij bekeek haar onderzoekend,

wist niet wat hij aan haar had. Ze leek meegaand, maar tegelijkertijd had hij het gevoel dat ze hem ergens toe dwong, al
had hij geen idee wat het was. Hij sloeg zijn ogen neer en
keek naar de woorden die hij net had geschreven. Toen was
hij weer bij de les.

'Over gisteravond, Paula.'

'Precies, dat was ik aan het vertellen. Er zijn in Amsterdam
honderden kinderen die nooit eens op vakantie kunnen. Die
komen nooit eens echt die hoge flatgebouwen uit. Speeltuin-
tjes zijn er soms niet eens te vinden, laat staan bomen en een
bos.'

'Paula,' wilde hij haar onderbreken, maar ze leek hem niet
te horen.

'Wij hebben zo'n grote tuin, we hebben talloze bomen, we
hebben ruimte, frisse lucht. Hierachter ligt zelfs een heel wei-
land waar koeien staan, maar waar ze ook zouden kunnen
rennen of vliegeren als de koeien er niet zijn. Rein, het moet
toch een paradijs zijn voor die Amsterdamse kindertjes die
nooit hun flat uit komen? Het leek me geweldig om hier een
vakantieadresje te maken voor deze kinderen. Kunnen ze eindelijk een beetje kleur krijgen, weg uit die autogassen, spelen,
rennen. Rein, een mooiere tijd dan hier zullen ze in hun jeugd
niet krijgen. Ik heb gisteravond wel gezien dat acht kinderen
tegelijk te veel is, maar zes moet heel goed gaan. Ik wil dus
een vakantieplekje voor zes Amsterdamse kinderen inrichten
in de garage. Alleen in de zomer natuurlijk, want 's winters is
er voor hen niets aan. Tenzij ze van schaatsen houden, maar
dat zal wel niet, want waar zouden ze dat moeten leren als ze
nooit hun flat uit komen? Nou, vind je dit geen fantastisch
plan? En, Rein, zoals je hoort, ik overleg eerst met jou. Ik heb
nog geen stappen ondernomen. Ik heb het alleen maar
bedacht, maar ik moet zeggen dat ik ontzettend veel zin heb
om naar Amsterdam te bellen en te kijken met wie ik hier-
voor het beste kan overleggen. Zelf zat ik te denken aan het
stadhuis. Ze hebben daar vast wel een afdeling die zich bezig-

houdt met de jeugd. Misschien zelfs wel een wethouder alleen voor jeugdzaken.' Met een verhit gezicht en gloeiende ogen viel ze eindelijk stil en pakte ze haar kopje koffie. 'Bah, die is al koud. Ik haal even nieuwe,' zei ze. Ze pakte zijn kopje, dat ook nog helemaal niet leeg was, en energiek verdween ze ermee de kamer uit.

De verandering op zijn gezicht en zijn andere houding waren direct zichtbaar zodra ze terugkwam met nieuwe, warme koffie. Eindelijk was er de echte schooldirecteur die haar op het matje riep en die niet van plan was van mening te veranderen.

'Ga zitten,' bromde hij.

Ze gehoorzaamde meteen, liet ogenblikkelijk al haar enthousiasme van daarnet varen. 'Wat is er?' vroeg ze timide.

'Heb je watjes in je oren?' snauwde hij.

'Nee, natuurlijk niet!' Ze keek hem dom aan.

'Ik wilde het over gisteravond hebben, maar jij dreunt maar door over nieuwe plannen.'

'Jij wilde overleggen,' zei ze zacht, 'en dat deed ik toch?'

'Paula, ik word echt gek van jou. Ik herken je niet meer. Ik begin gewoon bang voor je te worden.'

Ze keek hem aarzelend aan. 'Bang?'

'Ja, bang. Wat is er met je? Je was eerst zo'n prachtige vrouw met een kaarsrechte rug en altijd precies op de hoogte van wat er van jou werd verwacht.'

'Verwacht?'

'Nou ja, ik bedoel... Hè, herhaal toch niet alles wat ik zeg.' Hij ging verzitten. 'Paula,' begon hij opnieuw, 'ik ga een week weg. Er is een grote bouwmarkt in Düsseldorf waar ik naartoe wil. Als ik terugkom, is alles weer normaal, begrijp je me?'

'Normaal?'

'Ik bedoel: dan ben jij weer normaal. Je krijgt een hele week de tijd om over jezelf na te denken. Je zult dan toch wel in moeten zien dat je niet goed bezig bent. Ik wil dat je ophoudt zo vreemd te doen.'

'Vreemd?'

'Ja, vreemd. Je bent jezelf niet meer de laatste weken, maanden misschien al. Ik wil mijn eigen vertrouwde Paula terug.'

'Vertrouwde?'

'Hou op me te herhalen!' riep hij geërgerd uit.

'Maar ik ben toch nog steeds dezelfde Paula, met dezelfde wensen en verlangens? Er is toch niets aan mij veranderd?'

'Je hele gedrag is anders, Paula. Ik zei het al: ik word er bang van. Ik ga gewoon aan jouw verstand twijfelen. Ik heb me zelfs al afgevraagd of ik je niet moet laten opnemen in een inrichting voor geesteszieken.'

'Geesteszieken?' herhaalde ze toch weer wat hij zei, maar ze sloeg haar hand voor haar mond zodra ze dat besefte. 'Rein, wat bedoel je toch? Ik ben toch alleen maar lief en aardig? Hoe kun je dan bang voor me zijn?'

'Ik ben niet bang voor jou, maar voor wat er met je aan de hand is. Het lijkt wel alsof er een steekje loszit in jouw hoofd. Daar ben ik bang voor.'

'Welnee, alles is nog helemaal onder controle,' waagde ze het met een klein glimlachje te zeggen. 'Ik had alleen wat leuke plannetjes bedacht die bij nader inzien...'

'Ja?'

'Nou ja, ik vond ze leuk, jij niet. Het leek me heerlijk elk weekend een leuke meid zoals Nicky in huis te hebben of doordeweeks die twee schatten Daan en Mirthe.'

'Stop! Stop, stop, stop! Ik wil het er niet meer over hebben. Ik heb je duidelijk gemaakt hoe ik erover denk. Ik wil niet andermans kinderen in huis. Ik wil...'

'Je zei niets over andermans kinderen,' durfde ze hem in de rede te vallen.

Even was hij verward. 'Wat zei ik dan?'

'Je zei: een geleend kind is geen kind. Dat is wat anders dan andermans kinderen. En daarom had ik nu precies alles zo mooi geregeld met Emma. Dat werd geen geleend kind, dat werd een eigen kind. Van jou nog wel!'

Hij sloeg met de vlakke hand op zijn bureau. 'Paula. Ik ga weg. Ik kan hier niet langer tegen. Het moet afgelopen zijn.'

'Weg?' Ze keek hem met grote, angstige ogen aan. 'Wat bedoel je?'

'Ik had het over die bouwmarkt in Düsseldorf. Een week moet voldoende zijn voor jou om weer bij je positieven te komen, dacht je ook niet?'

'Een week? Wat moet ik dan doen in die week?'

'Ga naar de dokter, ga met iemand praten, maar doe er iets aan. Zorg dat je de oude Paula weer wordt, met wie ik gelukkig was.'

'Ben je nu niet gelukkig dan?' riep ze geschrokken uit.

Hij keek haar zo woest aan dat Britts woorden haar onverwachts te binnen schoten. Wraak kan zo zoet zijn, had ze gezegd. Was dat zo? Was dat werkelijk waar? Of was het zo dat wraak ook pijn kon doen? Hij had haar nog nooit geslagen, maar zij had natuurlijk ook nog nooit zo het bloed onder zijn nagels vandaan gehaald. Zoals hij nu naar haar keek, wist ze niet of hij zijn handen thuis kon houden. Nog één verkeerd woord van haar kant en...

'Na die week praten we verder. Je krijgt dus een hele week om na te denken over wat je wilt en wat je bedoeling is. Gaan we samen verder of eh...?'

'Of eh...?' Haar ogen werden zo mogelijk nog groter. 'Rein, wat bedoel je daarmee?'

'Dat kun je toch zelf wel bedenken?' snauwde hij.

Ze schudde wild met haar hoofd. 'Natuurlijk gaan we samen verder. We zijn toch getrouwd?'

'Gedraag je dan ook zo.' Nu zakte ze helemaal in elkaar.

'Wat bedoel je daar nu mee? Je denkt toch niet dat ik met andere mannen naar bed ga? Ik gedraag me toch als een goede vrouw? Ik strijk elke dag je overhemden en kook je eten. Ik ben honderd procent getrouwd. Rein, nu word ik bang van jou. Waar ben jij op uit?'

'Ik wil gewoon ons mooie leventje weer oppakken. Van voordat jij met die Nicky aan kwam zetten. Van voordat jij gek werd in je kop. Kun je dat nu echt niet begrijpen?' Hij kwam dreigend overeind en Paula hief haar handen op alsof ze haar hoofd wilde beschermen tegen een denkbeeldige klap.

Hij zag haar reactie en liet zich weer zakken. 'Sorry, ik ging te ver, maar dat doe jij ook! Het lijkt wel alsof er een kwade geest in jou zit. Ik herken je echt niet. Zo was je nooit. Je hebt altijd overlegd en dingen met me besproken. Nu doe je maar waar je zin in hebt, en dat moet afgelopen zijn. Je stond altijd voor me klaar en ik kon altijd op je bouwen. Dat lijkt voorbij en ik wil het terug.' Opnieuw sloeg hij met zijn hand op zijn bureau.

Paula kromp zichtbaar ineen en liet haar hoofd hangen.

'Je krijgt een week rust,' ging hij verder. 'Ik zal je niet lastigvallen met telefoontjes of berichtjes.'

Ja, dacht ze verheugd, dus toch. Zoete wraak! Een hele week van zoete rust.

'Daarna praten we met elkaar en maken we een afspraak waar we ons beiden aan houden. Duidelijk?'

'Beiden?' herhaalde ze voor de zekerheid.

'Ja, beiden. In overleg, weet je wel?'

'En op basis van eerlijkheid?' vroeg ze voor alle duidelijkheid.

'Natuurlijk, als je niet eerlijk tegen elkaar bent, kun je beter kappen.'

Ze knikte traag en herhaalde zijn woorden, al wist ze dat het hem irriteerde. 'Als je niet eerlijk bent, kun je beter kappen.'

'Je hebt het begrepen. Nu, wanneer kan ik weg?' vroeg hij.

'Wat bedoel je? Je kunt toch weg wanneer je wilt?'

'Paula, alsjeblieft, werk nou nog even mee!' smeekte hij.

'Maar wat is er dan?' Opnieuw betrok haar gezicht en las hij angst in haar ogen.

'Meisje, ik wil gewoon weten wanneer je mijn koffer hebt gepakt.'

'Je koffer?'

'Ja, dat doe je toch altijd?'

'Maar dat kun jij nu toch zelf?'

'Paula! Werk mee!' schreeuwde hij. 'Wanneer is mijn koffer klaar?'

Schoorvoetend kwam ze overeind. 'Over tien minuten, Rein. Al je kleren hangen schoon in de kast en van alles wat je eventueel nodig hebt, is een voorraadje aanwezig, zoals deodorant en aftershave.'

'Tien minuten. Prima. Maak die koffer dan maar snel in orde, dan bel ik nu even naar een hotel om een kamer te reserveren.'

Uiterlijk doodmoe en volkomen futloos sjokte ze de kamer uit, maar op de drempel hield hij haar tegen. 'En eh, Paula? Hoe zit dat met die kinderen uit Amsterdam?'

'Die komen niet,' mompelde ze.

'Zeker weten?'

'Ja, jij wilt het niet.'

'Goed. Ik ben blij dat je het begrijpt. Maak nu mijn koffer maar klaar.'

'Maar...' Ze aarzelde en wist niet of ze het nu wel of niet kon zeggen.

'Ja?' Hij keek haar zo streng aan dat het voelde alsof hij haar in het gezicht sloeg.

'Buitenschoolse opvang,' mompelde ze.

'Wat is daarmee?' Hij had de woorden verstaan en sprong op alsof hij het in Keulen hoorde donderen.

'Dat is ook nog een mogelijkheid met al die bedden in de garage. Kinderen zijn soms moe als ze de hele dag naar school zijn geweest. Dan kunnen ze daar even rusten voordat ze weer gaan spelen.'

'Heb je dat geregeld?' riep hij.

'Nee, nee, ik zou toch overleggen? De buurman aan de overkant, die...' Ze viel stil.

'Wat is er met die buurman?'

'Die is overblijfvader. Ik dacht: dan kan ik wel buiten-schoolse opvang doen. Hij kan me in elk geval de kneepjes van het vak leren. Hij heeft ervaring en woont vlakbij.'

'Paula! Nu is het genoeg!'

Ze kromp in elkaar en sleepte zich uiterlijk doodvermoeid de trap op naar hun slaapkamer, maar vanbinnen danste haar hart op het ritme van de lente.

HOOFDSTUK 9

Het eerste wat ze deed zodra ze zijn auto uit haar blikveld zag verdwijnen, was een geel memoblaadje zoeken waarop ze noteerde wat hij had gezegd. *Als je niet eerlijk tegen elkaar bent, kun je beter kappen.*

Ze hing het naast het gele briefje met de gebruiksaanwijzing voor de magnetron en een met de tekst: *Zoiets overleg je toch eerst?*

Het waren belangrijke woorden, waarvan ze vond dat niemand ze mocht vergeten.

Vervolgens haastte ze zich voor de tweede maal naar boven. De eerste keer moest ze zijn koffer inpakken, nu was die van haar aan de beurt. Toch moest die nog even wachten. Ze had nog meer te doen. Er verscheen een fonkeling in haar ogen. Wow, een cadeautje was het geweest. Gewoonweg een cadeautje dat hij een hele week wegging, waarin hij haar met rust zou laten en niet zou bellen of berichtjes zou sturen. Rust, echte rust! Het gaf haar inspiratie en vleugels. En tijd, natuurlijk. Meer dan voldoende om na te denken over de woorden die ze nog niet had opgeschreven, maar daarom zeker niet was vergeten: een eigen kind is zo heel anders dan een geleend kind. Ze wist dat ze daar wat mee kon, al kon ze er nog steeds niet helemaal de vinger achter krijgen.

Op haar studeerkamer zette ze de laptop aan. Tot haar verrassing zag ze dat ze mail had van de restaurateur uit België. Het dressoir scheen klaar te zijn. Wat ze er nu mee wilde?

Daar hoefde ze geen seconde over na te denken, maar eerst moest ze Britt maar even bellen.

'Hallo vriendin!' riep Paula opgewekt.

'Wow, jij klinkt in je nopjes.'

'Ja, ik heb het boetekleed aangetrokken en ben nu alleen. Kun jij een paar dagen vrij krijgen?'

'Wanneer?'

'Nu!'

'Nee, sorry, Paula, onmogelijk. Wat is er?'

'Ik wilde even naar België, naar wat spullen kijken.'

'Vraag Emma mee,' stelde Britt voor. 'Die heeft daar vast veel zin in en ze heeft nog steeds vakantie.'

'Nee,' zei Paula pertinent, 'voor haar heb ik andere plannen.'

Britt moest hartelijk lachen om de manier waarop Paula sprak. 'Jij ziet het duidelijk allemaal wel zitten, waar je mee bezig bent.'

Paula dacht een moment na over die woorden, maar knikte toen instemmend. 'Je hebt gelijk. Het is of ik voor het eerst sinds jaren weer leef. Ik weet best dat jij al vaker zei dat ik voor mezelf op moest komen of dat ik iets moest doen wat ík leuk vind en niet alleen Rein, maar het drong toch niet echt tot me door. Ik besefte werkelijk niet hoe ik door hem bespeeld en gemanipuleerd werd. Eigenlijk ongelooflijk, vind ik nu, maar zoiets groeit natuurlijk ook niet over één nacht ijs. Er zijn jaren aan voorafgegaan voordat ik zo was als nu.'

'Je leven is nog niet voorbij, hoor!'

'Oké, maar je begrijpt me wel. Als je zijn gezicht had gezien toen hij me vanmorgen vroeg zijn koffer in te pakken... Britt, het is toch niet te begrijpen dat hij dat zelf niet kan, maar het is echt zo! Hij kan geen overhemd uitkiezen bij een pak, hij kan niet bedenken wat hij onderweg nodig heeft. Hij keek me zo ontzettend smekend aan dat het gewoonweg zielig was. Dat hij zichzelf nog meer te pakken heeft dan mij, heeft hij niet eens door. Het is intriest als iemand zijn eigen kleren niet in kan pakken of zijn eigen maaltijd niet op kan warmen. Het leek hem blijkbaar wel leuk mij te trainen tot een perfecte huisvrouw, maar daarmee heeft hij zich volkomen afhankelijk van mij gemaakt. Hij kan niet meer zonder me. Dat bleek vanmorgen wel.'

'Toch ga je weleens een weekje alleen naar Frankrijk.'

'Ja, maar dan is hij bij zijn moeder.' Paula kleurde. 'Ik weet dat ik dat niet heb verteld. Eigenlijk schaamde ik me er toen al voor, dat hij zo afhankelijk was. Ik ga binnenkort nog meer briefjes ophangen in huis met gebruiksaanwijzingen. Maar kun je nog een dressoir in jullie container hebben? Dan laat ik dat binnenkort vanuit België hierheen komen. Het is klaar.'

'Ik denk het wel.'

'Je mag anders ook wel een container op mijn naam huren. Ik ga nog veel meer spullen inslaan, want voor mij is één ding zeker: wat er ook gebeurt, ik begin mijn eigen stylingbureau.'

'Echt?' riep Britt verheugd uit. 'Meid, geweldig. Dus je hebt besloten. Leuk. Zal ik naar een pandje voor je zoeken?'

'Graag.'

'Huur of koop?'

'Koop natuurlijk, dan kan ik alle muren eruit slaan die ik eruit wil hebben.'

Britt grijnsde. 'Heb je al plannen?'

'Behoorlijk vergevorderd, ja. En daarom ga ik nu ook naar België. Lekker dingen inslaan. Voor een mooi interieur heb je mooie spullen nodig. Ik moet een voorraadje beginnen van beelden, vazen, bijzettafeltjes in alle soorten en maten.'

'En wat voor pandje?'

'Twee.'

'Huh?'

Paula schoot in de lach om Britts reactie.

'Aha, ik snap het. Ook een pandje voor Emma,' bedacht Britt.

'Helemaal niet. Twee voor mij. Ik ga voor mezelf beginnen. Toen ik me laatst realiseerde dat dat echt was wat ik wilde, heb ik Emma gebeld, en ze had nog steeds veel zin om iets samen met mij te doen, maar ze moet nog een heel jaar naar school en ik besefte dat ik zo lang niet wilde wachten. We hebben afgesproken dat ik zelf start en dat ze bij mij stage mag komen lopen voor haar eindproject. Daarna kunnen we altijd nog zien of ze bij mij komt werken of zelf iets gaat opzetten. Ze heeft in elk geval een leuk beginkapitaal.' Even betrok Paula's gezicht, maar het klaarde snel weer op. 'Ik wil graag twee goedkope flats direct naast elkaar in een goedkope wijk. Kan mij niet schelen of het er 's avonds onveilig is, dan ben ik er toch niet. Ik werk alleen overdag. En anders doe ik de rest wel vanuit huis. Liefst flats op de bovenste verdieping. De zesde of zo. Bestaan die hier in de buurt? In de stad natuurlijk. En dan wil ik van die ene alle muren eruit, zodat het één grote ruimte is. Als je dan de voordeur opendoet en in die grote balzaal stapt, moet je wel perplex staan. Dat is om te laten zien wat je met een goedkope flat kunt doen. In die andere een deur naar de balzaal. En alle kamers anders ingericht. Twee totaal verschillende keukens, klassiek en modern, paars of wit en een paar zitkamers of een slaapkamer. Het ligt eraan wat voor spulletjes ik allemaal kan vinden. Maar achter elke deur moet iets totaal verschillends te zien zijn. Een totaal andere wereld. Snap je?'

'Eh...'

'En twee voordeuren die elkaars tegenpolen zijn, zodat je van buitenaf al kunt zien dat het gaat om twee verschillende woningen, al sta je in een flatgebouw met honderden dezelfde flats.'

'Nou, ik zal eens kijken. Ik denk dat het niet eens moeilijk is. Er staan genoeg goedkope flatjes te koop.'

'En als ze te klein zijn voor het doel, dan drie, maar naast elkaar, zodat je er één grote woning van kunt maken.'

'Komt in orde, mevrouw.' Britt klonk opgewekt, maar dat was logisch. Het was alweer even geleden dat ze Paula zo enthousiast en doortastend had gehoord. 'Ik ga meteen voor je kijken en reserveer een container voor je.'

'Mooi. Bedankt. Tot ziens, meid.' Paula verbrak de verbinding en schakelde meteen de vaste telefoon door naar haar mobiele, zodat ze geen enkel gesprek zou missen als ze later op de dag was vertrokken.

Daarna boog ze zich over de foto's die op haar bureau lagen. Ze zocht ze ook op in haar laptop en verstuurde wat mailtjes met instructies naar Emma, met wie ze nog steeds contact had omdat ze elkaar zo ontzettend goed lagen. Ze noteerde namen van gordijnstoffen en materialen om een stoeltje mee te bekleden en stuurde alles op naar de jonge vrouw. Het was te hopen dat ze er wijs uit werd, maar anders belde ze wel. Ze schreef nog dat ze een paar dagen niet thuis zou zijn, maar wel bereikbaar was, en berichtte aan de Belgische restaurateur dat ze de volgende morgen vroeg kwam kijken naar zijn prestaties aangaande het dressoir.

Met een tevreden uitdrukking op haar gezicht sloot ze de laptop af.

Onder uit haar grote kledingkast haalde ze een koffertje tevoorschijn. Ze deed er een paar broeken en shirts in, wat ondergoed en een toilettasje met make-upspullen en keek nog even nadenkend of ze alles had. Het was nog best warm overdag, maar 's avonds kon het toch al behoorlijk afkoelen. Stel dat ze ergens was waar ze een terras hadden of een tuin, dan was het natuurlijk heerlijk om daar in de avond nog even te zitten, maar dan had ze wel een vestje of zomerjas nodig. Ze schoof de grote deur van de kledingkast opzij en keek in één groot, leeg gat. Oeps, vergeten. Ze was duidelijk te voorbarig geweest, want er hing niet één herfst- of winterkledingstuk meer. Alles had ze weggebracht. Duidelijk niet voldoende nagedacht.

'Wraak tot in het detail, Paula. Overdenk alles honderd keer voordat je iets uitvoert, laat niets aan het toeval over. Verzorg je wraak tot in de puntjes!'

En toch had ze een foutje gemaakt. Nou ja, twee shirts over elkaar voldeden misschien ook wel. Of twee topjes. Tegenwoordig kon het allemaal en Paula had een gemakkelijk figuur, haar stond werkelijk alles.

Om een uur of twee vertrok ze. Ze ging eerst bij haar ouders langs om hen uitgebreid over haar nieuwe bedrijf te vertellen. Ze waren gelukkig heel enthousiast en haar vader wilde graag meedenken als het over financiën ging. Een paar uur later reed ze verder naar het zuiden, waar ze een hotelletje zocht, en de volgende dag was ze, zoals afgesproken, bij de restaurateur, die weliswaar zijn zaak had gesloten, maar toch zo vriendelijk was haar het dressoir te laten zien. Ze was diep onder de indruk.

'Je hebt het prachtig gedaan.'

'Fijn dat u tevreden bent,' zei hij. 'Bekijk tegelijk deze kast eens.'

Paula zag een smalle, hoge kast in exact dezelfde kleur, met bijna identiek ingesneden bloemen. 'Een schitterende combinatie.'

'Dat vind ik ook.' Goedkeurend liet ze haar vinger over de verf glijden, die er weliswaar strak op zat, maar toch al een afgebladderde indruk gaf.

'Tegenwoordig maken ze dat helemaal bewust zo,' zei de man grijnzend. 'Kopen ze een dure kast, gaan ze die eerst beschadigen, zodat-ie antiek lijkt.'

'Maar deze zijn antiek en dat is het mooie ervan, want waar vind je tegenwoordig nog een kwaliteitsdressoir met zo veel houtbewerking?'

'Nergens, dan moet je echt in een antiekzaak zijn.'

'Ik neem die kast ook. Of was dat niet de bedoeling?'

'Ja, natuurlijk.'

'Heb je nog verf over?'

'Een beetje. Net genoeg voor twee rechte stoelen met open rugleuning.'

'Neem ik ook mee.' Ze stak hem een kaartje toe met Britts gegevens. 'Neem met haar contact op over het adres waar de kasten naartoe moeten. De verf neem ik nu zelf mee. Stel je voor dat ik nog een stoel vind, dan kan ik meteen aan de slag.'

Hij wierp een keurende blik op haar vingers. 'Maakt u die weleens vies dan?'

Paula volgde zijn blik en kleurde. Vroeger had ze altijd met blote handen geschuurd en geschaafd en geschilderd, maar sinds ze getrouwd was, gebruikte ze handschoenen. Het was immers moeilijk om een perfecte huis- of gastvrouw te zijn met afgebrokkelde nagels of afgesleten nagellak. Toch had ze daardoor een stuk contact met het materiaal verloren. 'Binnenkort weer,' zei ze. 'Bedankt voor je tijd.'

'Bedankt voor de opdrachten.'

De twee dagen erop gebruikte ze om uren rond te struinen bij diverse antiquairs. Nu ze eenmaal zeker wist dat ze een bedrijf ging starten, had ze opeens veel meer spullen nodig. Als ze twee of misschien wel drie flatjes in moest richten, moest er ook wat zijn om dat mee te doen! En omdat ze voor allerlei onderwerpen een kamer of kamertje wilde maken, kon ze erg veel gebruiken. Het was echt leuk om op deze manier rond te kijken en geld uit te geven. Zou ze de dingen die ze nu kocht ooit voor meer geld kunnen verkopen? Zouden er echt mensen zijn die hun huis door haar ingericht wilden hebben?

Hoewel ze in principe de hele week de tijd had en voor niemand naar huis hoefde omdat er niemand thuis was, haastte ze zich toch terug naar hun woning. Ze voelde zich opgejaagd, maar het was een prettig gevoel. Een soort van adrenaline die door haar aderen kolkte. Ze had zo veel plannen, zo veel te doen. Ze moest contact opnemen met Emma om te zien of die haar instructies had begrepen. Ze moest de Kamer van Koophandel bellen voor informatie en de Belastingdienst. Ze moest Britt vragen of die al een pand gevonden had en zo ja, dan moest ze natuurlijk meteen gaan kijken. Veel van die dingen konden onderweg, maar het was een stuk rustiger om dat achter een groot bureau te doen, omringd door de bijbehorende paperassen. Dus haastte ze zich naar huis en naar haar studeerkamer.

Verder had ze nog een groots plan, want de woorden *een eigen kind is zoiets anders dan een geleend kind* lieten haar echt niet meer los. Ze zou zo snel mogelijk op internet zoeken naar adoptiebureaus en alle regels die daarmee te maken hadden. Als je een kind adopteerde, werd het namelijk een eigen kind en was het niet langer geleend. Hoewel, bedacht ze zuchtend, zelfs een eigen kind werd nooit een eigen kind. Je had in principe immers ieder kind geleend. Je mocht het wel je eigen kind noemen, het kon zelfs wel verwekt zijn door je eigen zaadje en eitje, maar het bleef geleend. Op een dag moest je je kind toch loslaten en dan zou het zijn eigen gang gaan.

Maar goed, dat was muggenzifterij. Zo had Rein het niet bedoeld. Hij bedoelde dat een pleegkind nooit eigen werd en heel misschien had hij daar gelijk in. Een adoptiekind kon wel eigen worden omdat het dag en nacht en alle dagen en nachten bij je woonde en ook niet weg zou gaan, zoals pleegkinderen vaak deden, en bovendien zou een adoptiekind je eigen achternaam krijgen, zodat het echt bij je hoorde.

Als eerste liet ze Britt weten dat ze weer terug was. Daarna bleek al snel dat ze alles voor de Belastingdienst gewoon online kon regelen. Maar de Kamer van Koophandel dacht er anders over. Die wilde een afspraak met haar maken. Ze moest er speciaal voor komen en helaas kon dat die week niet meer. Enigszins teleurgesteld maakte ze een afspraak voor over tien dagen. De vrouw aan de telefoon vond dat dat nog best snel was, maar voor Paula was het elf dagen te laat. Ze had het liefst gisteren alles al geregeld, want nu eenmaal de kogel door de kerk was, moest het ook gebeuren! Wel had de vrouw haar nog ergens op gewezen. Die vroeg alvast wat gegevens en ook hoe haar bedrijfje zou gaan heten, en dat was grappig: daar had ze nog geen seconde over nagedacht.

'Nou, dan hebt u nog tien dagen om erover na te denken,' zei de vrouw van de Kamer van Koophandel lachend. 'Tot dan!'

Terwijl Paula de datum in haar agenda opzocht om een aantekening te maken over de zojuist gemaakte afspraak, viel haar blik op een andere verplichting. *Ziekenhuis*, stond er slechts, maar voor Paula was het meer dan genoeg. Even slikte ze. Automatisch gingen haar gedachten naar Emma en ze strekte haar hand uit naar de telefoon om haar te bellen, maar besloot toch eerst even in haar mailbox te kijken.

Daar werd meteen duidelijk dat Emma haar had begrepen. Ze vond er de foto's van wat Emma had gedaan naar aanleiding van de instructies en Paula voelde zich warm en blij worden. Emma was echt iemand naar haar hart. Niet alleen kon ze snel werken, ze begreep ook direct wat de bedoeling was. Ze had het ware fingerspitzengefühl in zich en Paula hoopte toch echt dat ze ooit bij haar in dienst wilde komen. Ze vormden een fantastisch paar. Emma vond haar een natuurtalent, maar dat sloeg dan vooral op het combineren van materialen en kleuren. Emma wist er met haar sierlijke, slanke vingers altijd iets van te maken wat net wat mooier was dan wanneer een ander het zou doen.

Ziekenhuis... Tja, die afspraak stond er ook nog. Hoe had ze die kunnen vergeten? Blijkbaar was ze toch niet op en top vrouw, want van vrouwen werd immers gezegd dat ze altijd twee of zelfs drie dingen tegelijk konden doen. Paula was meer het type van alles of niets. Ze gooide zich volledig in een plan, met alle hartstocht die ze in zich had, waarbij ze dan vaak al haar andere plannen en ideeën vergat.

Zo schoot haar nu pas weer te binnen dat ze de auto nog vol had staan met vazen en beelden en andere ornamenten. Maar eigenlijk moest ze die hier ook niet uitladen. Het was beter die meteen in haar container te zetten tot ze een eigen pand had om dingen uit te stallen. Maar doordat ze weer aan haar auto dacht die beneden stond, dacht ze aan de keuken die ook beneden was en kreeg ze trek. Had ze die dag eigenlijk al iets gegeten? Ze lachte om zichzelf. Ze ging een boterham smeren en daarna zou ze Britt wel bellen voor wat meer duidelijkheid.

Die duidelijkheid had ze echter al voordat ze een boterham uit de diepvries had gehaald. *Twee flatjes, vanmiddag vijf uur*, berichtte Britt haar.

'Jippie!' riep ze luidkeels door de keuken. Heerlijk toch, om zo'n voortvarende vriendin te hebben.

Op de dag dat Rein weer thuis zou komen, zat Paula peinzend op het puntje van haar pen te kauwen in de tuin. Op de tafel stond een leeg koffiekopje en een bordje dat verried dat ze beschuit met aardbeien had gegeten. Ze had geen idee hoe laat hij thuis zou komen en wist natuurlijk ook niet in wat voor stemming hij was. Zij moest een beslissing nemen, had hij gezegd. Samen verder of...? Had ze die beslissing genomen? Ja, natuurlijk had ze dat gedaan. Al voordat hij vertrokken was. Toch was ze nog niet zover dat ze hem de genadeslag kon toedienen. En dat baarde haar zorgen. Hield ze het nog lang genoeg vol?

Ze keek naar wat ze had opgeschreven. Het stond niet helemaal in chronologische volgorde en daarom ging ze de punten nummeren. Wat moest ze als eerste doen? Wachten op de gemeente. Maar die liet vaak lang op zich wachten. Actie ondernemen dus. De twee flatjes die Britt gevonden had, waren werkelijk perfect. Ze waren niet identiek. Het ene had drie slaapkamers, het andere twee, maar dat maakte het juist nog interessanter voor haar. Er zat echter een woonbestemming op en zij wilde er een zakenpand van maken. Daarvoor had ze toestemming nodig. Ze had een optie genomen op de flats, onder de voorwaarde dat de gemeente akkoord ging. Eigenlijk moest ze de flats ook wel nemen, want Britt had verteld dat het erg moeilijk was om er twee te vinden naast elkaar. Er stonden er meer dan voldoende te koop in alle soorten en prijzen, maar twee naast elkaar werd erg lastig. Goed, maandag zelf maar naar de gemeente stappen, bedacht ze en ze zette een 1 voor de flats. Een voordeel van de flats was dat ze ook een berging hadden onderin, zodat ze de container die Britt voor haar had gehuurd direct weer af kon zeggen en haar spullen beneden in het flatgebouw op kon bergen. Mooi dichtbij.

Wat de Kamer van Koophandel betrof kon ze alleen maar wachten tot de dag van de afspraak, en dat was nog precies een week. Maar een naam. Die moest ze nu toch wel gaan bedenken. Eigenlijk was dat het allereerste wat ze moest doen, daarvoor hoefde ze niet tot maandag te wachten, zoals ze wel moest met het bezoek aan de gemeente. Hoe wilde ze haar bedrijf noemen? Ze wist wel zeker dat ze niet haar eigen naam erin wilde hebben, zoals: Paula's Lifestyle. Nee, het moest kort maar krachtig zijn, maar het hoefde absoluut niet op haar te duiden. Mooi blond, bedacht ze grijnzend. Dat had Rein over haar gezegd toen ze hem voor het eerst ontmoette nadat ze door zijn vader was aangenomen op hun zaak. Mooi blond is niet lelijk. En ook niet dom, dacht ze. Leef! Dat was kort en krachtig en het zei veel. 'Leef!' Ze proefde het woord in haar mond, sprak het zacht en hard uit en kauwde er wat op. 'Leef.' Dat zou iedereen moeten doen. En dan vooral op zijn of haar eigen manier, bedacht ze. 'Leef!' Misschien was dat best een leuke naam voor haar bedrijf. Leven en laten leven. Hm. Ze noteerde het zodat ze het niet meer kon vergeten.

Toch kon het ook zo veel anders betekenen. Ze fronste nadenkend haar voorhoofd. Het kon eigenlijk eerder wijzen op iets spiritueels, en dat was niet de bedoeling. Het ging erom dat mensen zich omringden met dingen en kleuren die bij hen pasten. Dat hun omgeving één werd met henzelf. Nou ja, ze had nog een week. Eerst verder denken.

Hoe zou ze reageren als hij kwam en haar de vraag stelde? Logisch, er was geen twijfel meer. Natuurlijk zou ze zeggen dat ze verder met hem wilde. Dat was toch ook wat hij hoopte? Of niet. Wat had hij eigenlijk de afgelopen week gedaan? Was hij werkelijk zeven dagen naar Düsseldorf geweest? Was hij wel het land uit geweest of had hij gewoon bij zijn moeder gelogeerd? Of had hij ergens een vriendin bij wie hij terechtkon?

Een vriendin? Die gedachte was nog nooit bij haar opgekomen, daar had ze ook geen reden voor gehad. Hij kwam normaal gesproken immers elke avond thuis, zij het vaak laat. Hij begon pas met het vluchten naar zijn moeder toen zij raar deed, althans, in zijn ogen.

Raar. Tja, vreemd, had hij gezegd. Hij werd er bang van. Ze schudde zacht haar hoofd. En hoe denk je dat ik me voelde, Rein? Na die klap die jij me bezorgde? Die dag dat mijn hele wereld in elkaar stortte, mijn hele huwelijk op los zand gebouwd bleek te zijn? Ha! Wraak! Dat was het eerste woord dat in me opkwam en dat hangt nu als een dreigende zwarte wolk boven jouw hoofd, Rein.

Adoptiebureau, het volgende punt op het lijstje. Ze had al contact gezocht met een bureau, maar dat was alleen geweest om informatie. Toch was dat ook heel snel aan de beurt en ze moest wat met die informatie doen.

Paula vergat te nummeren. Ze wist toch niet precies wat ze het eerst of het laatst moest doen. *Ziekenhuis*, ook dat stond op het lijstje. *Gynaecoloog*, wist ze zonder haar afsprakenkaart te kunnen zien. Ze was nog druk!

De stijl ben jij, schoot het door haar hoofd. Hm, dat kon zomaar een aardige naam zijn, ja. Zo legde je het bij de ander en tenslotte was dat ook de bedoeling. Zij wilde graag helpen met inrichten, maar het moest wel de stijl van de klant zijn. Hm, snel noteerde ze de woorden.

Frankrijk, stond er onder aan het lijstje. Ja, ze moest zo snel mogelijk een e-mail sturen naar de wijnboer die hun wijngaard verzorgde om te vragen of hij haar bijtijds zou willen melden wanneer ze met de oogst begonnen. Daar wilde ze beslist bij zijn en vooral aan meedoen. Het was zo heerlijk haar handen uit de mouwen te steken en de druiven te voelen die warm en rijp waren van de zon. Het was de enige keer dat ze echt met haar handen buiten bezig kon zijn, omdat Rein er grappig genoeg niets op tegen had dat een directeursvrouw hun eigen druiven oogstte. Ze zette een dikke streep onder Frankrijk en stond op om nog een kopje espresso te zetten.

Hoorde ze het goed? Kwam Rein nu al thuis? Dat was best vroeg. Had hij haar ondanks alles gemist? Ze besloot weer te gaan zitten. Ze voelde zich net iets zekerder in een stoel dan rechtop in de open lucht.

Nu vooral niet doen alsof ik iets gehoord heb. Gewoon door blijven schrijven en heel geconcentreerd bezig zijn.

Ze draaide het papiertje om en schreef nogmaals de woorden: *De stijl ben jij*. Ze vond het nog steeds aardig klinken, maar haar oren stoorden haar. Hij kwam er inderdaad aan. Ze zette een uitroepteken achter de woorden en een streep onder 'jij'. Het was wel aardig, die lange ij in stijl en ook in jij. Daar was wel een elegant logo van te maken. Vast wel een combinatie zelfs van antiek en modern.

Ja, hij zag dat ze in de tuin zat. Ze hoorde zijn voeten schrapen over de keitjes van het terras. Zou ze al opkijken of nog steeds doen alsof ze ongelooflijk ver weg was? *Kamer van Koophandel*, schreef ze op. Het sloeg nergens op, maar ze voelde zich veiliger op die manier.

'Goeiemorgen Paula, wat ben jij druk bezig. Hoorde je me niet aankomen?'

Ze keek verrast op. 'Rein, je bent er weer. En wat vroeg.' Ze schermde haar ogen met haar hand af tegen de felle zon en keek nu pas echt verrast. 'Je bent niet alleen?'

'Nee, ik heb inderdaad iemand meegenomen. Dit is Jasper en we hebben wel zin in een kop koffie.' Ze kwam vlot overeind en stak beleefd haar hand uit naar de lange, ietwat magere man, maar haar hart klopte in haar keel. Wie ter wereld was Jasper? Had hij zijn eigen scheidingsadvocaat meegenomen? Had hij nu een knoop doorgehakt voordat zij zelf nog iets had kunnen doen of zeggen? Waren al haar moeite en inspanningen van de afgelopen maanden dan helemaal voor niets geweest? Ze was nog niet klaar!

Paula greep haar papiertje en pen en wist niet hoe snel ze in de keuken moest komen.

HOOFDSTUK 10

Met trillende vingers vulde Paula het koffiezetapparaat en zette ze kopjes op een dienblad. Wie was Jasper? Of was hij die nieuwe accountant over wie Rein onlangs had verteld, die bij hen was komen werken? Maar die heette toch niet Jasper? Of had hij hem toen alleen bij de achternaam genoemd? En kwam die accountant nu mee om haar even haarfijn voor te rekenen waar ze recht op had? Maar Rein had haar toch nadrukkelijk gezegd dat ze vandaag met elkaar zouden praten en dat er in dat gesprek een beslissing genomen zou worden? Een beslissing van hen beiden. Bovendien wist ze zelf haarfijn waar ze recht op had. Daar had ze zijn accountant niet voor nodig. Haar eigen spaarrekening, dit grote huis en haar eigen auto. Hoewel, stond die wel op haar naam? Had Rein die niet op de zaak gezet omdat dat voordeliger was in de verzekering? Hoe dan ook, er was geen accountant nodig om te berekenen wat er van Paula was. Er was er hooguit een nodig om te berekenen wat ze wílde dat er van haar was, maar daar moest ze natuurlijk zelf een accountant voor meebrengen.

Ze pakte een schaaltje met een deksel voor de koekjes die ze wilde serveren en die niet in de felle zon mochten staan. Zou ze nog snel een bloem afknippen en op het dienblad zetten, zoals Rein graag wilde? Nee, niet voor Jasper, die zich niet eens fatsoenlijk aan haar had voorgesteld, want had hij dat wel gedaan, dan wist ze nu in elk geval wie hij was. Accountant, advocaat of misschien een nieuwe klant? Ze zuchtte opgelucht. Dat zou zomaar kunnen, al was dat nog nooit onaangekondigd gebeurd, want Rein hield ervan dat ze zoiets wist, zodat ze alles tot in de puntjes kon verzorgen. Of was dit een test? Wilde hij zien of ze ook onverwachte gasten kon bedienen?

Ze deed wat suiker in een schaaltje en koffieroom in een kannetje, schikte alles op het dienblad en liep ermee naar buiten.

De heren zaten in de schaduw en Paula bracht het blad naar hen. Ze had geen idee of het de bedoeling was dat ze bij hen ging zitten, dus liet ze een van de kopjes op het dienblad staan.

'Kom je niet bij ons zitten?' vroeg Rein vriendelijk.

'Ik weet niet wat jullie plannen zijn,' zei ze net zo vriendelijk.

'We hebben geen speciale plannen,' zei Rein nadrukkelijk glimlachend. 'We willen gewoon even van de zomer genieten. We zijn allebei hardwerkende mannen en vonden dat we vandaag wel recht hadden op een beetje ontspanning.'

'Oké, dan kom ik er graag bij.'

De aanval is de beste verdediging, had ze weleens gehoord. Ze wist niets van sport, maar dit gold altijd, toch?

Ze keek Jasper belangstellend aan en zei: 'Jasper, waar ken je mijn man van?'

Hij lachte een open, witte lach. 'Lekker direct ben jij. Maar je hebt gelijk. Ik kom ook zomaar uit de lucht vallen. Toch ken ik Rein al jaren. Nee, dat is niet waar.' Even gleden zijn ogen nadenkend naar Rein. 'Ik ken hem van vroeger. We zaten bij elkaar in de klas op het vwo. Later zijn we elkaar totaal uit het oog verloren, maar van de week kwamen we elkaar zomaar weer tegen.'

'In Düsseldorf?' waagde ze het te vragen.

Jaspers wenkbrauwen schoten omhoog. 'Nee, in de stad.'

Zonder iets te zeggen gleden Paula's ogen naar Rein.

'Ik ben eergisteren al teruggekomen,' zei hij. 'Een week was wel erg lang in Düsseldorf. Ik heb een paar dagen bij moeder gelogeerd. Zij is zo alleen en stelt dat erg op prijs.'

Paula knikte toegeeflijk, maar wist niet of ze hem kon geloven. Ook van Jasper wist ze dat niet zeker. Toen hij zei dat ze bij elkaar in de klas hadden gezeten en elkaar daarna uit het oog waren verloren, had hij oogcontact ontweken, alsof hij wist dat ze kon zien dat hij niet de waarheid sprak.

'Dan ken je Josh ook?' vroeg ze.

'Josh?' Hij keek vragend.

'Nee, die ken ik toch van het hbo,' zei Rein. 'Dat was later.'

'O ja, dat is ook zo.'

'In elk geval,' nam Rein het gesprek nu ietwat gejaagd over, alsof hij bang was dat ze verkeerde vragen zou gaan stellen, 'vonden we het erg leuk om elkaar weer te zien en hebben we afgesproken hier vanmorgen een kop koffie te drinken.'

'Nou, dat heb je net gekregen. Als je een koekje wilt, moet je het gewoon pakken. Ik laat bij voorkeur het deksel op het schaaltje als het zo warm is buiten.'

'Heel wijs,' zei Jasper met een grijns, maar hij keek wel snel of er wat lekkers voor hem in het schaaltje zat.

'Een zoetekauw,' zei Rein lachend. 'Lust je ook vlees? We kunnen later op de dag de barbecue wel aanzetten. Ik weet zeker dat Paula een paar lekkere stukken vlees in de diepvries heeft. Dat heeft ze altijd, nietwaar?' Hij stak zijn hand uit en kon nog net een knie van haar te pakken krijgen. Hij streek er liefdevol overheen en keek haar glimlachend aan. Ze keek net zo glimlachend terug en het lukte haar niet met haar ogen te knipperen of zijn blik te ontwijken. Hij testte haar, maar waarop? Waarvoor? Wie was die Jasper? 'Paula weet precies hoe ze een man moet verwennen.'

'Met vlees op de barbecue?' Het was Jasper die erom in de lach schoot.

'Nou ja, zeg,' protesteerde Rein quasiverontwaardigd. 'Onder andere, man. Onder andere. Ze heeft heel wat meer capaciteiten dan dat.'

'Vertel eens,' nodigde Jasper haar uit, maar Paula schudde haar hoofd.

'Ik zei niets. Rein vindt dat ik over capaciteiten beschik, dan mag hij ze opnoemen ook.'

'Wijs en slim,' concludeerde Jasper.

Ze had geen idee wat voor spelletje hier werd gespeeld, maar dat dit in scène was gezet en niet spontaan, kon ze met al haar vezels voelen. Wat zat hier toch achter?

'Ze is gewoon een perfecte gastvrouw en een perfecte huisvrouw,' mokte Rein. 'Dat bedoel ik.'

'Dat is heel wat, ja. Iemand die perfect is, vind je niet snel,' vond Jasper. Hij bekeek haar grondig. Ze had zelfs het gevoel dat hij dwars door haar heen keek en dat voelde niet aangenaam. Gelukkig had ze wel een leuk zomers jurkje aangetrokken, al was het niet meer zo heet als een paar weken geleden. 's Avonds begon het zelfs al koud te worden zo af en toe. Maar dit jurkje stond haar leuk en maakte haar slanker dan ze was. Ze voelde zich er goed in.

'Ze is ook onlangs met een cursus begonnen,' vertelde Rein. Klonk hij trots?

'O ja? Leuk. Dus ook nog niet te oud om te leren? Inderdaad, de perfectie begint aardig in de buurt te komen. Wijs, slim, leren. Wat doe je?'

'Een cursus interieurstyling.'

'En dat houdt in?'

'Tja...' Ze kneep haar ogen even dicht voor het felle licht dat in de tuin hing, zelfs al zaten ze in de schaduw. 'Ik ben al negen jaar interieurverzorgster,' grinnikte ze, 'maar het leek me leuker om het interieur in te richten. Dat betekent het. Een kamer aankleden met gordijnen, behang, vloerbedekking en dan in te richten met meubels die erbij passen. Of net andersom. Eerst de meubels en dan de gordijnen erbij zoeken. Het belangrijkste is dat je alles tot een schitterende combinatie maakt. Dat alles hetzelfde gevoel uitstraalt. Dat de gordijnen net zo warm of koud of modern of klassiek of sportief zijn als de meubels, zodat het één geheel is, waar je je ogenblikkelijk in thuis voelt.'

'Zo!' Hij keek haar vol ontzag aan. 'Je weet tenminste wat de bedoeling is.'

'En jij?' vroeg ze, hem direct aankijkend. 'Wat doe jij?'

'Sorry!' riep Rein uit terwijl hij opsprong. 'Neem me niet kwalijk. O, sorry Paula, heb je je gebrand?'

Ze keek naar de koffie die hij op haar jurk had gegooid, maar die natuurlijk allang koud was geweest.

'Het spijt me zo,' herhaalde Rein.

'Geeft niets, kan gebeuren. Ik spoel het er wel even uit. Ik zal straks meteen de thermoskan met nieuwe koffie meenemen.'

Ze liep naar de keuken en hield de jurk onder lauw water. Ze schudde haar hoofd omdat ze er zeker van was dat hij het met opzet had gedaan. Ze mocht dus niet weten wat Jasper deed. Dan moest ze het over een andere boeg gooien. Ze depte de jurk droog, pakte de volle thermoskan en ging weer naar buiten.

'Rein, we zouden vandaag praten. Daar heb ik de hele week naartoe geleefd en nu kom je hier met een totaal onbekende man aanzetten en verwacht je van mij dat ik hem vriendelijk en beleefd van koffie voorzie, maar zelfs jij snapt toch wel dat ik helemaal op ben van de zenuwen over het gesprek dat we nu zouden hebben, waar onze toekomst van afhangt, en dat het me dus behoorlijk wat moeite kost om juist vandaag mooi weer te zitten spelen voor een van jouw vrienden.' Zo, dat was een goede volzin en het duurde duidelijk even voor die was geland.

Jasper was de eerste die reageerde. Hij sloeg zijn handen in elkaar en grijnsde.

Rein streek net zo grijnzend over zijn kin. Het raspende geluid irriteerde Paula meer dan ze wilde toegeven. Hij had zich niet eens geschoren voor deze ontmoeting. Een week weggeweest, een week nagedacht, eindelijk hét gesprek, maar scheren, ho maar!

'Een vrouw met pit,' zei Jasper.

'Je hebt gelijk,' gaf Rein schoorvoetend aan haar toe. 'Het spijt me, Paula. Ik kan me voorstellen dat je je onder druk voelt gezet.'

'Onder druk, ja. Mooi gezegd. Dus dit was inderdaad een test.' Ze keek hem fel aan. 'Dat vermoeden had ik al, maar zoiets doe je niet waar een ander bij is. Daarbij komt dat we open en eerlijk zouden zijn, weet je nog? Dat kan ik dit niet noemen. Dit lijkt meer op achterbaks.' Ze had zo'n zin hem de huid vol te schelden, maar dat was niet haar plan. Ze zou meegaand zijn, had ze besloten, maar het kostte haar moeite.

'Heb je dan in elk geval een beslissing genomen?' vroeg Rein.

Ze keek hem verwonderd aan. 'Ik wist niet dat ík een beslissing moest nemen. We zouden samen praten en daaruit zou een beslissing voortkomen en verder wil ik het hier absoluut niet over hebben waar een vreemde bij zit.' Ze liet haar blik van Rein naar Jasper glijden. Ze dacht dat hij haar wel zou begrijpen, toch maakte hij nog steeds geen aanstalten om te verdwijnen. Het was duidelijk dat hij meegekomen was in opdracht en dat die opdracht nog niet was voltooid. Wie of wat kon hij toch zijn? Wat deed hij hier bij hen in de tuin? Wat wilde hij van haar? Of nee, wat moest hij van haar, in opdracht van Rein? Ze kon het niet bedenken en dat verontrustte haar behoorlijk. Dat hij een advocaat zou zijn, had ze al aan de kant geschoven. Hij was te hartelijk, lachte te veel. Had ook geen aktetas met papieren bij zich en leek niet de zakenman te zijn die zij van een door Rein ingehuurde advocaat verwachtte. Maar ook voor een accountant was hij te joviaal, te hartelijk. Zijn blik was te open en te uitnodigend. Die mooie ogen wilden haar voortdurend laten praten, en dat paste niet bij een accountant, die zich normaal gesproken alleen met cijfertjes bezighield. Wat was hij dan? Wat deed hij hier?

'We moeten toch maar open kaart spelen,' begon Jasper terwijl hij naar Rein keek, maar die keek opeens fel naar de zogenaamde vriend die hij al van vroeger kende. Rein was het er blijkbaar niet mee eens. Tja, in dat geval hoefde Paula dat ook niet te doen, toch? Maar ze zweeg afwachtend en keek van de een naar de ander.

'Ik maakte me grote zorgen om jou,' begon Rein nu toch. Opnieuw streek hij met zijn vingers over de stoppeltjes op zijn kin. Paula rilde ervan. Hoe had ze dat geluid ooit aantrekkelijk kunnen vinden? Vanuit haar ooghoek zag ze hoe Jasper naar de thermoskan reikte en die opendraaide. Koffie, daar was hij dus aan toe. Zelf had ze meer zin in een borrel, maar dat zei ze niet. Ze voelde zich echter met de minuut onzekerder worden. Rein kende ze en ze wist hoe ze met hem om moest gaan. Althans, dat had ze altijd gedacht. In elk geval wist ze van Jasper helemaal niets en dus ook niet wat ze van hem kon verwachten.

Hij schonk ongevraagd drie kopjes vol en nam daarna opnieuw een koekje. Inderdaad, een zoetekauw.

Haar ogen bleven gericht op Rein, die uiteindelijk de zijne neersloeg. Waarom? vroeg ze zich af. 'Zorgen?' herhaalde ze vragend.

'Ja, dat weet je, Paula. Je bent zo veranderd, je begon zo vreemd te doen.'

'Dat kan allemaal best, maar dat is iets tussen jou en mij. Daar heeft Jasper niets mee te maken,' vond ze.

'Wat ga je met al die kennis doen, Paula?' viel Jasper hen in de rede.

Een moment wist ze niet waar hij op doelde en voelde ze zich van slag.

'Wat je leert op die cursus die je volgt,' verduidelijkte Jasper.

Haar ogen verwijdden zich. 'Sorry hoor, maar nu wordt het me te ingewikkeld. Ik heb ook totaal geen zin meer om nog over iets te praten wat mij persoonlijk raakt.'

'Toch zou ik het graag willen weten.'

Ze keek hem onderzoekend aan, maar schudde haar hoofd. 'Ik ben het zat. Als jullie echt iets op de barbecue willen gooien, moet Rein dat maar verzorgen. Hij heeft gelijk, er zit genoeg in de diepvries. Ik denk dat ik maar naar Britt ga.' Ze kwam overeind en keek Rein aan. 'Als je weer alleen bent, kun je me bellen, dan kom ik terug.'

Rein greep haar beet en trok haar naar beneden. 'Blijf zitten,' zei hij, 'en laat me mezelf verduidelijken.'

'Maar dan wel snel,' vond ze.

'Ik begin overnieuw. Ik maakte me zorgen om je. Je ging raar doen. Je kwam met allerlei alternatieven aanzetten om een kind of zelfs kinderen in huis te halen. Je maakte me bang met je plannen, die ongeordend leken, niet goed doordacht. Terwijl we het voor die tijd zo goed hadden samen. We genoten van elkaar, konden kopen wat we wilden, gingen samen op vakantie.'

'Ja, ja,' onderbrak ze hem, 'dat weet ik nu wel. Toch kon ik niet naar Spanje,' kon ze het niet laten toe te voegen.

'Foutje van mijn kant. Niet goed over nagedacht.'

'Waarom ben ik dan degene die vreemd doet? Jij denkt duidelijk zelf ook niet goed door.'

Hij zuchtte en sloeg met zijn handen op tafel. 'Paula, laat het me nu uitleggen!'

'Oké, ik zwijg.'

'Ik dacht dat we het goed hadden samen, tot jij je opeens volledig liet beheersen door jouw wens moeder te worden. Ik kon je niet meer bereiken, je leek je volledig af te sluiten voor mijn wensen en ik werd zelfs bang dat ik je kwijt zou raken.'

Hij werd bang dat hij haar kwijt zou raken, dacht ze tevreden. En wat zei hij net? Dat ze zich afsloot voor zijn wensen? Het was toch ook altijd zijn wens geweest vader te worden? Dat had hij toch al voordat ze trouwden tegen haar gezegd?

'Rein.' Ze stak aarzelend een hand naar hem uit. 'Wat bedoel je met jouw wensen? Dat ik me daarvoor afsloot? Heb je die kenbaar gemaakt dan?' Ze keek hem vriendelijk en kalm aan.

'Misschien zei ik het verkeerd. Ik bedoelde dat ik je niet meer kon bereiken, dat je niet meer aanspreekbaar was.'

'Maar jouw wensen waren toch dezelfde als die van mij? Je

zult toch echt moeten toegeven dat jij ook vaak genoeg hebt gezegd dat je graag een kind wilde hebben.'

Hij knikte.

Hij knikte! Ze zag het goed. Dat gaf hij tenminste toe. Zelfs waar die Jasper bij zat. Het bevestigde haar in haar gedachten en helemaal in de plannen die nog voor haar lagen. Hij had haar al die jaren in de waan gelaten dat hij een kind wilde. Het lag niet aan haar dat ze dat had gedacht. Hij had het zelf zo doen voorkomen! Ze voelde zich triomfantelijk blij worden. Natuurlijk had ze het zelf wel geweten. Hoe vaak hadden ze het er samen niet over gehad? Maar sinds ze Nicky als weekendpleegkind in huis had gehaald, had hij gedaan alsof zij gek was. Nu gaf hij dan toch eerlijk toe – waar een ander bij zat – dat hij ook een kind had gewild.

'Misschien druk ik me niet goed uit,' ging Rein verder.

'Ik denk het,' zei ze kortaf.

'Natuurlijk wil ik ook graag een kind. Dat weet je. Maar niet ten koste van alles. Niet ten koste van ons geluk. Geen puber die we niet kennen of een paar kinderen uit een armoedige wijk. Geen feestjes in de garage. Ik wilde een kind van onzelf. Een kind dat ons geluk zou bevestigen en sterker zou maken, niet een kind dat alles wat er tussen ons was kapotmaakt. Begrijp je me nu?'

Ze fronste haar wenkbrauwen. 'Oké, Nicky was misschien wat lastig, maar waarom heb je Emma dan weggestuurd?'

Ze zag dat Jasper op het puntje van zijn stoel ging zitten. Blijkbaar hoorde hij dingen die hij nog niet wist en het interesseerde hem uitermate. Ze stak haar hand uit naar haar koffiekopje en merkte dat ze rustig was. Ze trilde niet meer, alles was weer goed. Op de een of andere manier voelde ze dat ze de macht over Rein terugkreeg en dat deed haar goed! Ze kreeg weer vat op zichzelf en zelfs op hem.

'Dat is nou precies wat me zo bang maakte, Paula,' ging Rein zuchtend verder. 'De reden waarom ik zo bezorgd werd. Dat jij zelfs een kind in Emma's buik wilde laten groeien. Dat ging me echt te ver. Een kind van mijn zaad en haar eitje? In haar buik? Ik weet niet hoe je dat hebt bedacht. Nee, Paula, zo wil ik geen vader worden. Ik heb al honderden keren gezegd dat ik het spontaan wil en anders niet. In elk geval is dat de reden,' ging hij snel verder om te voorkomen dat zij het gesprek weer over zou nemen, 'dat ik Jasper erbij heb gevraagd.'

'Hè?' Ze keek verrast naar de man tegenover hen. 'Wat heeft hij met Emma te maken?'

'Niets,' zei Rein. 'Jasper is psycholoog.'

'Spy-psycho...' struikelde ze geschokt over het woord.

'Ja. Ik hoopte dat hij een beter inzicht in jou kon krijgen dan ik,' gaf Rein toe. 'Daarom heb ik hem meegevraagd.'

'Zodat hij mij ongemerkt kon gadeslaan? Althans, zonder dat ik wist van zijn beroep? Zodat hij een oordeel kon vellen alleen maar bij het zien hoe ik koffiezette en het gesprek gaande hield?'

Rein knikte.

'Belachelijk, zeg.' Ze ging rechtop zitten en keek hem fel aan. 'Nee, belachelijk is nog te lief gezegd. Geschift, beledigend, brutaal, ongelooflijk!' riep ze uit. Ha, wat deed het haar goed om al die woorden te roepen. Ze had besloten meegaand te zijn, om hem te plezieren, maar nu kon ze zichzelf laten gaan zoals ze het vandaag eigenlijk had gewild. 'Schandalig. En ik zit meneer dus koffie te voeren en hij krijgt straks een leuk bedrag mee naar huis als hij zijn mening geventileerd heeft? En wat krijg ik? Voor het uitvoeren van mijn opdrachten? Voor het keurig verzorgen van jouw gasten?'

'Paula, toe, alsjeblieft. We hebben bezoek. Laat je niet zo gaan.'

Ze wilde in lachen uitbarsten, maar Jasper was haar voor. 'Rein, luister naar jezelf, jongen. Het was toch juist jouw bedoeling om haar uit de tent te lokken zodat ze zelf aan zou tonen dat er een steekje aan haar los is?' Hoofdschuddend stond hij op. 'Paula, het spijt me dat ik erin heb toegestemd.

Dat meen ik oprecht. Ik kan je mijn oordeel wel geven. Je komt op mij over als een evenwichtige, lieve vrouw, en voor die conclusie hoef ik geen cent te hebben. Sterker nog, ik wil hier geen cent voor. Ik vertrek in de wetenschap dat jullie het heel goed zonder mij afkunnen.' Razendsnel stak hij zijn hand uit naar het schaaltje en griste nog een koekje mee. De volgende seconde was hij uit de tuin verdwenen.

HOOFDSTUK 11

Sinds het abrupte vertrek van Jasper was er een maand voorbijgegaan. Een maand van rust, waarin het leek alsof alles weer was zoals voor die dag, waarop Paula's leven in elkaar stortte. Ze had zich gedwee opgesteld en bewust onderdanig gedragen. Althans, zo voelde het nu ze doorhad hoe onderdanig ze door Reins gedrag was geworden. Waar ze eerst automatisch opsprong om koffie in te schenken, zonder door te hebben dat hij haar daartoe met zijn ogen dwong, kwam ze hem nu al tegemoet door voordat hij opkeek de koffie klaar te hebben. En zo waren er veel dingen die ze deed voordat hij haar liet merken dat hij ze wenste. Hij kwam duidelijk ook weer tot rust en vond zelfs op een avond de moed om te vertellen waarom hij Jasper had ingehuurd.

Hij was op het idee gekomen toen hij na zijn bezoek aan Düsseldorf, waar hij blijkbaar echt was geweest, nog een paar dagen bij zijn moeder in was getrokken. Zijn moeder, die er niet tegen kon dat ze weduwe was en daar steeds vaker over begon te klagen. Vlak na het overlijden van Reins vader had ze ook zo'n angstaanval gehad; angst voor de eenzaamheid. Toen had de huisarts Jasper ingeschakeld, die twee keer per week bij haar thuis kwam om over de situatie te praten, om haar te helpen die te leren accepteren.

'Ik was bang dat ze gek werd,' verklapte hij Paula zonder door te hebben dat dit koren op haar molen was.

'Dus nog een geheim dat je angstvallig voor me verzweeg,' bromde ze, maar ze zorgde er wel voor dat haar ogen niet te fel stonden.

'Hoezo nóg?' durfde hij te vragen.

'Je had me nooit verteld dat je zaaddonor was geweest, maar je zei dat dat zo lang geleden was dat je er zelf nooit meer bij nadacht. Maar dit was recent en ook dit verzweeg je voor me. Mocht ik niet weten hoe slecht het met je moeder ging? Was je misschien bang dat het in de familie zat en dat je zelf ook gek aan het worden was? Heb je nog meer geheimen voor me?' Maar ze stelde de vragen rustig, kalm, zodat Rein zich niet opwond en het gevoel hield dat hij alles onder controle had.

'Het is niet leuk om toe te geven dat je moeder een psycholoog nodig heeft,' verdedigde hij zich.

'Maar je vrouw wordt wel doorgestuurd?' vroeg ze toch ietwat sarcastisch.

'Dat wist toch niemand? Zelfs al had de hele buurt hem gezien, dan nog wisten ze niet wie hij was. Hij kwam gewoon gezellig op bezoek en na zijn vertrek zou niemand er iets over te horen krijgen, hoor,' stelde hij haar gerust.

'Tenzij hij zou oordelen dat er een steekje los was aan mij.'

'Tja, dan had ik stappen moeten ondernemen.' Er gleed een glimlach over zijn gezicht. 'Maar dat was niet nodig. We hebben het immers weer heerlijk samen. Ik ben tenminste helemaal gelukkig met jou.'

En daar ging het om, bedacht ze wrang. Als hij maar gelukkig was. Hoe had ze ooit met hart en ziel van hem kunnen houden? Ze begreep steeds minder van zichzelf, maar tegelijkertijd ook steeds meer. En dat was een grappige gewaarwording. Ze ging steeds beter inzien wat ze wilde en wie ze was, of in elk geval wie ze van plan was te worden: een zelfstandige dame met een leuk beroep!

Ze was een week naar hun huis in Frankrijk geweest, waar ze ongeveer zestien uur per dag haar handen uit de mouwen had gestoken. Niet alleen had ze elke dag geholpen bij het plukken van de druiven, ook had ze de diverse kamers en meubelstukken een grondige schoonmaakbeurt gegeven. Gelukkig waren er in het dorpje vlak bij het kleine chateau meerdere vrouwen die graag wat extra's verdienden en zo was de grote schoonmaak een fluitje van een cent geworden en had Paula zelfs nog tijd gehad om naar een rommelmarkt te gaan, waar ze een paar leuke stoelen op de kop had getikt. Die stonden inmiddels in afwachting van een opknapbeurt onder in de berging van de twee flats die ze met hulp van Britt had gekocht. De gemeente was verrassend snel over de brug gekomen met de toestemming om van een woning een zakenpandje te maken. Ze begrepen ook wel dat er in deze tijd van recessie geroeid moest worden met de riemen die ze hadden en het was beter dat iemand die flats kocht zodat de eigenaars door konden stromen naar andere woningen, dan dat de flats jarenlang te koop zouden staan en de eigenaars niet verder konden. Het was een keurig gebouw met een grote parkeerplaats ervoor, waar gemakkelijk cliënten een plekje voor hun auto zouden kunnen vinden als ze eenmaal echt van start was en klanten ging werven. Emma was in haar eentje bezig met het inrichten van een kleine sciencefictionkamer. Ze was er voorlopig nog niet mee klaar, maar dat hoefde ook niet, want ze moest nog bijna een jaar naar school. In dat jaar zou ze tevens stage komen lopen bij Paula, want de opleiding had het goedgekeurd, en daar verheugden ze zich beiden op. Ook alle opdrachten die Paula de jonge vrouw had gegeven, had ze uitgevoerd naar grote tevredenheid van Paula.

De Kamer van Koophandel had haar geen strobreed in de weg gelegd om een eigen zaak te openen en ook de Belastingdienst werkte bereidwillig mee. De naam had nog wel voor wat problemen gezorgd, maar uiteindelijk had ze gekozen voor: Jij stijl! Het was een vreemde kreet, dat wist ze zelf ook wel, maar toch paste die goed. Jij bent je eigen stijl, betekende het, maar ze hield van de twee lange ij's zo vlak achter elkaar, ze hield van het cryptische en onuitgesprokene in de naam, en de man van Britt had er een prachtig logo voor ontworpen dat inmiddels al op de twee voordeuren van de flats prijkte en boven aan de folders die ze bezig was verder te ontwerpen om her en der te verspreiden.

Rein wist van niets. Paula vond dat ze niet verplicht was hem hier iets over te zeggen. Op de magnetron hing immers zijn tekst: *Als je niet eerlijk bent, kun je beter kappen.* En ze wist dat hij niet eerlijk was. Dat er dus gekapt moest worden... er zat niets anders op. Alleen gaf het haar ook het recht om niet eerlijk te zijn, in elk geval dingen voor hem te verzwijgen. En zo wist hij nog steeds niets van haar eigen zaak en van alle plannen die ze had gemaakt en bezig was uit te voeren. Het enige wat ze hem had verteld, was dat ze twee dagen weg moest voor de praktijkdagen van de cursus. Ze had door omstandigheden de eerste kansen voorbij laten gaan en moest nu beide dagen achter elkaar naar een door de cursus aangewezen locatie om in de praktijk uit te voeren wat ze thuis in theorie had geleerd. Dat moest ze hem wel vertellen, omdat ze niet kon garanderen dat ze op tijd thuis zou zijn om te koken. 'Maar ik zet wel een bord met eten voor je in de magnetron. Het briefje hoe je dat klaar moet maken, hangt nog steeds op het apparaat. Dat moet je lukken, Rein.' Ze had hem zo smekend aangekeken dat hij met zijn hand over het hart had gestreken en haar zonder mopperen naar de cursusdagen had laten gaan. Het was het laatste wat ze ervoor moest doen en ze slaagde er met vlag en wimpel. Voor al haar thuisopdrachten had ze ook voortdurend goede cijfers gehaald en zo had ze opeens een certificaat waarop stond dat ze de cursus interieurstyling met goed gevolg had doorlopen. Binnen zes maanden terwijl er negen voor stonden, lachte ze. Dat vervulde zelfs Rein met trots, al begreep hij nog steeds niet wat zij met al die kennis moest doen.

Omdat ze hem absoluut niets had verteld, wist hij ook niets van haar afspraak in het ziekenhuis, haar gesprek met een gynaecoloog die haar had onderzocht en gerustgesteld. Noch van de vervolgafspraak die in haar agenda stond. Zijn woorden: *Zoiets overleg je toch eerst?* echoden wel af en toe door haar hoofd, maar, dacht ze weerbarstig, dat gold voor beide kanten, dus ook voor hem!

Rein merkte nergens aan dat ze druk was met andere dingen dan het huishouden, want ze was altijd thuis als hij van zijn werk kwam en altijd was de tafel gedekt en stond het eten te pruttelen op het fornuis of te bakken in de oven. Zijn kleren waren nog steeds frisgewassen en netjes gestreken en zodra er een tube tandpasta leeg dreigde te raken, lag er alweer een nieuwe in de badkamer op zijn eigen wastafel. Alles leek als vanouds. Het enige verschil was de onderhuidse spanning die Paula voelde, die met de dag heviger werd. Het mocht dan koek en ei tussen hen lijken, Paula wist heel goed dat dit de stilte was voor de storm. Ze wist ook dat die storm heel snel op zou komen en bijzonder hevig en fel zou zijn. Daarbij wist ze natuurlijk dat ze het zelf was die het zou laten ontaarden, maar ze kon nog zo veel weten; een ding wist ze niet – namelijk of ze het zelf ook aankon wat ze had uitgedacht. En dat maakte de spanning in haar lichaam elke dag dat ze dichter bij *la grande finale* kwam sterker.

Ze bekeek haar aantekeningen en rekende uit hoeveel uur ze voor al die genoteerde dingen dacht nodig te hebben. Het waren allemaal zaken die op het allerlaatste moment uitgevoerd moesten worden, maar het leek net iets te veel voor één dag, omdat ze natuurlijk absoluut rond vijf uur klaar moest zijn, want ze wist nooit zeker wanneer Rein thuis zou komen en hij mocht al helemaal niet op het allerlaatste nippertje doorhebben dat ze bezig was hem een nekschot te bezorgen, een *coup de grâce*, zoals dat ook wel heette. Genadeslag. Ze hield van de Franse woorden en ze pasten bij 'la grande finale'. Had ze haar bedrijfje misschien toch een Franse naam moeten geven? Nee, dan dacht iedereen meteen aan Louis XIV en XV, terwijl zij juist open wilde staan voor elke mogelijke stijl, in de meest uiteenlopende richtingen, en zeker niet bij voorbaat iets wilde uitsluiten.

Paula besloot dat vrijdag de dag zou worden. D-day. Haar

D-day. Ze zette kruisjes voor de dingen die ze donderdag alvast kon doen. Dat was morgen.

Plotseling voelde ze een golf van misselijkheid door haar maag kolken. Help, het kwam nu wel erg dichtbij! Hoe zou hij reageren? Was het haar gelukt hem een veilig gevoel te geven de afgelopen vier weken, zodat het echt als zo'n grote verrassing kwam dat hij zijn verstand kwijtraakte? Of was hij toch al die tijd nog argwanend naar haar geweest?

Ze schudde haar hoofd. Nee, hij was zichzelf weer, zoals altijd. Zich nergens van bewust en al helemaal niet van haar. Ze deed wat hij van een perfecte huisvrouw verwachtte en het was goed genoeg voor hem. Hoe zij zich voelde, stond voor hem allang weer op de tweede plaats. Of derde, als je zijn zaak ook meetelde, bedacht ze grimmig. Oké, vanmiddag een start maken en morgen...

Ze zocht haar telefoon op en verstuurde een berichtje aan Britt: *Duim voor me, vrijdag D-day.*

Nu zat ze eraan vast. Met dit berichtje had ze een actie in werking gesteld die natuurlijk altijd stop te zetten was, dat wel, maar die tegelijkertijd het begin van een nieuw leven inhield, en wie wilde zo'n actie nu stopzetten? Een nieuw leven was spannend, toch? Uitdagend, inspirerend, gelukkig makend, hoopte ze.

Goedgemutst liep ze naar boven, en ze ruimde alles op wat er op haar studeerkamer lag. Het waren vooral foto's en papieren, materiaalstalen die ze de afgelopen maanden had verzameld. Ze deed alles in een grote doos en zette die achter het bureau zodat het niet opviel als je toevallig de kamer in keek. Nu zou Rein dat nooit doen, maar het was toch beter om op safe te spelen. Vervolgens beklom ze nog een trap en keek ze speurend rond op de zolder. Daar was alles in orde en tevreden liep ze de trap af naar hun slaapkamer. Ze zocht de paar sieraden die nog van haarzelf waren van voor haar huwelijk en stopte ze in haar toilettas. De andere sieraden liet ze liggen. Ze twijfelde of ze vast zou gaan doen wat ze van plan was geweest. Stel je toch voor dat Rein het ontdekte en ze op de allerlaatste dag, zo vlak voor haar einddoel, door de mand viel. Dat mocht niet gebeuren. Nee, dan moest ze de volgende dag maar iets harder werken. Ze durfde het niet aan zich ook maar voor een millimeter bloot te geven, al wist ze dat hij zich nooit en te nimmer om haar spullen had bekommerd. Ze kon en mocht het niet riskeren dat hij vandaag opeens anders dacht en vroeg waar bijvoorbeeld het prachtige lingeriesetje was dat hij haar vorig jaar nog had gegeven, toen hij zich nog wel herinnerde dat het hun trouwdag was.

Nee, er zat niets anders op dan nu gewoon aan het eten te beginnen en de avond zo gezellig en ontspannen mogelijk door te komen. Misschien was er wel een film op televisie of misschien kwam hij pas om tien uur thuis. Al kwam hij tegenwoordig geregeld vroeger terug onder het mom van: als jij normaal doet, doe ik dat ook.

Ze zou morgen, direct na zijn vertrek naar zijn werk, alles doen wat nog op haar briefje stond.

Alles bij elkaar viel het werk toch nog mee de volgende dag. Ze had zich duidelijk goed voorbereid de voorgaande weken en alles nadrukkelijk overdacht en uitgevoerd. Britt stuurde haar af en toe een sms'je ter bemoediging en daar was Paula erg blij mee, want vanbinnen trilde ze als een gek. Ze leek alles onder controle te hebben, behalve natuurlijk één zaak, en dat was Reins reactie. Als ze hem verkeerd had ingeschat, was alles voor niets geweest. Althans, dan was de wraak niet zoet, maar pijnlijk, en daar was ze zelf niet op voorbereid.

Precies om halfvier was ze klaar met alles wat er op het briefje had gestaan. Het enige wat haar toen nog restte was haar eigen uiterlijk en de maaltijd die op tafel moest staan als Rein thuiskwam.

Ze douchte zich uitgebreid zodat alle zweet van haar lichaam spoelde en smeerde zich in met de dure bodylotion die Rein ooit taxfree op Schiphol had gekocht. Zorgvuldig sloot ze de fles af en zette die zichtbaar op haar eigen wastafel. De vochtige handdoek spreidde ze uit over de radiator en het washandje hing ze ernaast. Uit de bijna lege kast haalde ze een zwart jurkje tevoorschijn waarin ze er prachtig uitzag. Het had tot nu toe in elk geval een paar maal Reins goedkeurende blik opgeleverd. Ze deed een eenvoudig kettinkje om en stak haar voeten in de hooggehakte schoenen die al naast het bed klaarstonden. Nog even wierp ze een blik op hun bed, trok een punt van het dekbed recht en raapte daarna de kleren op die ze die dag had gedragen. Ze stopte ze in de koffer die onder in haar kast stond en deed de kastdeur dicht. In die koffer zat haar toilettas met al haar make-upspullen en vooral haar eigen sieraden die ze zo liefhad.

Ze was er klaar voor.

Beneden deed ze een schort voor en haalde ze de zalm tevoorschijn die ze voor die avond op het menu had staan. Ze begon hem te marineren. Over een halfuurtje zou hij de oven in gaan en mocht Rein om vijf uur al komen, dan zou hij direct aangenaam verrast worden door de heerlijke geur die de vis in de keuken zou verspreiden. Ze schilde aardappels voor de aardappelpuree en hakte, scheurde en sneed de diverse groentes voor de salade.

Hoewel ze meestal in de huiskamer aten, had ze er nu toch voor gekozen om aan de keukentafel te zitten. Ze voelde zich net iets prettiger aan die ronde tafel en bovendien had ze dan alles binnen handbereik, voor het geval Rein ergens niet tevreden mee was.

Wel legde ze hun mooiste tafellaken van damast op de tafel. Een laken zoals ze dat tegenwoordig niet meer maakten en dat dus eigenlijk onder hopeloos ouderwets viel, maar het was van zo'n verfijnde kwaliteit dat zelfs Rein er graag van at. Ze dekte de tafel met hun mooiste servies. Een groot plat bord, met daarop een kleinere voor het voorgerecht dat uit garnalen en jakobsschelpen zou bestaan. O nee, bedacht ze giechelend van de spanning die haar door het lijf gierde, coquilles Saint-

Jacques. Ze hield immers van Franse woorden. Hoe noemden ze garnalen in Frankrijk? Mosselen wist ze wel: *moules*. Maar garnalen? Ze kon alleen het woord *shrimp* bedenken, maar dat was Engels en deed haar ogenblikkelijk aan Jasper denken, die natuurlijk niets met garnalen van doen had, en daarbij ook nog eens behoorlijk met zijn staart tussen de benen was vertrokken; iets wat ze een garnaal al helemaal niet gauw zag doen. Maar het woord leek wel wat op *shrink*, zoals ze in Amerika psychologen noemden. En had hij er zelf niet wat garnaalachtig uitgezien met zijn dunne lijf en oplettende ogen?

Pas op, Paula, concentreer je op waar je mee bezig bent en laat je niet afleiden, sprak ze zichzelf inwendig streng toe. Je kunt je nu geen foutje meer permitteren!

Links van de borden nog een kleintje, waarop ze de sla konden scheppen. De messen, vorken en lepels legde ze zoals het door de etiquette werd verlangd. Van de eveneens damasten servetten vouwde ze twee grote waaiers die ze boven op de bordjes zette en in het midden van de tafel plaatste ze een grote kristallen schaal waarin wat rode bloemen met een paar witte drijfkaarsjes dreven. Ze keek op haar horloge en kwam tot de ontdekking dat ze dat niet omhad. Meteen wist ze weer dat het in haar handtasje zat, net als haar paspoort, haar rijbewijs, haar nieuwste van de week aangeschafte smartphone en de voordeursleutels van haar twee flats. Haar oude mobiel lag naast de autosleutel en de huissleutels op het ladekastje in de hal, waar ze ze met opzet in het zicht had neergelegd. Haar handtas zat onder in een verder nog lege koffer in haar kledingkast op de slaapkamer.

Dus keek ze op de klok en bedacht dat ze de drijfkaarsjes wel vast aan kon steken. Ze konden drie uur branden, en voor die tijd was Rein zeker thuis. Hij zou verrast zijn als ze al aan waren en zou zich meteen heel welkom voelen. Precies zoals ze wilde.

Boven de borden zette ze een champagneflûte, een wijn- en een waterglas. Het geheel zag er nu echt heel feestelijk uit.

De oven was inmiddels warm genoeg en de zalm had voldoende in de marinade gelegen. Ze kon de ovenschotel zover klaarmaken dat de vis kon beginnen met bakken. Ze trok uiterst dunne handschoenen aan om de garnalen te pellen. Ze wist dat ze dat alleen deed voor Rein, die vond dat haar vingers de dag erna nog naar garnalen stonken als ze geen handschoenen gebruikte tijdens het pellen, en al zou hij dat deze keer niet merken, ze wilde hem niet voortijdig irriteren en gebruikte dus op zijn dringende en herhaalde verzoek de handschoenen.

De jakobsschelpen maakte ze zover klaar dat ze ze alleen nog even hoefde op te warmen zodra Rein thuis was. Daarna bekeek ze de tafel en overdacht ze haar plan.

De finishing touch, schoot het door haar heen, en ze moest hardop grinniken omdat ze nu alweer in het Engels dacht. Ze begon steeds internationaler te worden. Kende ze ook Spaanse woorden? Natuurlijk kende ze die, maar die wilden haar nu niet te binnen schieten. Maar die finishing touch was natuurlijk wel het aller-, allerbelangrijkste van de hele avond en snel trok ze een mooie zwarte, dunne map uit de keukenkast.

Liefkozend gleed ze met een vinger over het glanzende karton van de map. Langzaam streelde ze de twee grote strikken die erop geplakt waren. Twee feestelijke strikken van breed fluweel. De ene was roze, de andere zachtblauw. Een jongen en een meisje... Ze voelde dat haar gedachten weggleden, maar gelukkig realiseerde ze zich dat ze daar nu geen tijd voor had. Ze wist immers echt niet hoe laat hij zou komen. Eerst moest ze helemaal klaar zijn.

De map legde ze naast haar eigen bord. Bij het aanrecht vulde ze de koeler met ijsblokjes uit de diepvries. Tussen die ijsblokjes in plantte ze een fles echte champagne. Dat was een aardige rib uit haar lijf geweest, maar wilde ze alles perfect doen, zoals Rein altijd verlangde, dan moest het ook nu perfect zijn.

Voor de koeler vond ze een plekje op de tafel naast de schaal met bloemen en kaarsjes en gelukkig op tijd schoot haar weer te binnen dat ze van plan was geweest de gele briefjes van de magnetron te halen, wat ze nu nog net kon doen: *Zoiets overleg je toch eerst* en: *Als je niet eerlijk bent, kun je wel kappen.* In een opwelling haalde ze ook de gebruiksaanwijzing voor de magnetron weg. Hij moest het nu maar zonder kunnen, of hij leerde het nooit.

Eindelijk liet ze haar adem ontsnappen. Ze had alles gedaan wat ze had willen doen en was klaar voordat Rein thuis was. Nu werd het spannend wanneer hij zou komen. Moest ze de oven tijdelijk uitzetten of kon ze de vis gewoon zachtjes verder laten garen?

Kwart over vijf was het nu, en ze had geen idee.

HOOFDSTUK 12

Paula wilde juist de laatste hand leggen aan de garnalen toen ze Rein hoorde. Verheugd zag ze dat het nog niet eens halfzes was. Hij was vroeg. Ze hoopte dat dat kwam doordat hij zin had in het weekend dat voor hen lag. Snel waste ze haar handen en trok ze de handschoenen uit. Ook deed ze haar schort af. Precies op tijd stond ze hem schoon en klaar op te wachten in de keuken.

Verstopt achter een groot boeket bloemen kwam hij binnen.

Wat nu weer? dacht ze. Weer een schuldgevoel? Maar ze straalde en riep blij uit: 'Je bent vroeg!'

'Ja, ik verlangde naar je en ik heb een verrassing.'

'O?' Ze kon niet bedenken wat dat kon zijn en hoopte dat die verrassing geen roet in haar eten zou gooien, maar dat mocht ze natuurlijk niet laten blijken. 'Spannend,' zei ze terwijl ze hem liefdevol aankeek.

'Wat ruikt het hier heerlijk,' zei hij. 'Zalm?'

'In één keer goed.'

Hij kwam op haar af, maar hield in op het moment dat zijn blik op de koeler met de fles champagne viel. Zijn mond zakte even open. Hij keek haar onthutst aan. 'Het lijkt wel alsof je wist van mijn verrassing. Zalm, champagne, ons mooiste servies...'

Haar hart begon sneller te kloppen. Liep nu alles wat ze zo zorgvuldig had voorbereid toch nog mis? Wat had hij voor verrassing? Wat kon het zijn? Ze lachte en deed een stap naar hem toe om hem een kus te geven. 'Ik weet niets van een verrassing van jouw kant, maar zelf heb ik er ook een. Voor jou. Of nee, voor ons natuurlijk.'

'Aha, twee zielen...' Hij kuste haar en gaf de bloemen.

'Ze zijn prachtig, Rein. Zulke vind je niet bij ons in de tuin.'

'Dat dacht ik ook.'

'Ik zet ze zolang even in een emmer, het zou jammer zijn als ik de coquilles Saint-Jacques verknoei.'

'Dat begrijp ik, en die bloemen lopen niet weg, helemaal niet als je ze in een emmer zet.' Hij lachte om zijn eigen grapje en keek aarzelend om zich heen.

Ze merkte dat hij toch niet zeker wist of hij wel kon gaan zitten en die aarzeling gaf haar moed. Haar kansen waren nog helemaal niet verkeken. 'Als jij de fles ontkurkt, zet ik de bloemen in het water en maak ik de schelpen klaar. Of wil je eerst over jouw verrassing vertellen?'

'Nee, nee, ik heb best trek, helemaal nu ik hier zo verleid word door heerlijke geurtjes en een prachtig gedekte tafel. En wat is er prettiger om een verrassing te vertellen aan een mooie, aantrekkelijke vrouw met een glas champagne en een amuse binnen handbereik?'

'Hm, slijmerd,' durfde ze te zeggen.

'Maar het is wel waar, Paula, je ziet er schitterend uit.'

'Dank je, Rein.' Ze haalde een emmer uit de bijkeuken, vulde die met water, zette de bloemen erin en plaatste de emmer op de vloer voor het aanrecht zodat hij goed zichtbaar was. Het stond erg mooi in de keuken.

Achter zich hoorde ze een bescheiden plofje en zo wist ze dat de champagnefles ontkurkt was. Paula keerde zich om en zag het kostbare vocht in de glazen stromen. 'Het is altijd zo'n inspirerend moment,' zei ze, 'als je die bubbels ziet schitteren.'

Hij lachte haar warm toe en nam plaats aan zijn kant van de tafel. Niet dat zijn naam erop stond, maar sinds ze getrouwd waren, was het altijd zo geweest als ze in de keuken aten. Dat was zo gegroeid en daar hadden ze nooit woorden over gehad. Paula vond het ook prima, want zo kon zij tegenover hem zitten en tegelijk ook door het keukenraam naar buiten kijken.

'Wat is dat?' Zijn stem klonk opeens iets minder warm en Paula keerde zich snel om. Hij stak zijn hand uit naar de map die bij haar bord lag, een serieuze trek op zijn gelaat.

Ze snelde naar de map toe en legde haar vlakke hand erop. 'Straks,' zei ze. 'Dat is mijn verrassing. Jij mag eerst. De amuses zijn klaar.'

Ze bracht de schaal met garnalenhapjes en jakobsschelpen naar de tafel, zette die aan de andere kant van de drijfkaarsjes en nodigde hem uit er iets van te nemen.

'Eerst wil ik toosten,' zei hij en hij hief zijn glas. 'Op ons, Paula, op onze toekomst en op ons geluk.'

'Daar toost ik graag op,' zei ze. 'Proost, Rein.'

Ze namen een slok en keken elkaar ondertussen aan.

Hij glimlachte haar toe. 'Ik ben blij dat je er weer bent, meid. Ik heb me zorgen gemaakt, maar nu is alles weer zoals het was.'

Ze zat op het puntje van haar stoel om te vertellen waar de map voor was, maar ze wist nog steeds niet wat hij voor haar in petto had en dat moest ze eerst weten, anders had ze geen idee hoe zij moest reageren. 'Vertel,' zei ze met een nieuwsgierig gezicht. 'Wat heb je voor leuks voor mij?'

'Voor ons, schat. Voor ons samen. Het is misschien geen supergrote verrassing, maar ons huis in Spanje is eindelijk vrij van bezoekers en ik heb het een kleine opknapbeurt laten geven. Je vond altijd dat de muren wit moesten, maar dat waren ze niet. Nu wel. Ik heb er ook wat andere meubels in laten zetten en in de huiskamer hangen andere gordijnen. En het leukste van alles is: morgen vliegen we ernaartoe om het te bekijken. Ik beloof je dat ik een hele week blijf, dat ik mijn telefoon en computer thuis laat en dat we dus zeven hele dagen compleet voor onszelf hebben. Hoe vind je dat?'

Het was ongelooflijk. Hoe dik was het bord voor zijn kop wel niet? Hoe dom kon hij zijn om niet door te hebben dat hij haar op deze manier volledig de grond in trapte, haar kwetste van top tot teen? En erger nog: zich weer volledig aan zijn eigen regel hield: als hij iets organiseerde, hoefde hij het niet eerst met de ander te overleggen. Wat een onbeschoftheid. Wat een vuile rotstreek. Maar wilde ze haar eigen verrassing niet volledig verpesten, dan moest ze nu positief reageren. Dat was wel heel erg veel van haar gevraagd. Ze wilde hem aanvallen, de ogen uitkrabben, maar ze moest meegaand en liefdevol zijn. Dit vereiste een uiterste concentratie die ze maar met erg veel moeite op kon brengen. Tegelijkertijd was ze dolgelukkig dat juist dit de verrassing was, het huis in Spanje nota bene, want hiermee kwam haar eigen *grande finale* niet in gevaar. Hoewel ze ook dat niet in haar ogen mocht laten doorschemeren.

'Nou?' vroeg hij grijnzend. 'Ben je zo ondersteboven dat je niets weet te zeggen?'

'Het klinkt heel aardig, Rein, maar... maar...' Ze boog haar hoofd zodat hij haar niet in het gezicht kon kijken.

'Het klinkt niet alleen aardig,' riep hij lachend uit, 'dat is het geworden ook! Ze hebben me foto's gestuurd. Je herkent het huis niet meer. Je zult er met veel meer plezier wonen.'

'Dat kan best,' zei ze zacht, maar toch vond ze dat hij mocht weten wat haar hier tegen de borst stuitte, en iets fermer ging ze verder: 'Je weet toch dat ik zelf een cursus heb gevolgd om een huis in te richten, en dan laat jij het door een ander doen. Dat is toch precies waar ik nu maanden voor heb geleerd? Ik kan dat nu zelf.'

'Ja, meid, dat weet ik wel, maar dat is slechts een cursus. Dit is gedaan door een grote binnenhuisarchitect en het heeft dan ook het nodige gekost.' Hij lachte breeduit. 'Maar dat is onbelangrijk. Als jij het maar naar je zin hebt.'

Wat moest ze zich inhouden om niet te schelden en schreeuwen. Wat ongelooflijk vernederend om zoiets te zeggen. Maar ze zou de gedweeë huisvrouw zijn die niet overal over klaagde.

'Maar morgen, Rein. Ik kan morgen niet weg.'

'Natuurlijk kun jij morgen weg. Niets is zo belangrijk als een afspraak met je man. Alle andere dingen vallen daarbij in het niet of die zeg je gewoon af.'

Ze schudde haar hoofd, nam nog een schelp, prikte het stukje vlees eruit en proefde genietend. Ze waren goed gelukt, daar kon niemand iets van zeggen. En, dacht ze giechelig, een kookcursus had ze niet eens gehad!

Paula stond op. 'Ik ga de zalm halen. Die zal wel gaar zijn inmiddels.'

'Lekker. Hij ruikt zo zalig. Het water loopt me in de mond. Zal ik ook nog eens bijschenken?'

'Ik ben nog niet zover, maar neem gerust.'

Paula verschoof de schaal met kaarsjes op tafel en zette de koeler op het aanrecht. Zo maakte ze plaats voor de schaal met zalm, de gepureerde aardappels en de salade. Ze ging weer tegenover hem zitten en keek hem met grote, trieste ogen aan terwijl ze haar hand uitstak om de opscheplepels te pakken en Rein te voorzien van een flinke portie vis en puree.

'Ik kan echt niet morgen, Rein. Jij ook niet trouwens.'

'Wat kan er nu morgen nog belangrijker zijn dan een vliegreisje met je man naar Spanje? Je wilt al maanden naar dat huis. Nu is het eindelijk leeg en zelfs klaar... Paula, dit begrijp ik in de verste verte niet. Ik dacht dat je een gat in de lucht zou springen. Nou, vertel, wat is er morgen zo belangrijk?'

'Mijn verrassing voor jou!'

Hij keek haar perplex aan, maar schoot toen onbedaarlijk in de lach. 'Schitterend, Paula, dit vind ik prachtig. Ik zei al: twee zielen. Zie je niet hoe mooi dit is?' Hij stak zijn hand over de tafel naar haar toe en greep de hare. 'We zijn zo vergroeid samen dat we elkaar op dezelfde dag willen verrassen. En het is niet eens onze trouwdag! Zo'n hecht stel zijn we dat we op dezelfde dag dezelfde gedachte hebben. Een beter bewijs voor de kracht van onze relatie is er niet. Je maakt me nu nog gelukkiger dan ik al was.'

Ze lachte hem zichtbaar opgelucht toe. 'Dus je bent niet boos?'

'Natuurlijk niet. Ik weet niet wat je van plan bent en in principe vind ik dat je zoiets eerst moet overleggen, maar aangezien het een verrassing is, is overleggen moeilijk, want dan is de grap eraf. Ik heb ook niet overlegd met jou, moet ik toegeven. Juist omdat het dan geen verrassing meer is. Maar we kunnen het vliegreisje best een dag uitstellen. Ik regel dat straks wel even online en dan vertrekken we overmorgen naar Spanje. Daar zit ik echt niet mee. Nou, vertel.'

Ze pakte een vork en schoof er een stuk zalm op. Ze had behoefte aan een kleine bodem in haar maag voordat ze echt van start ging. Hm, de vis was goed gelukt. Daar kon hij niets van zeggen. Maar of hij ook niets zou zeggen over haar verrassing? 'De mijne duurt langer dan alleen maar morgen, net als die van jou.'

'Oeps, dan komen we in de problemen.' Zijn ogen lachten. Hij voelde zich duidelijk sterk en zeker. Niets kon hem klein krijgen. Hij had alles perfect voor elkaar. Hij straalde het aan alle kanten uit. Zijn mooie vrouw en hij verrasten elkaar flink.

'Nou?' vroeg hij toch licht ongeduldig.

Ze legde haar vork neer en gleed met haar vingers over de map. 'Morgen krijgen we gezinsuitbreiding,' zei ze zacht, maar duidelijk verstaanbaar.

'Gezins...' Het lukte hem niet het hele woord te herhalen. 'Wat bedoel je, Paula?'

'Morgen...'

'Ja?' Zijn haren stonden overeind. Niet dat ze het zag, maar ze kon het voelen.

'Je zei eens...'

'Paula, vertel, wat heb je uitgespookt?' Opeens was hij niet meer de warme, joviale, hartelijke en vooral zelfverzekerde man.

'Je zei het zelf, Rein. Je zei: een geleend kind is geen eigen kind, dat wordt ook nooit eigen.'

'Begin je nu weer over kinderen? Paula, wat gebeurt er morgen?'

Haar ogen werden vochtig. 'Ik was net nog zo gelukkig. Rein, alsjeblieft, laat het me uitleggen. Ik dacht dat jij het ook geweldig zou vinden. Waarom kijk je nu zo boos?'

'Boos? Ongerust. Wat heb je gedaan?'

Ze haalde de strikken van de map. 'Een roze voor een meisje, een blauwe voor een jongen.'

'Paula!' riep hij kwaad. 'Wat heb je gedáán?'

'Wat jij zei. Ik heb gewoon gedaan wat jij wilde.'

Hij kon haar niet volgen. 'Maar wat wilde ik dan?'

'Je zei letterlijk: een eigen kind is iets heel anders dan een geleend kind, en daar moet ik je gelijk in geven. Dus krijgen we morgen twee eigen kinderen. Niet geleend, maar van onszelf. Ze krijgen jouw achternaam, zodat ze echt een deel van ons gezin worden. We adopteren ze en dat houdt in dat het onze eigen kinderen zijn. Dat is precies waar jij op doelde, toch?'

Zijn mond viel open en bleef openstaan.

'We kunnen ze morgen van Schiphol halen. Ze komen om twaalf uur uit Haïti aan. Het zijn ontzettend schattige kindjes. Een broertje en een zusje, en ik heb al foto's van hen.' Toch weer enigszins enthousiast opende ze nu de map en haalde er twee foto's uit, die ze over de tafel naar hem toe stak.

Hij weigerde ze aan te nemen, maar keek er wel naar.

'Zie je hoe lief ze zijn en hoe mooi? Ze zijn nog erg jong, drie en vier jaar, en ze hebben geen ouders. Die zijn ze kwijtgeraakt tijdens die vreselijke aardbeving in 2010. Ze wonen nu in een weeshuis, waar het pure armoede en ellende is. Stel je eens voor wat wij hun allemaal kunnen bieden. Vooral liefde natuurlijk, daar hebben ze groot gebrek aan, maar we kunnen ze ook een goede toekomst geven. We hebben geld genoeg om ze te laten studeren en...'

'Paula, hou op!' riep hij. Hij sprong op en sloeg op de tafel.

Ze keek hem angstig aan. 'Maar wat is er? Dit zijn adoptiekinderen en adoptie betekent dat ze van jezelf worden. Dan zijn het echt eigen kinderen, zoals jij wilde.'

'Nee, nee, nee. Zo heb ik het nooit bedoeld.'

'Waarom zei je het dan? Nu heb ik alles geregeld. Kijk dan toch eens naar ze. Ik heb nog meer foto's. Toe, Rein, ga zitten en kijk!' Ze wierp hem een smekende blik toe. Haar ogen waren vochtig en haar onderlip trilde. Het werkte, want hij ging inderdaad weer zitten.

'Hier,' zei ze, aangemoedigd door het feit dat hij luisterde, 'dit is Kenson, zo heet de jongen. Het meisje heet Tirésia. Klinkt dat niet vreselijk lief? En dan natuurlijk met onze achternaam erbij. Tirésia Reinaards en Kenson Reinaards.'

Woest sloeg Rein opnieuw op tafel, maar Paula was nu niet meer te stuiten.

'Kijk, hier wonen ze nu. Dat is toch vreselijk? Nauwelijks een dak boven het hoofd. Wat doeken en lappen om het huiselijk te maken, nergens speelgoed, wel overal modder waarin ze zich moeten zien te vermaken. Geen fatsoenlijke kleren om aan te trekken. En natuurlijk altijd honger. Bovendien zullen ze heel verdrietig zijn omdat ze hun ouders nooit meer zien. Ze begrijpen misschien wel helemaal niet dat die dood zijn door de aardbeving. Rein, zulke kinderen moeten we toch helpen? En ze worden van ons! Zoals jij het wilde. Hier!' Ze schoof een papier naar hem toe waar met grote letters bovenaan stond: *Adoptieverklaring*.

Ondanks het feit dat hij de woorden niet wilde lezen, zag Paula dat zijn ogen over de regels gleden. *Hierbij verklaren wij...*

Hij greep het papier beet en scheurde het in stukken.

'Rein! Wat doe...'

'Paula,' snoerde hij haar de mond, 'ik bedoelde kinderen van jou en mij. Kinderen die uit ons geboren zijn. Dát zijn eigen kinderen.'

'Dit ook, Rein. Dit ook. Voor honderd procent worden ze van ons. Wij zijn voor hen verantwoordelijk, wij zijn hun enige ouders en verzorgers.'

'Paula, dit wil ik niet.'

'Maar dit moet. Alles is al geregeld. Ze zitten nu misschien zelfs al in het vliegtuig. Ik weet niet hoelang het vliegen is. Ze komen morgen aan en dan verwachten ze hun ouders te ontmoeten, en dat zijn wij.' Ze hield hem nogmaals de foto's voor. 'Kijk dan eens hoe lief ze zijn, hoe vertederend. Het moet toch een feest zijn om deze schatjes in huis te hebben!'

'Nee, nee en nog eens nee. Dit gaat niet gebeuren.'

'Maar Rein...' Ze wilde in huilen uitbarsten, maar bedacht zich. 'Ze kunnen morgen zelfs wel mee naar Spanje. Hoe laat zouden wij vertrekken? Misschien kunnen we in één moeite doorvliegen. Dat zou geweldig zijn. Hebben we morgen allebei toch onze verrassing.'

'Ben je gek geworden, Paula?'

'Ja, op die foto's. Meteen toen ik ze zag, wist ik dat ik ze wilde hebben. En jij hebt altijd gezegd dat je graag kinderen wilde. Wat is er nu toch mis met jou?'

'Paula, het is genoeg.'

Ze keek hem verbaasd aan. Zijn gezicht stond opeens vlak, zijn gelaatskleur was asgrauw, zijn ogen schoten vuur.

Ze zweeg.

'Ik dacht dat alles normaal was hier,' zei hij met een ijskoude stem, die diep uit zijn keel klonk, een angstaanjagende dreiging met zich meevoerend, 'maar de afgelopen weken ben jij dus al die tijd achter mijn rug om bezig geweest om die kinderen te adopteren.'

Ze knikte aarzelend, haar handen trilden zichtbaar.

'Er is dus niets veranderd. Jij gaat gewoon op de oude voet door. Je zit me nog steeds dwars met jouw rare ideeën. Ik had Jasper nooit weg moeten laten gaan. Die had die kronkel in jouw kop moeten kunnen ontdekken.'

'Kronkel?' Haar onderlip begon heviger te trillen. 'Rein...' Toen kwamen de tranen. Ze veegde ze verwoed weg met de rug van haar hand. 'Rein, ik dacht dat je blij zou zijn. Eigen kinderen! Ik heb het voor jou gedaan en ze komen morgen. We kunnen er niet meer onderuit.'

'Ha. Dat zul jij eens zien. Ik kan overal onderuit.' Hij sloeg met beide handen zo hard op de tafel dat zijn bord een paar centimeter omhoogkwam. Zijn vork vloog over de keukenvloer en zijn glas met champagne viel om.

'Rein!' riep ze geschrokken uit, maar ze pakte tegelijk haar servet om haar neus te snuiten.

'Dit gaat niet door. Je gaat nu die lui bellen om te zeggen dat je je hebt vergist.' Hij greep eindelijk de foto's van de tafel, maar toen Paula doorhad dat hij ook die kapot wilde scheuren, kwam ze overeind.

'Nee! Blijf af!' gilde ze.

Hij keek haar volkomen buiten zinnen aan. Zo kende ze hem echt niet. Ze wist ook niet of ze echt bang voor hem moest worden of dat hij in al zijn woede toch in staat was zich te beheersen om haar niet fysiek te raken.

'Ik wil ze,' zei ze helder en duidelijk. 'Ik kan nu al niet meer zonder ze. Ik ga ze morgen halen en dan hebben we een gezin met twee kleine kinderen.'

'Je laat het.'

Ze kwam overeind. 'Rein, je kunt zeggen wat je wilt, maar ik ga dat doen. Ik ga ze halen en dan zijn ze van ons.'

'Niet met mij. Absoluut niet met mij. Dan is het over en uit.' Ook hij stond op.

'Wat bedoel je?' vroeg ze. Plotseling werd ze overvallen door een ijzige kalmte, die haar in staat stelde helder te denken.

'Dan wil ik van je scheiden,' zei hij. Ook hij was opeens erg kalm. Hij keek haar aan alsof ze een vreemde voor hem was, alsof hij nooit van haar had gehouden. 'Je bent niet de vrouw die ik dacht dat je was. Verdwijn uit dit huis. Ga weg en kom nooit meer terug.'

'Oké,' zei ze rustig.

Zijn wenkbrauwen schoten omhoog. 'Oké?'

'Ja, als jij dat wilt. Maar toevallig is dit wel mijn huis en als er iemand moet verdwijnen, ben jij dat.'

Hij schudde wild met zijn hoofd. 'Op papier mag dat zo zijn, maar jij bent degene die alles verpest. Jij maakt ons huwelijk kapot, ik laat me niet ook nog door jou uit mijn huis zetten.'

'Mijn huis, Rein. Het is het enige wat ik bezit.'

'Nee, jij bent gek geworden, jij verdwijnt!'

Ze zag dat hij er plezier in kreeg haar te jennen en dwars te zitten, en dat voelde goed. 'Dan wil ik geld.'

'Geld?'

'Ja, de kinderen en ik moeten toch ergens van leven.'

Hij keek haar perplex aan. 'Hoeveel?'

'Vijf miljoen.'

'En dan?'

'Verdwijn ik en heb je nooit meer last van me.'

Hij bekeek haar onderzoekend. 'Dus vijf miljoen en je bent weg?'

'Ja.' Ze boog haar hoofd, durfde niet op te kijken om zijn ogen te ontmoeten, al wilde ze ongelooflijk graag weten hoe hij keek. Had ze de situatie voldoende op de spits gedreven? Was hij haar nu echt zo zat dat hij haar het liefst kwijt was, al kostte het hem vijf miljoen?

'Wanneer?' siste hij.

'Zodra ik het geld heb.'

'Nu?'

'Ja.'

'En die kinderen?'

'Die komen morgen.' Paula fluisterde.

'Hier?'

'Ze weten niet anders, dit is hun nieuwe adres.'

'Absoluut niet. Ik wil geen vrouw die haar verstand kwijt is en twee kinderen met wie ik niet kan praten.'

'Vijf miljoen en je ziet ze nooit.'

'Beloofd?'

'Beloofd.'

'En je vertrekt nu?'

'Als ik het geld nu krijg.'

Hij griste zijn mobiele telefoon uit zijn broekzak en belde naar zijn accountant. 'Hans, ik heb vijf miljoen nodig. Regel je dat?'

Paula luisterde naar de stem van Rein. Hij sprak vol ingehouden woede, zijn gezicht was nog asgrauw en de knokkels van zijn handen wit. Haar eigen lichaam begon te trillen, maar het was van opluchting; grote, intense opluchting.

'Aandelen? Dat moet dan maar. Ja, verkoop ze maar. En het huis in Spanje? Verkoop dat ook maar.'

'Rein,' protesteerde Paula toen ze doorhad waar het om ging. Ze stak haar hand naar hem uit.

In de ogen van Rein verscheen een gevaarlijke glinstering. 'Verkoop vooral het huis in Spanje, Hans. Liefst vanavond nog, eventueel met verlies, maar verkoop het.'

'Maar Rein,' probeerde Paula ertussen te komen.

'Bemoei je er niet mee,' siste Rein, en tegen Hans: 'Hoe zit het met het kasteeltje in Frankrijk? Verkoop dat ook maar.'

'Dat wil ik dan wel,' zei Paula beteuterd. 'Als ik het huis in Spanje niet mag...' Ze leek in huilen uit te barsten en Rein voelde zich weer de zelfverzekerde directeur en echtgenoot die alles in de hand had.

'Wat bied je voor dat kasteeltje?' vroeg hij haar.

'Een half miljoen,' zei ze.

'Deal, krijg jij dat. Hans, ik heb dus totaal vierenhalf miljoen nodig. Zo snel mogelijk. Ik zie je hier over tien minuten.'

Paula's hart maakte een sprongetje van geluk. Natuurlijk was het huis in Frankrijk nooit zo veel waard, maar het was haar lievelingshuis en nu was het van haar! Wraak kan zoet zijn, bedacht ze, en nu wist ze het zeker. In gedachten zag ze zich daar al zitten met het kindje dat hopelijk binnen een jaar geboren zou zijn. Een mooiere plek om de vakanties door te brengen was er niet. De lucht was er nog schoon en van de herrie van de stad hadden ze zelfs nog nooit gehoord.

Rein luisterde nog even naar Hans en verbrak vervolgens de

verbinding. 'Hij is er over tien minuten. Over twintig ben jij hier weg. Het geld krijg je zo snel mogelijk. Ik hoop dat je het gebruikt om te herstellen, want je bent goed ziek.'

'Dan ga ik nu snel mijn kleren inpakken.'

'Jij pakt niets in. Jij wilde vijf miljoen, die krijg je, verder krijg je niets.'

'Maar wat moet jij met vrouwenkleren? Kom, één koffer met kleren kan ik wel meekrijgen.'

'Goed, één koffer, meer niet.' Hij kwam op haar af en greep haar kwaad bij een arm.

'Au, je doet me zeer. Is dat nodig?'

Hij hield zich iets in, maar duwde haar wel voor zich uit de keuken uit en de trap op. Tot haar opluchting bleef hij in de deuropening van de slaapkamer staan zodat hij niet kon zien dat haar kledingkast zo goed als leeg was en dat er alleen onderin nog een kleine koffer stond en aan de hangertjes nog slechts één jurk en één broek hingen. Ze pakte de kleren, opende de koffer en legde de kleding boven op haar handtasje, dat al in de koffer lag. Ze deed de koffer dicht en kwam overeind om naar de badkamer te lopen.

'Waar ga je naartoe?' Hij kwam een stap de slaapkamer in.

'Mijn toiletartikelen. Mijn make-up.'

'Nee.'

'Mijn sieraden dan?'

'Nee! Je hebt genoeg.' Hij deed nog een stap de kamer in en pakte haar weer beet om haar naar beneden te duwen. De koffer klemde ze stevig vast.

Beneden in de hal trok ze haar jas aan. 'Ik zal de koffer vast in de auto zetten,' zei ze. 'Hans is er toch nog niet.'

'Nee, die auto krijg je ook niet mee.'

'Goed, dan bel ik een taxi.' Ze keek nadrukkelijk naar haar mobiel, die op het ladekastje in de hal lag.

Hij volgde haar blik en legde zijn hand op het toestel. 'Die taxi bel ik wel, die telefoon blijft hier.' Hij stopte hem in zijn zak, pakte de sleutels die naast de telefoon hadden gelegen en keek haar vragend aan. 'Is dit alles wat je van je auto en dit huis hebt?'

Ze knikte bibberig. 'De reservesleutels zitten in een trommeltje in een aanrechtkastje.'

Ook de sleutels verdwenen in een zak.

Nu was ze alles kwijt. Ze kon het huis niet meer in, had geen auto meer, alleen nog een koffer met een jurk en een broek. En haar handtasje en toilettas, onder de kleren. Ze voelde een triomfantelijke vonk gloeien in haar binnenste, maar wist dat ze zich nog moest beheersen.

Rein trok haar mee naar zijn werkkamer en duwde haar op een stoel. Ze trok de koffer op schoot en bleef stilzitten terwijl hij een taxi bestelde voor over een kwartier. Vlak voor het huis hoorde ze een auto afremmen. Hans was duidelijk van de oprit afgeweken om niet al te ver naar de voordeur te hoeven lopen en vooral niet te laat bij zijn baas op de stoep te staan.

Grommend liet Rein haar een paar seconden alleen om zijn accountant binnen te laten.

Paula durfde niet opgelucht adem te halen, maar zo voelde ze zich wel. Alles verliep geheel volgens plan. Hoe was het mogelijk?

'Ik wil dat je een contract opstelt,' zei Rein meteen tegen Hans toen hij opnieuw zijn werkkamer binnenliep, 'waarin je schrijft dat Paula vierenhalf miljoen euro krijgt plus ons huis in Frankrijk. Ben ik duidelijk?'

Hans knikte overdonderd. Keek van de een naar de ander, maar durfde duidelijk niets te vragen, al zag Paula in zijn ogen dat hij het helemaal niet eens was met de gang van zaken.

'En het huis in Spanje moet je toch maar niet verkopen,' ging Rein verder. 'Stel dat zij het koopt. Dat moeten we zien te voorkomen. Bovendien bevalt mij dat huis veel te goed.' Zijn ogen glinsterden bij deze woorden omdat hij dacht dat dit een grandioze zet was en een extra manier om Paula te treiteren.

Amper vijf minuten later ondertekenden ze alle drie een

papier waarop stond dat Rein en Paula gingen scheiden, dat Paula daar vierenhalf miljoen euro voor kreeg plus het kasteeltje in Frankrijk en dat ze verder nergens aanspraak op zou maken, ook niet op de woning die sinds hun huwelijk op haar naam had gestaan, en daarnaast ook nooit meer contact met Rein zou zoeken.

'Begin volgende week krijg je het geld,' mompelde Hans totaal verward.

'En aansluitend de scheidingspapieren,' voegde Rein toe. 'Ik hoor een auto, dat zal je taxi wel zijn.'

Ze stond op, hield nog steeds de koffer vast en rechtte haar rug. 'Ik wil een kopie van dit papier.'

Met een voldane uitdrukking op zijn gezicht kopieerde Rein het en stak het haar toe.

'Het ga je goed,' zei ze zacht tegen hem, en ze meende die woorden. Ze had immers van hem gehouden en ze was een tijdlang gelukkig met hem geweest.

'Dat hoop ik vooral voor jou,' zei hij grimmig. 'Je bent wel erg ziek, weet je.'

Zonder nog om te kijken liep ze naar de voordeur. De taxichauffeur stak zijn hand uit om de koffer aan te nemen, maar Paula hield hem liever op schoot. Ze nam voorin plaats, noemde Britts adres en bleef doodstil zitten tot ze zeker wist dat ze uit het zicht waren, omdat ze net zo zeker wist dat Rein door de gordijnen gluurde om zich ervan te overtuigen dat ze echt weg was.

Daarna maakte ze de koffer open, zocht haar handtasje, viste er haar nieuwe telefoon uit en stuurde een berichtje naar Britt: *Ik kom de sleutel halen.*

HOOFDSTUK 13

Britt stond al in de voordeur op haar te wachten. Zodra ze de taxi in de gaten kreeg, liep ze naar de straat. 'Is alles voorbij?' vroeg ze gespannen.

Paula knikte glimlachend.

'En? Is het goed gegaan?'

'Beter dan ik had durven dromen,' zei Paula.

'Gefeliciteerd, meid. Is het goed als ik over een uurtje terugkom?'

'Jij bent altijd welkom.'

'Geweldig. Ik wil namelijk alles weten, dat snap je wel.' Britt stak haar een sleutel toe en streelde Paula heel even over de wang. 'Hou je goed, meid, en tot zo.'

Paula gaf haar nieuwe adres door aan de taxichauffeur, die weer optrok en verder reed. Algauw bevonden ze zich in een brede straat met villa's en Paula ging op het puntje van de stoel zitten, voor zover dat mogelijk was met de koffer die ze nog steeds op schoot had. 'Daar, dat is het huis,' zei ze opgewekt wijzend.

'Niet gek,' vond de taxichauffeur.

Dat was ze helemaal met hem eens. Ze keek op de meter en haalde haar portemonnee tevoorschijn. Tien euro fooi was vast wel genoeg. In elk geval had ze het er graag voor over. Het was de bijzonderste autorit die ze ooit had gemaakt. Van haar ene leven naar het volgende. En meteen besefte ze dat tien euro een lachertje was. Natuurlijk was het niet de bedoeling dat ze met geld ging smijten, maar een beetje royaler kon ze deze ene avond wel zijn. Ze betaalde hem wat er op de meter stond en gaf hem vervolgens een briefje van vijftig. 'Je wordt bedankt,' zei ze en ze stapte uit.

'Laat me de koffer even naar de deur brengen,' zei de man, beduusd door de grote fooi.

Paula glimlachte. 'Nee, dat wil ik zelf doen. Dat is belangrijk voor mijn eigenwaarde. Ga maar, ik red me prima.'

Ze keek hem na en liep toen de oprit op van het schitterende huis dat Britt haar ooit had laten zien en waar ze al die talloze foto's van had genomen en prachtige schetsen voor had gemaakt, die mooie vooroorlogse woning die ze op de tafels in de studeerkamer volledig had aangekleed en ingericht en waar Emma ook zo gecharmeerd van was geweest. Ze stak haar hand uit met de sleutel en zag dat ze niet trilde. Ze voelde zich ook kalm, rustig, bijna sereen. De sleutel paste. Natuurlijk deed hij dat. Ze had hem immers al vaak genoeg gebruikt de afgelopen maanden. Ze had hem alleen nooit thuis willen bewaren, zoals de twee sleutels van haar bedrijfsflats. Al had Rein nog nooit in al die jaren in haar spullen zitten snuffelen, ze wilde geen enkel risico lopen dat hij de sleutel ooit zou vinden en dat ze er dan een verklaring voor zou moeten geven. En aangezien ze hem sinds die dag waarop alles voor Paula misging voor geen cent meer vertrouwde, had ze de sleutel elke keer weer naar Britt gebracht.

In de grote hal drukte ze de verlichting aan, die meteen zacht op haar neerviel en de warme kleuren in het gobelin aan de wand accentueerde. Thuis. Ze was thuis. Ze zette de koffer onder de kapstok, trok haar jas uit, hield haar handtas bij zich en liep op haar gemak naar de huiskamer. In de vensterbank zat haar barbiepop in haar mooiste jurk op haar te wachten. Het dressoir uit België dat er ietwat afgebladderd uitzag, stond somber tegen een muur, maar de prachtige lamp met geborduurde kap die erop stond, liet een zacht schijnsel vallen zodra ze die had aangeknipt. Zo werd ook de hoge, smalle kast die een perfecte combinatie met het dressoir vormde zichtbaar en leek het houtsnijwerk erin nog dieper door de schaduwen die het licht erop maakte.

In de boekenkast stonden haar eigen cd's en dvd's, de jeugdboeken boven in een kleinere kamer, die hopelijk binnen het jaar omgetoverd tot kinderkamer en bewoond zou zijn. Goedkeurend en intens tevreden keek ze rond. Emma had echt vakwerk geleverd, al had ze dat nooit willen horen en de complimenten steeds teruggeschoven naar Paula zelf, omdat die immers alles had ontworpen en uitgedacht. Toch had ze al die dingen, zoals de gordijnen maken, twee stoelen bekleden, kussens voor op de bank naaien, al die dingen waar Paula zelf geen tijd voor had gehad, op een perfecte manier afgewerkt, en dat was zeker Emma's eigen verdienste.

Nu restte Paula niets anders dan ervan te genieten. Ze liet zich op de grote canapé zakken en keek om zich heen. Ze voelde zich een vorstin in haar eigen paleis. Een paleisje dat ze gedeeltelijk betaald had met haar spaargeld en waar Britt in eerste instantie borg voor had gestaan totdat Paula een half miljoen van Rein had gekregen en ze daar niet alleen de twee flats voor kocht, maar ook de rest van de hypotheek voor deze woning zelf kon regelen. Ze voelde zich overgelukkig.

Uit haar handtas haalde ze haar mobieltje, dat ze op de salontafel legde, maar ze bedacht zich en bekeek de afspraken die er al in stonden en voor haar lagen. Over vier dagen was ze jarig. Dan werd ze vierendertig. De dag waarop ze vond dat ze allang zwanger had moeten zijn. De uiterste datum om zwanger te raken. Dat zou ze dus niet halen en dat had alles voor haar veranderd, maar nu wist ze dat alles nogmaals zou veranderen, want voor de week erop had ze een nieuwe afspraak met het ziekenhuis en zou ze een KID-behandeling ondergaan. Als ze geluk had, kon ze negen maanden later moeder zijn. Weliswaar kunstmatig geïnsemineerd met het zaad van een donor van wie de naam en gegevens bekend zouden worden als het kind zestien werd – zo was dat immers tegenwoordig geregeld – maar de eerste zestien jaar was het kind voor honderd procent alleen van Paula, en daarna zou daar heus niet veel in veranderen. De gedachte dat ze zwanger zou zijn was zo overweldigend dat ze bijna niet kon denken. Zo lang en zo vaak had ze het gewenst, waardoor het nu haast niet te bevatten was dat het echt zou gebeuren.

In elk geval was het voldoende reden om haar vierendertigste verjaardag, waar ze een halfjaar geleden nog zo gruwelijk tegen op had gezien, groots te vieren. Glimlachend bekeek Paula alle genodigden die keurig op een rijtje te vinden waren in haar mobiele telefoon. Een bijzonder gemêleerd gezelschap, want niet alleen haar ouders en haar beste vriendin met man zouden komen, nee, iedereen die had meegewerkt aan het volbrengen van deze wraak die uiteindelijk had geleid tot de scheiding, was uitgenodigd.

Nicky, de dwarse puber, die als de dood was voor mannen, maar in feite een heel gemakkelijk en vooral gezellig buurmeisje van Britt was.

Heleen, de moeder van Daan en Mirthe, die zogenaamd doordeweeks bij Paula en Rein zouden komen wonen. Heleen was echter iemand die Britt kende van haar yoga-avonden en die ze in vertrouwen had genomen. Heleen wilde graag haar steentje bijdragen omdat ze zelf zo genoot van het moederschap en het Paula ook van harte gunde.

Billy en Roger, de twee kinderen van de receptioniste van het makelaarskantoor waar Britt werkte. Ze hadden het heel spannend gevonden een rollenspel te spelen om er vervolgens ook nog een prachtige spelcomputer voor te krijgen.

Tanya, een kennisje van Britt, met haar twee kinderen, die weliswaar altijd opzag tegen het organiseren van een verjaardagsfeestje, maar die het een grappige manier vond om het eens anders dan anders te doen door de kinderen bij Paula in de garage te laten overnachten.

De vijf kleine kinderen voor wie Paula gastouder was. Kinderen die bevriend waren met de kinderen van Heleen, en best eens een avondje lekker hadden willen smullen.

En dan Emma dus. Die draagmoeder wilde zijn. Al had ze van tevoren geweten dat het spel was en nooit echt plaats zou vinden. Ze kon het geld goed gebruiken en tot hun beider verrassing raakten ze bevriend en hadden ze tegenwoordig inderdaad echte toekomstplannen samen.

Al die mensen die dit mogelijk hadden gemaakt, zouden op haar verjaardag komen. De enigen die vreemd zouden kijken, waren haar ouders, die nog van niets wisten. Misschien moest ze daar morgen nog wat aan doen. In elk geval moest ze hun haar nieuwe adres geven, want stel dat ze bij Rein voor de deur stonden, dat moest worden voorkomen.

Vierendertig... Paula zette haar mobiel uit en liet haar hoofd tegen de rugleuning van de canapé leunen. Ze sloot haar ogen en kon zich opeens niet inhouden. Tranen gleden onder haar gesloten oogleden door over haar wangen terwijl ze die dag, de dag waarop het nog precies een halfjaar zou duren voordat ze vierendertig werd, opnieuw de revue liet passeren, en hoe ze het drama daarna met horten en stoten aan Britt had verteld.

'Ik besefte opeens dat het einde in zicht was, Britt. Nee, dat is natuurlijk niet het juiste woord. Het hoeft geen drama te zijn als je nooit moeder wordt. Ik weet heel goed dat je een prima leven kunt hebben zonder ooit een kind te krijgen. Ik hoef maar naar jou te kijken en ik heb een prachtig voorbeeld bij de hand. Trouwens, wat dacht ik van mezelf, ha. Ik ben er toch ook een goed voorbeeld van. Maar dat is het niet, Britt. Ik heb altijd gehoopt, verlangd, gewild en gedroomd dat ik wél moeder zou worden. Altijd zat dat verlangen in mijn lichaam en mijn gedachten, was het aanwezig. En opeens kom ik tot de ontdekking dat mijn houdbaarheidsdatum genaderd is. Nog een halfjaar en ik ben vierendertig en dat is het laatste jaar waarin ik vind dat ik zwanger mag zijn. Ik vind het een te groot risico om op latere leeftijd aan kinderen te beginnen. Voor mezelf en voor het kind. Als je de statistieken bekijkt, moet je echt je eerste kind voor je vijfendertigste krijgen. En dat leek opeens niet meer mogelijk.

Plotseling werd ik kwaad op Rein, die nooit met me mee had gewild naar de huisarts voor een onderzoek, en ook al had jij al vaak genoeg gezegd dat ik ook alleen naar de huisarts kon gaan, ik vond dat we het samen moesten doen, omdat een kind nu eenmaal ook van ons samen zou zijn, en omdat ik, zoals ik eerst niet doorhad, altijd precies deed wat hij van me verlangde. Maar vanmorgen kreeg ik een soort paniekaanval en wist ik dat ik wél alleen naar de dokter kon. Als ik eerst maar eens wist of het aan mij lag voordat ik Rein dwong om mee te gaan en zichzelf te laten onderzoeken. Weet je, als de dokter had gezegd dat ík niet zwanger kon worden, waarom moest hij zich dan nog laten onderzoeken? Ja, lach me maar uit. Ik weet dat je het vaak hebt gezegd, maar ik was niet zover. Nu wel dus.'

Paula hield even op om op adem te komen. Ze zaten samen in een restaurant koffie te drinken. Paula was die ochtend naar de dokter geweest en had aansluitend hartverscheurend huilend naar Britt gebeld, die direct een afspraak had afgezegd en Paula in het restaurant had ontmoet. Het was een goede zet geweest om niet naar huis te gaan, maar in een openbare gelegenheid koffie te gaan drinken, want zodoende moest Paula haar tranen beheersen en haar rust zien terug te vinden.

Nu nam ze een slok van de inmiddels koude koffie. 'Ik wist alleen niet naar welke dokter ik zou gaan. Mijn eigen dokter, dokter Rigter, had net een kaart gestuurd dat hij ermee stopte. Natuurlijk was er een plaatsvervanger, maar die had ik nog nooit gezien. Ik besloot dat ik dan beter naar dokter Sanders kon gaan. Dat was al jaren de dokter van Rein en al had hij hem misschien zelfs nog nooit gezien omdat hij nooit ziek was, het leek me toch beter, daar het om ons gezin ging, en het leek me handiger dat van een gezin alle leden dezelfde dokter hebben.'

Britt knikte instemmend en bleef haar hartsvriendin vol warmte aankijken. Ze had geen idee waar dit verhaal op uit zou draaien, maar dat Paula zojuist bij de dokter een gevoe-

lige klap toegediend had gekregen, was haar wel duidelijk.

'Ik belde om te vragen of dokter Sanders er wel een patiënt bij wilde hebben, maar dat bleek geen probleem omdat Rein al bij hem ingeschreven stond, zei de assistente. Ik kon er om halftwee terecht en ik was zeker een kwartier te vroeg, zo zenuwachtig was ik dat ik eindelijk iets ging doen wat ik al jaren geleden had moeten doen. Vragen waarom ik niet in verwachting raakte.'

Ze zuchtte en knipperde verwoed met haar ogen om haar tranen in te houden. 'Hij bleek een aardige man, maar toen ik me voorstelde als Paula Reinaards keek hij me wat onderzoekend aan. Ik legde uit dat ik nieuw bij hem was vanwege dokter Rigters vertrek en dat mijn man al bij hem stond ingeschreven, en vervolgens vroeg ik of hij enig idee had waarom ik niet zwanger werd. Hij stelde talloze vragen. Over onze relatie, hoe vaak we het samen deden, hoelang we getrouwd waren. Ondertussen zat hij in zijn computer te zoeken. Dat irriteerde mij een beetje. Zat hij nou te luisteren of niet? Dus ik zei ietwat kortaangebonden dat hij mij toch niet in zijn computer kon vinden omdat ik er immers voor de eerste keer was. Hij knikte, maakte zijn ogen los van het scherm en keek me aan. "Ik keek of ik uw man kon vinden," verdedigde hij zichzelf. Nou ja, dat vond ik wel acceptabel, maar toch had ik het gevoel dat hij er niet bij was met zijn gedachten. Hij vroeg waarom ik zo lang had gewacht. Negen jaar getrouwd, bijna vierendertig jaar oud. Ik zei dat Rein niet onderzocht wilde worden, maar geduldig wachtte op een spontane zwangerschap. Toen, Britt, je moet me geloven, toen vernauwde hij zijn ogen tot zulke kleine spleetjes dat ik er even bang van werd. Hij tuurde op zijn beeldscherm en liet sissend zijn adem ontsnappen.

"Wat is er?" riep ik hem toe.

Hij schrok ervan en keek me beduusd aan. "Rein?" vroeg hij. "Zei u net Rein?"

"Ja," zei ik.

"*Rein van Reinaldus?*" *vroeg hij.*

"*Ja!*" *riep ik ongeduldig uit.* "*Wat is er toch?*"

Hij haalde diep adem en zijn gezicht stond opeens heel triest. Ik begreep er echt niets van, Britt. Wat kon er toch zijn? Hij knikte aarzelend. "*Ik dacht al, Reinaards is een naam die erg weinig voorkomt, en dan ook nog Reinaldus ervoor. Ik vond dat destijds ook al zo bijzonder, daarom is de naam me bijgebleven.*"

Je snapt dat ik hem niet kon volgen en wilde weten wat hij bedoelde met "*destijds*". *Was Rein eerder bij hem geweest? Nou ja, dat kon natuurlijk best, maar dan wel vóór ons huwelijk, want ik kon me niet herinneren dat hij ooit ziek was geweest in de tijd dat we getrouwd waren.*'

Britt stak haar hand op naar de ober en bestelde nog twee kopjes koffie. Ze begreep dat dit gesprek wat langer zou duren dan ze in eerste instantie had gedacht.

'*Wat was er dan met Rein?*' *vroeg ze met een warme, kalme stem in een poging haar vriendin wat te kalmeren.*

'*Je gelooft het nooit, Britt. Je gelooft het nooit!*' *Haar stem schoot uit en Britt zag hoe de ober achteromkeek en zich afvroeg wat er gaande was*

Snel legde ze haar hand op die van Paula. '*Meisje, kalmeer nou en vertel gewoon rustig verder.*'

'*Rustig?*' *siste Paula.* '*Rustig is onmogelijk. Ik zal nooit van mijn leven meer rustig worden!*'

'*Wat had de dokter dan te vertellen?*'

'*Ja, nou komt het, dat mócht hij dus niet vertellen. Hij zei dat hij een zwijgplicht had, zelfs tegenover familieleden of echtgenotes.*'

'*Ja, dat is waar,*' *bedacht Britt,* '*maar er was dus wel iets belangrijks te vertellen?*'

Paula knikte ijverig. '*Iets waarvan hij vond dat ik het wel moest weten, maar wat hij dus niet mocht zeggen.*'

'*Een aardig dilemma,*' *probeerde Britt alles met een kwinkslag samen te vatten.*

'Precies.' Paula keek langs Britt heen de ruimte in. Er ontsnapte haar een snik die uit haar tenen leek te komen en waar Britt aardig van schrok. Het moest echt iets ernstigs zijn. Waarom wilde die arts het nou niet vertellen? Beroepsgeheim? Zwijgplicht? Maar zo te zien wel van levensbelang. 'Hij vroeg,' ging Paula opeens toch door, 'wanneer we getrouwd waren. Juli 2004, daar hoefde ik niet over na te denken. Ik zag in zijn ogen dat hij diep medelijden met me kreeg. Heel diep! Hij vroeg opnieuw waarom ik zo lang had gewacht en weer legde ik uit dat dat de wens van Rein was, maar dat ik vandaag eindelijk besloten had me niet langer bij zijn wensen neer te leggen, maar mijn eigen wensen te behartigen. Hij vond dat blijkbaar wel mooi gezegd, want er gleed een klein glimlachje rond zijn lippen. Toch bleven zijn ogen triest staan en leek het alsof mijn hart was gestopt met kloppen. Ik kon maar niet bedenken wat er was. Als Rein nou de dag ervoor was geweest en de dokter had kanker geconstateerd, dan kon ik het nog begrijpen, maar hij had het over "destijds", en dat moet van voor ons trouwen zijn. Rein kon dus niet op sterven liggen of een ernstige ziekte hebben. Daarvan had ik beslist iets moeten merken in die negen jaar. En toch was er iets wat de dokter zo ongelooflijk somber stemde, zelfs tot medelijden met mij.'

Britt keek haar vragend aan. 'Wilde hij geen uitzondering maken en het je toch vertellen?'

Paula zuchtte en rechtte haar rug. 'De dokter keek me opeens heel indringend aan. Hij verschoof de monitor van zijn computer ietsje, zodat ik net een randje licht opving van het scherm. Hij ging op het puntje van zijn stoel zitten en zei dat het hem echt verschrikkelijk speet dat hij niets over andere patiënten mocht zeggen en dat hij dat ook werkelijk niet kon doen omdat hij dan niet meer te vertrouwen was en een arts die niet te vertrouwen was, kon zijn praktijk wel op zijn buik schrijven. Als mensen elkaar vertelden dat hij dingen doorgaf aan anderen, dan was zijn hachje gekocht. Hij kon en mocht en wilde me dus niet vertellen wat er in 2004 met Rein was

gebeurd. Hoezeer het hem ook speet. Hij zei: "Mevrouw Rei-
naards, ik kan u niet verder helpen. Wel moet ik dringend
naar het toilet, dus ik vertrek hier voor u. Ik wens u kracht en
sterkte."'
    '*Hè?' zei Britt. 'Wat een vreemde woorden.'*
    '*Ja. Terwijl hij dat zei, kwam hij overeind, gaf hij de com-*
puter nog een klein duwtje en liet me inderdaad alleen. Op-
eens begreep ik het. Hij kon en mocht niets zeggen, maar ik
kon het wel bij toeval lezen, Britt. Dan had hij niets verklapt,
maar dan wist ik het toch.'
    '*Paula! Geniaal! En? Kon je het vinden?'*
    Paula's ogen werden groot en vochtig en opeens kon ze zich
echt niet meer inhouden en barstte ze zo in snikken uit dat
Britt zich geen raad met haar wist.
    '*Paula, meisje, wat stond er dan?'*
    '*Pre.. precies... een maan... Precies een maand...' Ze kwam*
er niet uit en begon nog harder te gieren.

Vier dagen na een halfjaar later stroomden de tranen weer bij
Paula over de wangen. De klap was zo ongelooflijk groot,
hard en totaal onverwachts geweest dat ze nog moeite had er
normaal aan te denken of over te praten.
    Opeens hoorde ze geluiden en opende ze haar ogen. 'Britt,
je bent er al?'
    'Meid, wat doe jij nou? Zit je hier in je nieuwe huis te
huilen?'
    'Sorry, maar niet omdat ik hier ben. Ik moet opeens terug-
denken aan die dag bij dokter Sanders.'
    'Dat is verleden tijd, Paula. Dat ligt achter je.'
    'Klopt.'
    Britt zette een fles champagne op de salontafel en legde de
sleutel van de voordeur ernaast. 'Sorry, maar ik had de
reservesleutel nog.'
    'Die moet je ook houden,' vond Paula. 'Je moet weten dat
je hier altijd welkom bent! Neem maar weer mee.'

'Graag. Heb jij enig idee of je champagneglazen in huis hebt en waar?'

Paula stond op en keek zoekend om zich heen. 'Ik denk in die hoge kast in de hoek.' Ze liep eropaf en zag dat ze gelijk had. 'Keurig afgewassen zelfs,' zei ze terwijl ze twee glazen tegen het licht hield.

Britt grijnsde. 'Ja, hier is hard gewerkt.'

'Hoe kan ik Emma en jou toch bedanken?'

'Voor Emma heb je al een oplossing. Ze mag bij je stage lopen en als het goed bevalt zelfs bij je in dienst komen.'

'En jij?' vroeg Paula gespannen.

'Voor mij moet je gewoon altijd de vriendin blijven die je tot nu toe was.'

'Maar dat spreekt toch vanzelf! Is er niet iets wat je graag wilt hebben of doen en wat ik je kan geven?'

'Nee, Paula, ik ben helemaal tevreden en nu zelfs ook weer gelukkig, nu ik weet dat het goed met je gaat.' Ze ontkurkte de fles en schonk twee glazen vol. Het was voor Paula al de tweede fles van de avond. 'Op de toekomst, Paula. Ik wens je veel geluk.'

'Dank je.' Genietend namen ze een slok.

'En nu wil ik weten wat er is gebeurd,' vond Britt. Ze ging in een antieke fauteuil zitten en keek haar vriendin aan. 'Hij wilde geen adoptiekinderen?'

'Nee, absoluut niet. Ik had nog wel de liefste foto's van internet geplukt, maar hij kon niet voor ze vallen.'

'Grappig toch ook dat hij niet verder doordacht. Het is toch algemeen bekend dat het jaren duurt voordat je een kind mag adopteren.'

'Hij dacht blijkbaar dat mij dat in een paar weken was gelukt. Zelfs zonder hem erbij te betrekken.'

'Hij kan dus maar één ding: bouwen aan projecten.'

'Niet bouwen aan relaties in elk geval,' zei Paula cynisch.

'Het doet toch pijn?'

'Ja, natuurlijk Britt. Hij was mijn man. Ik dacht echt dat we tot onze dood samen zouden blijven. Maar het laatste halfjaar is het me goed duidelijk geworden dat ik met hem niet oud wil worden, dus ik ben vreselijk opgelucht dat hij wilde scheiden en dat ik nu bij hem weg ben, maar zo was ik niet getrouwd, zo had ik het verwacht noch gewild. Hij kan me op dit moment niet eens bereiken omdat hij mijn telefoon wilde hebben.'

'Mocht je die niet houden?'

'Nee, en ook geen make-up, geen sieraden, geen auto.'

'Niets?'

'Nee, maar wel vierenhalf miljoen.'

'Wat? Heb je dat losgepeuterd?'

Paula knikte. 'Ik geloof dat hij het niet eens doorhad. Hij had er bijna een satanisch genoegen in mij ons huis af te pakken, het enige wat op mijn naam stond. Hij genoot ervan dat ik degene was die weg moest, maar dat hele huis interesseert me niet meer. Eigenlijk al een hele poos niet meer, door het zware stempel dat hij erop heeft gedrukt. Maar het huis in Spanje was eigenlijk wel het mooist. Hij genoot er duidelijk van dat ik dat niet kon krijgen.'

'Maar dat wilde je toch ook helemaal niet?'

'Nee, ik wilde vreselijk graag het chateau in Frankrijk, maar ik had hem de laatste maanden in de waan gebracht dat ik niets liever dan naar Spanje wilde, en daarom genoot hij ervan het mij te ontzeggen.'

'Geniepig ben jij, zeg.' Britt lachte terwijl ze nog een slokje van het sprankelende vocht nam. 'En nu heb je het huis in Frankrijk?'

'Ja, het paradijsje, zoals ik dat altijd heb genoemd. Het lijkt me zo heerlijk om daar af en toe met mijn kind te zijn en Britt, ik hoop ook echt dat jullie er een keer komen, nu ik zonder Rein daar zit.'

'Dat gaan we zeker doen!'

'En trouwens, ik heb wel sieraden. Die had ik nog van voordat ik was getrouwd. Ik had immers al van alles en nog wat naar jou toe gebracht en later hierheen. De andere sieraden kwamen allemaal van hem en make-up had ik hier ook al staan. Ik vond het wel grappig om ze demonstratief niet mee te nemen. Hij voelde zich enorm bevestigd in zijn ego doordat ik niets meekreeg.'

'Terwijl je in principe juist alles kreeg wat je graag wilde hebben.'

Paula knikte.

'En wat ga je met al dat geld doen?'

'In elk geval een flink bedrag wegzetten voor de toekomst. Maar of ik het ook moet beleggen? Geen idee. Daar moet ik nog iemand voor zoeken om over te praten. Misschien kan ik mijn vader weleens polsen, die is tenslotte boekhouder.'

'Voelde je je niet gemeen of oneerlijk?'

Paula keek haar verwonderd aan. 'Hoezo? Ik dacht dat jij haast nog meer dan ik wraak wilde nemen?'

'Dat is zo, maar tussen willen en doen zit een wereld van verschil. Nu heb je het gedaan en weet je hoe het voelt. Geen spijt dat je hem zo te grazen hebt genomen?'

'Britt, hij bleef het erin wrijven dat je eerlijk moest zijn. Als je niet eerlijk was, moest je kappen. En als er iemand niet eerlijk was, dan was hij het wel. Ik vond dat mij dat het recht gaf om ook niet eerlijk te zijn en echt, ik heb niets meegenomen wat hij zou kunnen missen. Het bureau en het grote bed van de logeerkamer waren van mij voordat we trouwden, misschien heb ik de stoeltjes gekocht met zijn geld, maar hij zou niet eens weten hoe ze eruitzagen. Ik heb alles wat hij kon gebruiken laten staan, zoals de koelkast, de diepvries en de magnetron,' zei ze met een grijns. 'Hij zal niet eens weten wat er weg is, want het zijn dingen die hem nooit geïnteresseerd hebben en hij zal vast ook blij zijn dat mijn kledingkasten leeg zijn, anders moet hij die zelf nog leeghalen en daar heeft hij vast geen zin in. En vooral die kwetsende woorden dat je zoiets eerst moet overleggen. Hij heeft niets eerst overlegd, maar het gewoon gedaan! Nee Britt, ik heb van deze afgelopen maanden geen seconde spijt!'

'Dus de wraak was zoet?' stelde Britt vast.

Toch schudde Paula ontkennend haar hoofd. 'Nog niet zoet genoeg. Ik wil namelijk dat hij weet waarom ik dit heb gedaan. Nu denkt hij nog dat hij blij is omdat hij van mij af is, maar ik wil dat hij begrijpt dat het andersom is en waarom.'

'Ik snap je. Wanneer ga je hem dat vertellen?'

'Als we definitief gescheiden zijn, als er niets meer teruggedraaid kan worden.'

'En tot die tijd?'

'Morgen nodig ik mijn ouders hier uit en voor mijn verjaardag moet ik nog dingen regelen. Dan het ziekenhuis en afwachten. O ja, zelf maar contact opnemen met Rein om hem mijn nieuwe telefoonnummer te geven, anders kunnen we nooit scheiden. En dan aan de slag met mijn eigen bedrijf.'

'Je had het trouwens net over dat grote bed. Ben je al boven geweest?'

'Nee, nog niet.'

'Ga dan nu even, want ik ga zo weer naar huis.'

Paula keek bevreemd, maar stond op en liep naar boven, gevolgd door Britt. Op de overloop bleef ze even aarzelend voor een dichte deur staan. Zou daar over negen maanden een wiegje achter staan?

Zenuwachtig liep ze door naar de grootste kamer boven, die aan de voorkant lag. Dat was haar slaapkamer. Ze legde haar hand op de klink, maar voelde ineens Britts hand op haar schouder.

'Paula, je weet het: eerlijk zijn. Als je het toch niet mooi genoeg vindt, moet je het zeggen. Ik heb het nog niet gekocht, maar in bruikleen. Echt, ik wil dat je eerlijk bent. Dit huis is perfect samengesteld, daarin moet alles perfect zijn, dus keur het af als je het niet goed genoeg vindt.'

Paula draaide zich om en keek Britt lachend aan. 'In dit huis is alles perfect? Maar ik woon hier. Ik ben juist totaal niet perfect, al heb ik negen jaar mijn best gedaan. Het is me niet gelukt, en weet je: niemand is perfect.'

'En jij bent niemand!'

'Je kent me!' jubelde Paula en ze draaide zich om, stapte haar slaapkamer in, waar ze zo abrupt stil bleef staan dat Britt tegen haar aan botste.

Het bed was nog niet opgemaakt geweest omdat het niet bekend was wanneer Paula daar voor het eerst zou gaan slapen. Ze wist dat Britt het bed vandaag had opgemaakt.

Wat ze niet wist was dat Britt nog wat dingen op de kop had getikt om de slaapkamer mee te verfraaien. Op een van de nachtkastjes naast het bed stonden een lampetkan en een waskom die ze niet kende en boven het bed hing een schilderij in zachte, warme tinten, dezelfde kleuren die er in het beddengoed geborduurd zaten en die ook terug te vinden waren in de gordijnen. Wow, wat een verrassing, zeg. 'Het is prachtig.' Ontroerd draaide ze zich naar Britt toe en sloeg ze haar armen om haar heen. 'Ik ben de gelukkigste vrouw op de wereld, Britt, met jou als vriendin. Je bent zo'n schat.'

HOOFDSTUK 14

Het was waar. Paula kon haar geluk niet op. Het gevoel dat ze volkomen vrij was en zich aan niets of niemand meer hoefde te verantwoorden, dat ze echt kon doen en laten wat ze wilde, was zo overweldigend dat ze er haast niet mee om kon gaan. Ze kon niet geloven dat ze zich al die jaren met Rein zo onder druk had laten zetten. Maar het betekende wel dat ze er nu meer dan ooit van genoot dat ze die druk kwijt was.

Haar ouders hadden het er wel even moeilijk mee. In de eerste plaats had Paula hun niets verteld over de problemen die tot een scheiding leidden en dat ze zelfs al een totaal ingericht huis had, konden ze helemaal niet bevatten. Paula was blij dat ze hen in elk geval wel op de hoogte had gesteld van het eigen bedrijf dat ze aan het opzetten was en ze nam haar ouders dan ook vol trots mee naar de beide flats, die al behoorlijk ver waren ingericht. Ze moest er natuurlijk nog flink reclame voor maken, maar Britt had al gezegd dat zij dat ook zou doen bij alle mensen die via haar makelaarskantoor een huis zouden kopen of verkopen.

Het moeilijkste moest Paula natuurlijk nog wel vertellen, namelijk dat ze zwanger wilde worden. Ze nam haar ouders weer mee naar haar huis, waar de lage zon precies de serre in scheen, en plaatste hen op comfortabele antieke stoeltjes dicht bij het glas zodat ze van de tuin konden genieten. 'Ik heb vruchtenbowl gemaakt, hebben jullie daar zin in?'

Haar vader schudde zijn hoofd. 'Ik wil gewoon een borrel. Ik hoef niet van die liflafjes.'

'Pa, het zijn gewoon vruchten in sap. Er zit niet eens alcohol in.'

'Jenever,' bromde hij. 'Ik heb vandaag al genoeg fratsen gehoord. Ik snap nog steeds niet waarom je hier zit. Je had toch een mooi huis?'

'Oké, een borrel. Ik zal hem maar flink koud schenken, want pa, je zult hem hard nodig hebben. Ik moet nog iets vertellen.'

Ze bracht een dienblad met schaaltjes en glazen en een bord met blokjes kaas naar de serre.

'En roken mag hier zeker ook niet?' vroeg haar vader.

'Jawel, hoor, in de serre. Graag zelfs, ik vind jouw sigaren juist heerlijk ruiken en die geur past perfect bij dit huis.'

Hij keek verrast op en heel even gleed er toch een glimlach over zijn gezicht.

'Waarom ben je zo mopperig vandaag?' vroeg Paula.

'Omdat wij ook iets te vertellen hebben,' zei haar moeder onverwachts. 'Ik nam het jou wel kwalijk dat je hierheen bent verhuisd zonder iets te zeggen, maar wij zitten ook al maanden met iets wat we niet hebben verteld.'

'O?'

'Pa is ontslagen. Ze moesten reorganiseren en dat kostte hem zijn baan. En een nieuwe baan lijkt er niet voor hem te vinden.'

'Wat triest, zeg. Dat is echt niet leuk. Dat bedoel ik nou,' viel Paula uit. 'Deze regering doet maar wat, ze korten de WW, maar wat doen ze voor oudere mensen die op straat komen te staan?'

'Niets,' viel haar vader haar bij.

'Goed, dan kan ik wat doen.'

Haar ouders keken verrast op.

'Rein wilde me opeens zo ontzettend graag kwijt dat hij me een flink bedrag heeft meegegeven, veel te veel voor mij alleen. Dus beloof me één ding: als jullie ooit financieel in de problemen komen, vraag me dan om geld, want ik heb het. Het andere is dat ik pa wel goed kan gebruiken. Wil je niet mijn freelance boekhouder worden?'

Hij zette grote ogen op.

'Ik moet mijn geld splitsen. Ik moet bedrijfskapitaal hebben en privégeld. Dat moet op gescheiden bankrekeningen staan en daarover moet gescheiden belasting betaald worden. Van het bedrijfsgeld kan ik materialen kopen en dingen ontwerpen, van het privégeld moet ik leven. Maar zoals ik al zei, is het te veel. Misschien moet ik wel geld vastzetten voor de toekomst. Beleggen. En daar heb ik echt geen kaas van gegeten. Dus pa: wil je me helpen? Tegen betaling natuurlijk. Een echte baan zal het niet worden, misschien maar tien uur per week.'

'Wat leuk. Wat ontzettend leuk, Paula. Dat doe ik natuurlijk erg graag. Mijn eigen dochter helpen bij haar zaak.'

'Afgesproken dan. Maar nu nog iets. Hou je allebei vast. Ik ben bezig zwanger te worden.'

'Van wie?' vroeg haar moeder onthutst.

'In een ziekenhuis, ma. Ik wil al zo lang moeder worden en dat lukt dus niet met Rein. Als ik nu moet wachten tot ik ooit nog een leuke man ontmoet, ben ik zo oud dat ik beter meteen oma kan worden.'

'Maar van wie dan?'

'Een anonieme donor. Een onbekende man. Hoewel zijn gegevens wel bekend zijn in het ziekenhuis.'

'Van zomaar iemand? Dat is toch raar? En dan heeft je kind geen vader in huis?'

'Zo is dat, maar ik weet inmiddels zeker dat een kind meer heeft aan mij alleen dan aan Rein en mij samen. Ik noem maar een voorbeeld.'

'En kan dat? Doen ze dat?'

'Ja, ik stond eerst ingeschreven als getrouwde vrouw, maar ik heb opgebiecht dat we uit elkaar gaan, en dat is geen probleem. Ik ben al één keer geïnsemineerd, maar het lukte niet. Volgende week heb ik weer een eisprong en dan doen ze het voor de tweede keer.'

'Maar je hebt geen man?'

'Heerlijk juist,' vond Paula lachend. 'Sorry, ma, maar ik heb zo veel meegemaakt de laatste tijd dat ik er steeds meer van overtuigd ben geraakt dat ik heel goed in mijn eentje een kind kan opvoeden.'

Er viel een stilte.

'Bovendien,' ging Paula opgewekt verder, 'heb ik me nog nooit zo goed gevoeld als nu, en dat kan zo'n kindje ook alleen maar ten goede komen. Daarbij komt dat ik weet, ma, dat je, al heb je het nooit gezegd, heel graag oma wilt worden. Nou, die kans krijg je nu.'

'Bedoel je dat ik op mag passen?'

'Bijvoorbeeld, ja.'

Nu begon haar moeder te glunderen.

'Dat betekent ook automatisch dat ik meer contact met jullie zal hebben omdat ik niet meer met Rein samen ben. Ik hoef niet meer voor hem klaar te staan. Oké, ik heb mijn werk, maar ik heb ook het gevoel dat ik meer met jullie om kan gaan.'

'En wanneer ben je dan echt zwanger?'

'Ze proberen het zes keer. Ik kan me eigenlijk niet voorstellen dat het dan nog niet is gelukt. De eerste maand is voorbij, dus ik hoop dat ik binnen vijf maanden in verwachting ben.'

'Poe, wat een nieuws allemaal.'

'En als jullie je vervelen? Het kasteeltje in Frankrijk staat tot jullie beschikking. Jullie vonden het prachtig die ene keer dat jullie er waren, dus ga je gang.'

Het was een heerlijk gevoel om zo royaal te kunnen zijn, bedacht Paula, en dat had ze natuurlijk wel aan Rein te danken. Als hij niet zo'n goedlopend bedrijf van zijn vader had geërfd, had zij nu nooit zo ruimhartig kunnen doen.

Bovendien merkte ze dat het werkte, want alle bezwaren die in haar ouders naar boven kwamen over een alleenstaande vrouw die moeder werd, verdwenen als sneeuw voor de zon door de dingen die zij hun in het verschiet stelde, zoals Frankrijk en het werk dat pa voor haar kon verrichten.

Haar verjaardag was een succes. Ze had veel plezier met iedereen die kwam en natuurlijk wilden ze allemaal weten hoe alles was afgelopen, maar nog meer wilden ze weten waarom Paula opeens allerlei pleeg-, feest- en adoptiekinderen in huis wilde halen. Ze spraken er uitgebreid over en vermaakten zich bijzonder goed.

De dag waarop ze vierendertig werd, die ze met angst en beven tegemoet had gezien, werd uiteindelijk een van de mooiste dagen in haar leven omdat ze aan de vooravond van een splinternieuw leven stond met talloze perspectieven.

Of ze zwanger zou worden, wist ze niet. Of ze succes zou hebben met haar bedrijf Jij stijl!, wist ze niet. Of ze verstandig rond kon komen met al het geld zodat ze er tot aan haar dood van kon genieten, wist ze ook niet. Maar het maakte ook allemaal niet uit. Ze was nu en op dit moment gelukkiger dan ze ooit was geweest. Normaal was je trouwdag de mooiste dag in je leven, maar Paula had gemerkt dat deze dagen, zo vlak na de scheiding, mooier waren, omdat ze alles veel bewuster deed. Ze was verliefd geweest, Rein had haar ten huwelijk gevraagd en ze had natuurlijk ja gezegd. Het een was een logisch gevolg van het ander. Maar nu was ze volwassener en wijzer en zette ze elke stap bewust en overdacht, waardoor ze het gevoel had overal veel meer achter te staan en alles intenser te ervaren en beleven.

De dag na haar verjaardag fietste ze naar een garagebedrijf, waar ze een afspraak had gemaakt om een paar auto's te be-kijken. Ze vond dat ze een busje nodig had voor haar werk om dingen te kunnen vervoeren. Ook om eventueel mee naar Frankrijk te gaan, als ze van plan was daar wat rommelmarkten te bezichtigen. Maar voor zichzelf, privé, vond ze een kleine auto handzamer. Dus moest ze op naam van Paula en op naam van Jij stijl! een auto aanschaffen. Ze had er plezier in. Zo deed ze tegenwoordig heel andere dingen dan eerst. Bloemen schikken en koffie serveren stond mijlenver bij haar vandaan. Nu reed ze een proefrit in een kleine bestelwagen. En na de aankoop fietste ze naar haar werkplek, waar ze naar Reinaards Bouw belde. Het leek haar slimmer Rein op zijn werk te bellen dan thuis, omdat het huis plotseling heilig leek te zijn voor hem. Ze mocht er geen voet meer in zetten. Ernaar bellen was voor haar net zoiets, ze drong het huis binnen.

Maar de receptioniste weigerde haar door te verbinden.

Paula wist niet of het al bekend was dat ze uit elkaar waren, dus ze vertelde niet waarom ze belde, maar later op de dag probeerde ze het mobiel en sprak ze op de voicemail het telefoonnummer en adres van Jij stijl! in. Ze vertelde er niet bij dat dat haar nieuwe bedrijf was, maar zei alleen dat ze daar overdag bereikbaar was en dat hij er alle scheidingspapieren naartoe kon sturen.

Die lieten niet lang op zich wachten. Blijkbaar had hij er vaart achter gezet en was het wachten alleen maar geweest op dat adres. De volgende dag al lag alles in tweevoud in de brievenbus met het verzoek alles nog diezelfde dag te ondertekenen en één exemplaar ervan terug te sturen. Maar zo gemakkelijk zou het niet gaan. Nu ze de papieren had en kon lezen wat de bedoeling was, belde ze zelf een advocaat. Niet dat ze ook maar tegen iets wilde protesteren, maar om zomaar in haar eentje een handtekening zetten vond ze niets. 'We zijn samen getrouwd, samen naar het gemeentehuis geweest, hebben daar samen ja gezegd en samen ondertekend. Dit wil ik ook samen doen. En dan graag met een advocaat naast me.'

Haar eigen advocaat begreep haar, maar kreeg toch nul op het rekest. Rein wilde haar nooit meer spreken.

'Ik hoef hem ook niet te spreken,' zei ze laatdunkend. 'Hij hoeft echt totaal niets tegen mij te zeggen, maar ik wil hem zien. Ik wil hem zien ondertekenen, en ik wil dat hij ziet dat ik mijn handtekening zet, zodat we er samen een punt achter zetten.'

'Maar als je nu tekent, kunnen de papieren naar de rechtbank. Een zitting is niet nodig omdat jullie het eens zijn. Daarna kan de schikking eventueel door jullie samen worden bekeken. Zijn jullie het daar niet mee eens, dan kan een van jullie in hoger beroep gaan. Dat is misschien een beter idee om samen te komen.'

Paula legde zich bij dat voorstel neer.

Ondertussen gleden de dagen voorbij. Dagen waarin Paula naar het ziekenhuis was geweest voor een behandeling, dagen waarin Emma uit school bij haar langskwam om aan haar sciencefictionkamer te werken, dagen waarin de brochures en advertenties voor Jij stijl! werden afgerond en Paula nog meer materiaal aanschafte voor haar bedrijf. Dagen waarin haar vader langskwam om te kijken hoe hij de dingen het beste financieel voor haar op poten kon zetten. En alle dagen gleden verder in haar eigen prachtige grote huis, waar ze 's avonds, 's morgens vroeg en in de weekends van elke kamer volop genoot.

Om zich het huis zo veel mogelijk eigen te maken, ontbeet ze altijd in de keuken, maar at ze in de eetkamer. Lezen of televisiekijken gebeurde in de huiskamer, hoewel ze ook vaak in de serre zat. Voor de tuin vond ze iemand uit de buurt die al met pensioen was, maar nog graag wat bijverdiende door voor haar het gras te maaien en de bladeren weg te blazen. Zelf plukte ze af en toe wat onkruid, maar met een winter voor de deur was er niet echt veel in de tuin te doen.

Precies vijf weken nadat Rein haar haar eigen huis had uitgezet, kwam het bericht dat de rechter had beslist en dat Rein dan toch wel naar de advocaat wilde komen om de beschikkingspapieren te ondertekenen, al bleef hij het belachelijk vinden dat hij er speciaal voor naar de advocaat moest, want die ondertekening betekende niet meer dan dat ze akkoord waren en dus nog steeds niet dat ze officieel waren gescheiden. Dat was pas definitief als de scheiding ingeschreven was op het gemeentehuis.

Natuurlijk was Paula daarvan op de hoogte, maar ze bleef

volhouden dat ze het samen moesten doen. Samen beginnen, samen eindigen. Maar ze verzweeg dat ze een bijbedoeling had en die kon ze nu uitvoeren omdat ze elkaar daadwerkelijk zouden treffen.

De ochtend van de ontmoeting kleedde ze zich zorgvuldig. Ze trok hetzelfde zwarte jurkje aan dat ze die laatste dag aan had gehad en waarvan ze wist dat hij haar er aantrekkelijk in vond. De dag dat ze een zalm in de oven had gedaan en de foto's van hun zogenaamde adoptiekinderen in een mooie map naast haar bord had gelegd. Het was een kleine steek onder water om hem te laten zien wat hij miste. En misschien ook wel om hem de indruk te geven dat ze niets anders had om te dragen omdat hij haar niets mee had willen geven. Al moest hij inmiddels toch wel hebben ontdekt dat haar kasten helemaal leeg waren.

Op het moment dat ze haar voordeur achter zich dicht wilde trekken, hoorde ze haar werktelefoon overgaan. Ze keek op het schermpje en zag tot haar verrassing dat het Reins advocaat was. Zou hij nu zo pesterig zijn om de afspraak op het laatste moment toch nog af te zeggen? 'Met Paula van der Molen,' zei ze toch zo opgewekt mogelijk.

'Mevrouw Van der Molen, ik bel namens de heer Reinaards met opnieuw het dringende verzoek dat u niet met hem in gesprek gaat. Hij is van mening dat u ziek in uw hoofd bent en daarom wil hij absoluut geen gesprek met u beginnen. Met andere woorden: u mag niets tegen hem zeggen.'

'Nee,' zei ze, 'dat heb ik nooit beloofd. Ik heb gezegd dat hij niet met mij hoeft te praten. En daar blijf ik blij. Maar daarom wil ik nog wel wat tegen hem zeggen. Hij hoeft alleen maar te luisteren.'

'Dan kan de ontmoeting niet doorgaan.'

'Kijk, meneer de advocaat, wij mensen die geen verstand hebben van kleine lettertjes, nemen met opzet een goede advocaat in dienst zodat die op de kleine lettertjes kan passen. Als u daarin tekortschiet, kan ik dat niet helpen. Ik weet heel goed wat u hebt gezegd. U zei dat hij mij niet wilde spreken en daarmee ben ik akkoord gegaan, en dat ben ik nog steeds. Dus u kunt me over vijftien minuten verwachten. Ik ben onderweg. Ik neem aan dat hij er dan ook is.'

Zo, deze laatste en hopelijk allerzoetste wraak zou ze zich niet laten ontnemen. Ze móést hem zien en ze móést zijn reactie kunnen peilen.

Voor de zekerheid wierp ze nog een blik in haar handtas, waarin ze een opgevouwen papier zag zitten en drie kleine, gele memobriefjes. Ja, ze had alles. Zij kon dit huwelijk op een perfecte manier afsluiten.

Achter het stuur verstuurde ze een berichtje naar Britt: *Koffie met zoet om elf uur?* Paula grijnsde. Britt zou haar begrijpen en zeker komen, want die wilde natuurlijk exact weten hoe haar wraak was afgelopen.

Op hetzelfde moment dat ze voor het chique advocatenkantoor van Rein uit haar kleine auto stapte, ontdekte ze haar eigen advocaat die op de stoep op haar stond te wachten. 'Ben ik te laat?' vroeg ze geschrokken.

'Nee, ik was te vroeg. Ben je er klaar voor?'

'Helemaal. Maar let op, als wij ondertekend hebben, wil en zal ik iets tegen hem zeggen. Hij hoeft niet te reageren, dus het gaat volledig volgens afspraak, maar je móét me de kans geven iets te zeggen en niet aan mijn mouw trekken om me de mond te snoeren.'

'Duidelijk.' Hij lachte, maar wel als een boer met kiespijn. 'Ik had misschien beter mijn paraplu mee kunnen nemen.'

'Het gaat niet regenen, hoor.'

'Er vallen misschien klappen en dan is een paraplu ook een prima instrument ter verdediging.'

'Wij zijn beschaafde mensen, wij gaan niet slaan.'

'Ik hoop het voor ons.'

'Hoeveel kreeg je ook alweer per uur?' vroeg Paula met een knipoog.

'Veel ja, maar dat is inclusief btw, echter exclusief klappen.'

'Aha, dat had je me niet eerder verteld.'

Ze liepen samen het grote gebouw in, waar een receptioniste hun de weg wees. Ze werden binnengelaten in een grote vergaderruimte, waar een ovale tafel in het midden stond met acht stoelen eromheen. Er was nog niemand en Paula bleef staan omdat ze wilde weten waar Rein zou gaan zitten. Ze werd echter al snel gedwongen toch plaats te nemen.

Een jonge vrouw trok een stoel voor haar weg bij de tafel. 'Wilt u koffie of thee?'

'Eh, dank u, doe maar water.' Ze legde haar handtas op haar schoot en vouwde haar handen eroverheen. Het waren spannende tijden geweest waaraan nu definitief een einde zou komen. In haar handtas had ze een zogenaamde kopie die ze met behulp van internet had gemaakt door onder andere het logo van het betrokken ziekenhuis te pikken en voor haar briefpapier te gebruiken. Ze merkte dat er een glimlach over haar lippen gleed, want het had nog enige moeite gekost de naam van de behandelend arts te achterhalen. Artsen hadden immers beroepsgeheim, zelfs tegenover echtgenotes. Maar gelukkig voelde deze arts net zo met haar mee als dokter Sanders had gedaan en was het haar toch gelukt de nodige informatie te pakken te krijgen, zodat ze honderd procent zeker wist dat wat ze in de computer van dokter Sanders had zien staan klopte. Die informatie had ze vervolgens in een sierlijke zin verwoord en als brief van het ziekenhuis aan haar – zonder de naam van de arts te noemen en zonder in persoonlijke details te treden – geprint en gekopieerd.

Ze hoorde de deur weer opengaan en keek op. De jonge vrouw kwam binnen met koffie en water. Ze werd gevolgd door Rein, die nors voor zich uit keek, en door een onbekende man, die Paula direct herkende als Reins advocaat toen hij zijn mond opendeed om zich voor te stellen. Ze had hem immers aan de telefoon gehad.

Rein ging zo ver mogelijk bij haar vandaan zitten en dat kon lastig worden, maar Paula was niet voor één gat te vangen.

Reins advocaat, die hier thuis was, schraapte zijn keel en opende zijn mond. 'Goedemorgen allemaal. Het lijkt me dat we niet moeilijk hoeven doen. We hebben allemaal de papieren gelezen. U bent akkoord, wij zijn akkoord. Een handtekening van beide partijen dat niemand in hoger beroep gaat, volstaat. Daarna zorgen wij ervoor dat het huwelijk op het gemeentehuis ontbonden wordt.' Hij keek vriendelijk van de een naar de ander en schoof een papier naar Rein en een naar Paula.

Paula schoof het ogenblikkelijk door naar haar eigen advocaat. 'Kijk je even of het echt hetzelfde papier is?'

Dat vond Rein duidelijk irritant. Hij ging hoorbaar verzitten en keek openlijk op zijn horloge, maar Paula liet zich niet opjutten. Dit was haar morgen, al wist Rein dat natuurlijk nog niet.

Vrij snel schoof Paula's advocaat het vel naar haar terug met een knikje.

'Mooi,' zei ze en ze pakte het op. Ze kwam overeind en liep naar Rein toe, nam op de lege stoel naast hem plaats en zette duidelijk zichtbaar voor hem een handtekening op het papier. Ze stak hem haar pen toe en keek hem vragend aan, maar hij haalde zijn eigen pen uit zijn zak en tekende demonstratief met grote letters.

Paula verwisselde de papieren, zodat ze ook elkaars papieren tekenden en er dus twee papieren bestonden die ze beiden ondertekend hadden. 'Is alles zo in orde?' vroeg ze aan Reins advocaat.

'Ja, u zult binnenkort bericht van ons ontvangen dat de scheiding is ingeschreven.'

'Mooi. Dan wil ik nog iets zeggen.'

Rein schoof direct zijn stoel achteruit en zijn advocaat wilde protesteren, maar Paula was sneller en stak hem de kopie van de brief van het ziekenhuis toe.

'Rein, je hoeft niets te zeggen. Dat is me eigenlijk ook wel zo lief. Maar ik wil toch graag dat jij weet waarom ik van je ben gescheiden.' Vlak voor zijn neus opende ze de kopie. Ze zag dat hij wilde protesteren omdat ze zei dat zíj van hém was gescheiden, want volgens hem was het precies andersom, maar hij had zich toch voldoende in de macht en zweeg. Zijn ogen vlogen echter over de paar eenvoudige regels en hij werd witheet. Zijn hand sloeg uit naar het papier om het te verkreukelen of te verscheuren, maar opnieuw las hij de weinige woorden die Paula inmiddels uit haar hoofd kende.

Tot onze spijt moeten wij u mededelen dat de sterilisatie die wij hebben uitgevoerd op uw man inmiddels zeker onomkeerbaar is, daar het bijna tien jaar geleden is dat deze plaatsvond. Een hersteloperatie zal meer problemen met zich meebrengen dan kans op vruchtbaarheid.

'Exact een maand voordat we trouwden, Rein. De enige dag in onze relatie waarop jij je niet helemaal goed voelde. Ha. Sinds een halfjaar weet ik dus waarom. Kijk, Rein, hier is nog een papiertje. Het zijn woorden waarvan je wilde dat ze tot mij zouden doordringen.' Ze schoof het gele papiertje naar hem toe dat een aantal weken trouw op de magnetron had gehangen: *Zoiets overleg je toch eerst?* 'Maar jij niet. Jij overlegde niets. En dan hebben we deze nog.' Nu schoof ze het briefje naar hem toe met de tekst: *Als je niet eerlijk tegen elkaar bent, kun je beter kappen.* 'En dat hebben we nu gedaan.'

Ze kwam overeind en deed alsof ze weg wilde lopen, maar vond nog een briefje in haar handtas. Ook dat legde ze bij hem neer. 'Hopelijk inmiddels overbodig, maar je weet maar nooit.' Het was de gebruiksaanwijzing voor de magnetron en ze moest er zelf om lachen. 'Eet smakelijk.' Ze knikte naar zijn advocaat en keek de hare vragend aan, die niet wist hoe snel hij weg moest komen.

'Is alles gelukt?' vroeg hij buiten.

'Ja, de schoft. Hij liet zich een maand voor ons trouwen steriliseren en deed elke keer alsof hij teleurgesteld was dat ik niet zwanger raakte. Mooie boel. Bedankt. Ik zie je rekening wel tegemoet.'

Bijna dansend liep ze naar haar nieuwe auto. Ja, nu wist ze het zeker. Zijn ogen hadden zo geschokt gestaan, zo betrapt en eigenlijk zo intens beklagenswaardig, dat het haar een zoet gevoel had gegeven.

Toch was het niet de aller-, allerzoetste wraak, want die kwam twee dagen later, toen ze nog niet ongesteld was geworden en de zwangerschapstest aangaf dat ze echt in verwachting was.

In memoriam

Op 7 maart 2013 is Hetty Luiten geheel onverwachts overleden. Hetty maakte er als vertaalster en auteur altijd een punt van om een script of vertaling zo precies mogelijk aan te leveren. Het werk was pas gedaan als ze de exacte sfeer en vertaling had getroffen. En wanneer een roman haar niet meer verleidde om van 's ochtends vroeg tot 's avonds laat achter de computer te kruipen, wist ze dat het verhaal klopte en bijna af was.

Haar eerste roman *Verder dan de horizon* verscheen in 2003 bij Grote Letter Bibliotheek. Dit was het eerste boek van een serie van vier en werd in 2004 ook door Gopher uitgegeven. De serie werd in 2012 en dit jaar opnieuw uitgebracht door uitgeverij Ellessy.

Hetty Luiten schreef vier tot vijf boeken per jaar, waarvan twee voor de serie Sterkevrouwenromans van Zomer & Keuning, die mede dankzij haar de afgelopen jaren vorm heeft gekregen. Daarnaast heeft ze een roman geschreven voor de VCL-serie en staan er onder het pseudoniem Mia Land vier chicklits op haar naam.

Al haar romans werden zeer goed ontvangen door haar lezers en kregen onverminderd goede recensies. Ze bracht in totaal zevenenveertig titels uit en behoort tot de top 10 van meest uitgeleende auteurs in bibliotheken. Hetty Luiten is 62 jaar geworden.

Herinneringen

Onze moeder Hetty Luiten is geboren in 1950 in Enschede en opgegroeid in Haarlem. Ze rondde de hbs af en zwierf wat rond voor banen in Nederland, België en Duitsland. Ze trouwde en werd fulltime huisvrouw toen ze kinderen kreeg.

De kiem van haar schrijvende bestaan ligt bij haar toenmalige baan bij een Zweeds bedrijf in Enschede. Hier kwam ze in contact met twee Zweedse vrouwen. Ze schreven elkaar en gingen in de vakantie bij elkaar op bezoek. In Zweden vond ze een combinatie van haar twee grootste passies: natuur en talen. Ze werd verliefd op Zweden.

Bijna iedere vakantie trok ze met haar gezin naar de Scandinavische landen. Om vrienden op te zoeken, woorden te leren en om in de schemer van de zonsondergang elanden te vinden in de uitgestrekte bossen.

Met behulp van een cursus Zweeds, een bijna zichtbare talenknobbel en haar enorme doorzettingsvermogen was haar beheersing van de taal op den duur niet meer te onderscheiden van dat van een gemiddelde Zweed. Dankzij de vele complimenten voor haar vloeiende uitspraak, besloot ze de stoute schoenen aan te trekken en korte verhalen te gaan vertalen uit het Zweeds. Haar eerste verkocht ze in 1986 aan de *Libelle*, maar ook *Yes*, *Flair*, *Donald Duck*, *Okki* en vele andere bladen publiceerden haar vertalingen, en ze was zo trots als een pauw.

Door die verhalen voor tijdschriften kreeg ze contacten met Scandinavische schrijvers. Een van hen daagde haar uit en samen schreven ze een tiental kinderverhalen die in de *Donald Duck* gepubliceerd werden. Daarna kon ze het alleen. Ze schreef talloze columns, kinderverhalen, jeugdverhalen, dokters-romans en romantische verhalen.

In de tussentijd maakte ze ook nog vele reizen. Uiteraard naar Zweden, Noorwegen en Denemarken, maar ook naar Marokko, IJsland, Gambia, Oekraïne en Ierland. Ze vergaapte zich aan de diversiteit van vogels en cactussen. Overal leerde ze de taal, genoeg om koffie en brood te bestellen en om iedereen in zijn of haar eigen taal gedag te kunnen zeggen. En elke keer wist ze een lach op het gezicht van een vreemde te toveren.

In 1999 kwam ze voor een uiterst belangrijke keuze te staan. Ze werkte naast haar vertaal- en schrijfwerk als datatypiste bij de Belastingdienst op het moment dat ze een offerte mocht maken voor een grote vertaalopdracht. Om de deadline van deze opdracht te kunnen halen zou ze de zekerheid haar dienstverband moeten opzeggen. Dat betekende dat ze honderd procent zelfstandig zou zijn en dus ook honderd procent zelfvoorzienend moest kunnen zijn. Een heel spannende keuze met één van haar twee zoons nog onder hetzelfde dak.

Wij kunnen ons niet herinneren dat we ooit trotser op haar zijn geweest dan toen ze belde om te zeggen dat ze de vertaalopdracht had aangenomen.

Dit moment en de behoefte het vrije leven van een eigen onderneming te behouden waren de aanleiding voor haar om nog harder te werken dan ze ooit gedaan had. Soms tot wel tachtig uur per week zat ze voor het kleine raam van haar werkkamer achter de computer. Altijd te zoeken naar de perfecte vertaling. Naar buiten te kijken om inspiratie op te doen voor de verhalen die ze schreef voor een steeds groter aantal tijdschriften en kranten.

En zo ging ze de uitdaging aan om een boek te schrijven.

Het kostte moeite en energie om als schrijfster aan de bak te komen. Ze kreeg vaak nul op het rekest omdat uitgeverijen niet altijd zitten te wachten op een nieuwe Nederlandse schrijfster. Ze stuurde haar eerste manuscript naar een grote uitgever, maar helaas zag de uitgever er geen brood in, omdat ze nog onbekend was.

Op advies van de redactrice van die uitgeverij bood ze het boek ook aan bij Uitgeverij Grote Letter Bibliotheek. Normaal geven zij alleen maar boeken uit die al in 'kleine' letters bestaan, maar ze mocht de naam van de redactrice noemen en daarom besloot die uitgever van GLB het te lezen. Het was dus een grote uitzondering dat ze dit boek in december 2003 uitgaven.

Vervolgens ontstond in 2004 haar eerste 'echte' eigen roman *Verder dan de horizon.*

Altijd en overal geïnspireerd door haar omgeving en de verhalen van mensen om haar heen deed ze onderzoek naar de achtergrond van haar romans. In haar kleine huisje in De Wilp leefde ze dagen achtereen met de families mee en beleefde ze haar eigen romans voordat ze op papier stonden. Tot kort voor haar overlijden was ze nog bezig met de laatste hand aan het boek dat u nu in handen heeft.

Zittend in de kas in haar tuin, waar ze pauze nam en haar tweede realiteit ontvluchtte om van haar cactuscollectie te genieten, zijn we meer dan dankbaar voor alles wat ze ons heeft meegegeven. Liefde en respect voor de natuur, een stekje van een goudenregen uit haar tuin, allebei een toffe broer en een uitgebreide bibliografie.

Jon en Sten

Bedankt!

Hetty heeft altijd met veel inzet en nog meer plezier gewerkt aan haar boeken en dat is mede te danken aan haar trouwe lezers, haar familie en haar vrienden. Wij mogen jullie namens haar enorm bedanken. Door jullie hulp en omdat jullie zo'n, wellicht onbedoelde, bron van inspiratie voor haar zijn geweest, ligt er nu een prachtige bibliografie.

Namens ons bedankt aan alle lezers voor jullie inspiratie, trouw en steun aan onze moeder. Vanaf het bijzondere moment dat ze lang geleden haar vaste dienstverband opzegde om aan een grote opdracht te beginnen, tot de dag voordat ze stierf heeft haar leven in het teken gestaan van haar fans en haar boeken. Wij hopen dat dit verhaal jullie net als anders veel herkenning en plezier zal brengen.

Onze dank gaat ook uit naar Jitske Kingma (redactrice bij Gopher ten tijde van haar eerste boek), Monique Boltje en Janna Willems (Zomer & Keuning), Larry Iburg (Ellessy), Betty Tholenaar (GLB) en José Vriens (collega-schrijfster). Jullie hebben haar op waarde weten te schatten. Met jullie steun hebben haar boeken een groot publiek kunnen bereiken.

In het bijzonder willen wij de volgende mensen bedanken. Mevrouw A. Pols, Mies Luiten, Geki Luiten en Martine Verkaik voor jullie hulp, steun en inzet. Mede door jullie zijn de verhalen wat ze zijn. Jørgen Sonnergaard voor de samenwerking aan de korte verhalen die de aanzet zijn geweest voor haar uiteindelijke carrière. Jürgen König voor alle technische ondersteuning, maar vooral omdat je altijd een goede vriend gebleven bent. Wim Postema, Ana Murariu, Marjelle Bakker en Leny Nijendaal voor jullie warme vriendschap. We zijn vast namen vergeten te noemen. Voor diegenen die dit betreft: koester de gedachte dat je een grote steun voor onze moeder bent geweest.

Bedankt,
Jon en Sten

Bibliografie romans

Verder dan de horizon – GLB (2003)
Is dit mijn kind? – GLB (2004)
Verder dan de horizon – Gopher (2004)
69e Jubileumomnibus (met het verhaal Is dit mijn kind?)
– Westfriesland (2004)
71e Jubileumomnibus (met het verhaal Het late geluk)
– Westfriesland (2004)
Voorbij de einder – Gopher (2005)
In de verre verte – Gopher (2005)
Het oneindige dichterbij – Gopher (2005)
Vergeet het maar – GLB (2005)
De stalker – Gopher (2005)
Het moederdagcadeau – Gopher (2006)
Onafscheidelijk? – Gopher (2006)
De trilogie Gevangen in een web met het deel: Verstrikt
– Gopher (2006)
De trilogie Gevangen in een web met het deel: Verward
– Gopher (2006)
De trilogie Gevangen in een web met het deel: Bevrijd
– Gopher (2006)
Last van het verleden – Gopher (2006)
Open voor de toekomst – Gopher (2006)
Oma's geheime liefde – Gopher (2007)
Nooit meer als vroeger – Gopher (2007)
De bekentenis – Westfriesland (2007)
Taxi! (van Mia Land) Zomer & Keuning (2007)
Rondje! (van Mia Land) Zomer & Keuning (2008)
Als dag en nacht – Westfriesland (2008)
Over schoolliefdes en zo... – Ellessy (2008)
Verdwenen op IJsland – Westfriesland (2008)
Tot ziens! (van Mia Land) – Zomer & Keuning (2009)
Je blijft altijd welkom – Ellessy (2009)
Uit evenwicht – Westfriesland (2009)

Ik wil! (van Mia Land) – Zomer & Keuning (2009)
Op eigen benen – Ellessy (2009)
Niet klein te krijgen – Zomer & Keuning (2009)
Laat me los! – Zomer & Keuning (2010)
Nieuw geluk – Ellessy (2010)
Zij kon niet zwijgen – Westfriesland (2010)
Verscheurd door verlangen – Ellessy (2010)
105e Jubileumomnibus (met de roman Oma's geheime liefde)
– Westfriesland (2010)
De vlucht – Zomer & Keuning (2010)
De verhuizing – Ellessy (2011)
De nalatenschap – Zomer & Keuning (2011)
Verleden & toekomst (met de romans Last van het verleden en
Open voor de toekomst) – Westfriesland (2011)
Het verboden pad – VCL-serie (2011)
Raak! – Ellessy (2011)
Verbroken vriendschap – Zomer & Keuning (2011)
Droomhuis te koop – Ellessy (2012)
Vogelvlucht – Zomer & Keuning (2012)
Verder dan de horizon – Ellessy (2012)
Broer gezocht – Ellessy (2012)
Jij was mijn alles – VCL-serie (2012)
Voorbij de einder – Ellessy (2012)
Veel te jong – Zomer & Keuning (2012)
In de verre verte – Ellessy (2013)
Zeg het – Ellessy (2013)
Op zoek – Zomer & Keuning (2013)
Niet te geloven – Ellessy (2013)
Wraak – Zomer & Keuning (2013)

Bibliografie vertalingen

Taalgids Deens – R&B (1998)
Taalgids Zweeds – R&B (1998)
Het mishandelde kind: kindermishandeling en een tekort aan zorg – Ad. Donker (1999)
Vanavond niet: wanneer de zin in vrijen verdwijnt – Ad. Donker (2002)
Wilgentenen in en om het huis – Forte uitgevers (2003)
Hippe hoeden en mutsen – Forte uitgevers (2003)
Paddenstoelengids van Europa – Tirion Natuur (2005)
Wadden, verhalend landschap – Tirion Natuur (2005)
Iconen schilderen – Tirion Creatief (2009)
Het BBQ boek – Kosmos uitgevers (2011)
Mannen en vrouwen: Haken voor mannen – Librero (2012)
Tasty days: vis & schaaldieren, vegetarisch & salades, vlees, desserts: eenvoudige recepten voor 10, 20 en 40 minuten – Kosmos uitgevers (2012)
Trendy taarten: oogverblindend en superlekker – Kosmos uitgevers (2013)
Meer dan 80 spannende salades – Kosmos uitgevers (2013)
Het grote BBQ en grillboek – Kosmos uitgevers (2013)
Aan tafel met Camilla Läckberg – Kosmos uitgevers (2013)
Het beste dieet ter wereld: blijvend en verantwoord slank & gezond – Kosmos uitgevers (2013)